学びを深めるヒントシリーズ

伊勢物語

早稲田久喜の会　編著

明治書院

この本を手にとってくださった皆様へ

高等学校に入学したばかりの私に、「古文は外国語だと思え」と言った人がいた。思うに、日本語だからわかると思わずに、英語と同じように勉強しろ、という意味だったろう。真に受けた私は、英和辞典と同じくらい古語辞典を引いた。引かなければわからなかったのも確かだ。品詞分解もした。現代語訳もした。だが、日本の古典が外国語であるはずはなく、「なんだ、やっぱり日本語じゃん」と思うのに一年とはかからなかった。『伊勢物語』と出会ったのもこの年である。言うまでもなく、教科書に『伊勢物語』が載っていて、いくつかの章段を授業で読んだのである。けれども、それだけではなかった。当時、週一時間の必修クラブがあり、人数の少ない古典研究クラブに回されたために、一年間『伊勢物語』を読む機会に恵まれて『伊勢物語』に〈出会い〉、『伊勢物語』は私の人生にとってかけがえのないものになった。もうじき「十とて四つ」を経るほど昔のことである。

現在の私は、ビジネス系の短期大学で、一般教養としての「日本文学」を担当している。その授業を履修しているのは、ビジネスの勉強や就職活動、アルバイトや恋愛で忙しい学生たち、日本の古典など見たこともない留学生たちである。高等学校の生徒たちの大多数もまた、『伊勢物語』の研究が直接役立つような職に就くことはないだろう。しかし、そのような人々にも、私たちが学んできたものの価値を伝えたい。そして、〈何か〉に〈出会って〉ほしい。――それは、教育に携わる者に共通した思いではないだろうか。その〈何か〉は一人ひとり違うだろうが、そのヒントを発見してほしいという願いから本書は生まれた。

私たちは、明日を見通せない時代に生きている。自然災害も国際情勢もいわゆる格差社会も心配の種である。少子高齢化もグローバル化も情報化もかつてない速度で進んでいる。この十数年で教育環境も激変した。とかく経済効率ばかりが重視されがちな世の中であるが、その中で生きているのは生身の人間である。生老病死の苦しみを癒やすのは「見ぬ世の友」かもしれず、変わるものと変わらないものを見定め、個人と社会の問題を解決するためには過去に学ばなければならないが、古典離れ、活字離れが進めば、歴史が分断されてしまうのではないかという危機感さえ覚えるこの頃である。

私たち早稲田久喜の会のメンバーは、上代・中古を研究領域とする研究者であり、中学校、高等学校、短期大学、大学、予備校や社会人講座など、さまざまな教育経験を持つ仲間たちである。教員養成や教員免許更新講習、教授資料執筆に携わる者もいる。今、教育の世界は多忙である。必ずしも予習に十分な時間を割けるとは限らない。それでも、次の世代に古典の価値を伝えていくために、まず、若い教員の方々やこれから教職に就こうと考えている学生諸氏に、古典のおもしろさを感じてほしい。それが、本書執筆の最大の目的である。

折しも、学習指導要領改訂が迫っており、国語教育の改善・充実が求められている。すなわち、「主体的・対話的で深い学び」という視点からの「アクティブ・ラーニング」の実現である。近年、教科書にはカラー写真が掲載されるようになり、スマートフォンをはじめとするＩＴ機器も普及した。何でも手軽に調べられるようになった一方で、「調べる」ことや「読む」こと、「考える」ことの質は必ずしも深まってはいないように思われる。だからこそ、「思考力・判断力・表現力」という基本に立ち返ることが求められているのだろう。

本書では、初学者にも取り組みやすく、日本文化に大きな影響を与えてきた『伊勢物語』を対象とし、現行の高等学校用文部科学省検定教科書に採られているすべての章段を取り上げた。各章段冒頭に付したキャッチフレーズは物語を身近なものとして捉えさせるための一つの提案である。「主体的」に考えるための手がかりである「鑑賞のヒント」は、教室での発問を意識した構成になっており、「鑑賞」と「探究のために」はその解答例にもなっている。これらを「対話」の材料とすることで、「思考力・判断力・表現力」の育成に資するよう配慮した。また、コラムには現代的な視点から『伊勢物語』を考えるための話題を取り上げた。

私たちは、約七年の間、研究会で忌憚のない意見交換を重ねてきた。研究の細分化された今日、上代研究者の視点を交えて『伊勢物語』に真正面から取り組んできた結果、『伊勢物語』研究においても新しい読みを示すことができたのではないかと考えている。

なお、本書の出版にあたっては、久保奈苗氏をはじめ明治書院の皆様に大変お世話になりました。記して感謝を申し上げます。

（二〇一七年十二月　宮谷聡美）

学びを深めるヒントシリーズ

伊勢物語

目次

コラム

付録

『伊勢物語』について

『伊勢物語』は「歌物語」であると言われる。現在、一般に手に入りやすい、藤原定家自筆本を底本とした本は百二十五章段である。短いものでは、

むかし、男、はつかなりける女のもとに、
あふことは玉の緒ばかりおもほえてつらき心の長く見ゆらむ

（三十段「玉の緒ばかり」）

（昔、男が、わずかしか逢えなかった女のところに、
逢うことは玉の緒ほどの短い時間だったと思われて、（どうして）その後のあなたのつれない心が長く見えるのでしょう。）

のような、詠み人知らずの世界を描く掌編もある（上野理「伊勢物語の方法」『国語と国文学』一九七七年一一月）。また、男女がとても仲良く暮らしていたのに、些細なことがきっかけで別れることになった折の物語、二十一段「おのが世々」には筋らしい筋はなく、主に七首の歌で構成されている。『伊勢物語』の各章段は、基本的に「場面の積み重ね」で構成されていると言える（片桐洋一『伊勢物語の研究〈研究篇〉』明治書院、一九六八年）。一方で、在原業平《ありはらのなりひら》の歌を基にした「二条后章段」のような『伊勢物語』の核となる物語の他、六十三段「つくも髪」や六十五段「在原なりける男」のような、『伊勢物語』以後に生み出されていく長編物語の萌芽ともなるような、ストーリー性に富んだ物語

もある。『伊勢物語』の特色を、一言で言い表すのは難しい。

『源氏物語』を見てもわかるように、平安時代の物語には歌が含まれているのが普通である。明治時代以降に作られたジャンルである「歌物語」に分類されるのは、一般に『伊勢物語』『大和物語』『平中物語』のみで、それぞれの特徴は異なるが、物語の中で歌の占めるウェートが大きいという点に共通項がある。『一条摂政御集』のような、いわゆる「物語的私家集」や、贈答歌の多い『後撰集』が編まれたのも十世紀であり、和歌と物語との関係にさまざまな試みが行われた時期であったと言える。

『伊勢物語』には、優れた歌を詠んだことによって心が通じ、事態が好転するという「歌徳物語」が含まれ、『古今集』「仮名序」の「男女の仲をも和らげ、たけき武士《もののふ》の心をも慰むるは、歌なり。（男女の仲をも和やかにさせたり、勇猛な武人の心をもやわらげたりするのは、和歌なのである。）」にも通じる、歌の力への信頼や憧憬が見られる。

『伊勢物語』には主人公として「男」が登場する。それぞれの章段が「むかし、男」というような形で語り始められるために、便宜的に「昔男」と呼ばれることもあるが、『平中物語』の各章段が「この男」「同じ男」と始まることが多いのとは異なり、一人の人物とは思われない。しかし、初冠から臨終に至る男の半生という大枠のなかで物語が語られ、『源氏物語』の構想にも影響を与えたと考えられている。

在原業平（八二五―八八〇）は、言うまでもなく六歌仙の一人で、『古今集』には三十首の歌が採られている。「心あまりて言葉足らず」と『古今集』「仮名序」に評される、個性的な歌である。いくつかの表現に違いはあるものの、すべて『伊勢物語』にも含まれていることから、業平と『伊勢物語』に深い関係があることは確実である。祖父平城天皇と父阿保親王が薬子の変にかかわったこと、近しい関係にあった惟喬親王が皇太子にならなかったことをうけて、『伊勢物語』では業平らしき「昔男」の「不遇」のイメージが演出された。しかし、実在人物の業平は、陽成天皇の国母、二条后により重用され、とりわけ晩年には蔵人頭に任命されている。卒伝（六国史中の死亡記事）には「体《たい》貌閑麗《ばうかんれい》にして放縦《はうしよう》拘《かかは》らず、略《ほぼ》才学無くして善く倭歌《わか》を作る。」（すがたかたちはうるわしいが、節操を欠き、律令官僚に必要な学問はできないが、和歌はとてもうまい。）（『日本三代実録』元慶四年五月二十八日）と記されている。「体貌閑麗」は宋玉「登徒子好色賦《とうとしこうしよくのふ》」（『文選』）の表現で、業平没後に広まっていた好色のイメージによって、編者らには業平に対する批判意識があったと見られている（渡辺秀夫『平安朝文学と漢文世界』勉誠社、一九九一年）。宋玉「登徒子好色賦」は、『万葉集』巻二の石川女郎《いしかわのいらつめ》と大伴宿禰《おおとものすくね》田主《たぬし》の風流問答と呼ばれる贈答歌の基になっているが、業平の呼称であった「在五中将」が登場する「つくも髪」（六十三段、87ページ図版参照）も、これを踏まえて創作されたものと見られる。

「狩りの使ひ」（六十九段、142ページ）は唐代伝奇小説の一つ、白居易の友人であった元稹《げんしん》作『会真記《かいしんき》（鶯鶯伝《おうおうでん》）』の翻案であり、女の歌と男の歌は、『古今集』では詠み人知らず歌と業平歌であることから、この物語は業平が創作したものであるとの見解は以前から示されていた（上野理「伊勢物語「狩の使」考」『国文学研究』一九六九年一二月）が、近年ますます『伊勢物語』と漢文学の交渉についての研究が進んでいる。二条后高子との恋の物語も、その宮廷で業平自身が創作し、人気を博したものと見られる。以後、十世紀後半まで書き継がれていく『伊勢物語』であるが、その根源には業平らの創作活動があったと言えるだろう（山本登朗『伊勢物語の生成と展開』笠間書院、二〇一七年）。（宮谷聡美）

凡例（この本の使い方）

主体的・対話的で深い学びを実現するためには、問題を発見し、テクストに根拠を求めつつ、論理的な思考を駆使しながら、読み手同士で対話し、協働して解決していくことが何よりも重要である。しかし、古典学習指導に関する参考図書のなかで、そうした新しい学習に対応したものはあまりない。本書は、これから求められる主体的・対話的で深い学びを、古典学習でも実現したいと考える指導者のために執筆した。

◆**各章段の構成**

本書は、『伊勢物語』のうち、現行の高等学校国語科検定教科書に掲載された章段について、**原文・現代語訳・語注・鑑賞のヒント・鑑賞・探究のために・資料**の構成で学びを深めるヒントをまとめたものである。学習者が親しみをもてるよう、各章段冒頭に、現代の言葉・語感で表したキャッチフレーズを付している。

【原文】 比較的入手しやすい『新版伊勢物語　付現代語訳』（石田穣二訳注、角川ソフィア文庫）を参照し、適宜改めた。

【現代語訳】 各執筆者が現代語としてのわかりやすさを重視して訳した。原文にない言葉を補った場合は（　）に入れて示した。

【語注】 原文の解釈に必要な最低限の語について、解説した。

【鑑賞のヒント】 学習者同士の話し合い活動が行われることを意識して、解釈のポイントを発問形式で示した。

【鑑賞】 **鑑賞のヒント**の解答例にあたる内容を解説し、対応する部分に番号を付した。その際、テクストに根拠を求めつつ、論理的な思考を駆使して解決していく学習者の姿をイメージしながら、できるだけわかりやすく記述した。

【探究のために】 **鑑賞**の内容をより深めて詳細に解説した。指導者の発展的解説素材として、あるいは学習者の探究的学習素材として、利用してもらいたい。

【資料】 複数の素材を比較検討して読み深めることができるように、読み比べ用の古文および漢文書き下しテクストと、その現代語訳を掲げた。明治書院の検定教科書および指導資料に採用されている場合はそれに則った。

◆**その他**

・**コラム**として、今日的な視点からの研究テーマや、現代生活に引きつけた話題を取り上げた。

・**付録**として、**参考文献**、人物の**系図**を掲げた。

・『伊勢物語』以外の作品の引用は、原則として、『新編日本古典文学全集』（小学館）（『万葉集』以外の和歌を除く）および『新釈漢文大系』（明治書院）に則ったが、適宜改めたところもある。『万葉集』以外の和歌の原文は、『新編国歌大観』（角川学芸出版）に則ったが、表記は適宜改めた。また現代語訳は各執筆者が行った。右記以外のテクストは、各執筆者の判断で適宜底本を選択した。

初恋とはどんなもの？

初冠・初段

むかし、男、①初冠《うひかうぶり》して、奈良の京、②春日《かすが》の里に、しるよしして、狩③にいにけり。その里に、いとなま④めいたる女はらから住みけり。この男、かいま見てけり。おもほえず、ふる里に、いとはしたなくてありければ、心地《ここち》まどひにけり。男の着たりける狩衣《かりぎぬ》の裾《すそ》を切りて、歌を書きてやる。その男、⑤信夫摺《しのぶずり》の狩衣《かりぎぬ》をなむ、着たりける。

⑥春日野《かすがの》の若紫《わかむらさき》のすりごろもしのぶの乱れかぎり知られず⑦

となむ、⑧おひつきて言ひやりける。ついでおもしろきことともや思ひけむ。

⑨みちのくのしのぶもぢずり誰《たれ》ゆゑに乱れそめにしわれならなくに

といふ歌の心ばへなり。昔人《むかしびと》は、かく⑩いちはやきみやびをなむ、しける。

【現代語訳】

昔、ある男が、元服をして、奈良の京の春日の里に、領地をもっている縁があって、鷹狩に出かけた。その里に、とても若々しく美しい姉妹が住んでいた。この男は、その姿を物陰から垣間見してしまった。思いがけず、寂れた旧都に、とても不似合いなさまでその姉妹はいたので、心が惑乱してしまった。男は、着ていた狩衣の裾を切って、それに歌を書いて贈る。その男は、信夫摺の狩衣を着ていたのだった。

春日野の若い紫草で染めたこの狩衣の信夫摺の乱れ模様のごとく、若々しく美しいあなた方を見て心を染められてしまった私は、人知れずに恋慕う心がかぎりなく乱れています。

と、すぐに歌を贈った。その折がちょうど、このような歌を贈るのに面白いと思ったのであろうか。

陸奥の信夫もじ摺りの衣の乱れ模様のように、あなた以外の誰かのために、恋心が乱れはじめた私ではありませんのに（あなたのためにこそ、私の恋心は激しく乱れはじめたのですよ）。

という歌の趣きによったのである。昔の人は、このように、激しい心情を風雅に表してみせたのである。

【語注】

①初冠…男子の成人の儀。元服に同じ。当時は十代中頃が多い。一般に、当時の貴族の元服は正月新春に行われた（『古事類苑』「禮式部九　元服」）。

②春日の里…現在の奈良市付近。春日山のふもとに広がる春日野にある。奈良時代には平城京の東にあって栄えたが、平安遷都後は寂れていた。

③狩…鷹狩り。渡り鳥などの獲物が多い、秋から初春にかけて多く行われた。

④なまめいたる女はらから…動詞「なまめく」は、若々しく美しい様子。「女はらから」は母を同じくする姉妹。

⑤信夫摺…忍草《しのぶぐさ》の染色を摺りつけて乱れ模様にしたもの。ただしこの狩衣では、続く和歌から、若紫が代用されていることがわかる。陸奥国の信夫郡（現在の福島県福島市）特産ともいう。

⑥春日野の若紫のすりごろも…春日野に生えた若い紫草の根を染色材料として、それを摺りつけた信夫摺の狩衣。「春日野の若紫」に、春日の里に住む若く美しい姉妹を喩える。「すりごろも」に、姉妹の美しさによって染め上げられた男の心を喩える。

⑦しのぶの乱れ…信夫摺の乱れ模様。また「しのぶ」は「忍ぶ」の意で、姉妹を人知れずに恋慕うのではおさまらない、男の心の惑乱を喩える。

⑧おひつきて…「追ひ付きて」で、すぐにの意。

⑨「みちのくの」歌…『古今集』恋四・七二四・河原左大臣（源融）。ただし『古今集』では第四句「みだれむと思ふ」とある。「しのぶもじずり」は「信夫摺」に同じ。

⑩いちはやきみやび…「いちはやき」は、程度がはなはだしく激しいの意。「みやび」は「宮ぶ」から生じた語で、もとは宮廷風に振る舞うことをいったが、上品で洗練された優美・風雅なさまの意を表すようになった。

◆◇鑑賞のヒント◇◆

❶『伊勢物語』の最初の章段で、初冠したばかりの若い男を登場させたのはなぜだろうか。
❷男の初恋は、どのような季節の情景の中に描かれているのだろうか。
❸男の初恋の対象が、個人ではなく姉妹で登場するのはなぜだろうか。
❹「春日野の」歌は、どのような心情を表しているのだろうか。
❺「いちはやきみやび」とは、どのようなものだろうか。

◆◇鑑賞◇◆

『伊勢物語』の初段は、初冠をして青春期にさしかかったばかりの若い男が、若く美しい姉妹に出逢って激しい恋心を抱き、優れた歌を贈る物語である。『伊勢物語』ではこの後も数多くの恋物語が語られていくが、その最初の章段で、主人公昔男の恋の原点ともいうべき、初恋の体験が描かれているのであろう（❶）。成人式を済ませて、いよいよ大人の恋の世界へと第一歩を踏み出すことになるのである。それは、いったいどのようなものなのであろうか。『伊勢物語』は、短編章段で作られていることもあって、一語一語に強いこだわりをもち、深い意味が込められて表現されている場合が多い。そこで、とくに重要な語句や表現に注目しながら鑑賞してみたい。

まず、初段の男の恋は、どのような季節の情景の中に描かれているのだろうか。当時の和歌や物語などをみると明らかなように、平安貴族にとって季節感は、その生活に深く浸透していて、文学作品の表現においても重要な意味を担っている。冒頭からみていくと、当時、貴族の元服（初冠）は一般に正月新春に行われるものであった。元服した若者にとって、大人になった証しのような魅力を感じたであろう鷹狩りも、やはりその頃に行われた。また、男の訪れた「春日《かすが》の里」についても、「かすが」の枕詞には、「春の日がかすむ」の意や音に由来して、「はるひ」が用いられた。そこから、万葉集など上代以来、「かすが」には「春日」の漢字が宛てられてきた。つまり「春日の里」には、春の季節のイメージが強く結びついているのである。男の歌の「春日野の若紫」もまた、春の野原に萌え出でた若い紫草をイメージさせるものである。このように男の初恋の体験は、いかにも青春の始発にふさわしく、物事の始まりの季節である新春の、若々しく初々しい情景の中に描き出されている❷。

男はそのような情景の中で、「いとなまめいたる女はらから」を垣間見た。「いとなまめいたる」は、一般に「たいそう優美な」（『新編日本古典文学全集』）などと訳されることも多いが、「なまめく」の基本的な語義は、「「めく」は、接尾語。「なま」は、語基として、未成熟ながら若々しく初々しい美しさを有することを意味する。助動詞「たり」「り」を伴って、人や事物の状態を示すことも多い」（『角川古語大辞典』）とされる。つまりこの姉妹は、「未熟ながら若々しく初々しい美しさ」をもっており、やはり人生の新春のような美しさをそなえた女性たちだったのである（その年齢は、当時の女性たちが恋や結婚を意識し始める十代前半頃か）。さらに、そこに副詞「いと」が付けられてその美しさが強調されてもいる。そのような若々しく美しい姉妹であるからこそ、春日の里のような、すでに旧都となり寂れた場所にはとても不似合いなさま（ふる里に、いとはしたなくて）とされるわけである。しかしその対照的なさまがかえって、姉妹の美しさをより印象深く際立たせて、男の心は惑乱することになった（心地まどひにけり）。このように、「なまめく」の語義を正確に捉えると、男が惑乱するにいたった理由もより明確になるのである。

それにしてもなぜ、男の初恋の対象は、個人ではなく姉妹で登場するのだろうか。その理由としては例えば、当時の恋愛や結婚観では姉妹が一つの人格のようにも捉えられたこと（折口信夫）や、一人よりも二人の美しい姉妹の方がより印象強く男の心情を惑乱させること（竹岡正夫）など、諸説がある（❸）。さらに近年、鈴木日出男は、他の恋物語における姉妹ではそれぞれの個性が対照的に描き分けられているのに対して、複数の女性が一体化されて登場するこの初段の姉妹は、個人的な存在ではなく、「女の存在そのものの象徴」として描かれているのであろうとしている（❸）。そうだとすると、この段以降、たくさんの女性たちの登場する『伊勢物語』において、初段の姉妹こそが、それら女性たちすべてにつながり、それらを象徴する存在だということになる。初段の姉妹は、いかにも青春期の女性らしい「若々しく初々しい美しさ」に描かれて登場するが、その印象的な姿は確かに、主人公の男の心をその後も永遠的に魅了し続ける女性たちの美しさの原型となるものを、象徴的に表しているようにも思われる❸。初恋はその後の恋の原型となる、とは現代でも一般によく言われることである。平安時代でも、例えば『伊勢物語』に多くの影響を受けた『源氏物語』（**コラム**「『源氏物語』に与えた影響」234ページ参照）では、主人公光源氏の初恋の人、藤壺が、源氏の永遠の恋人となって、その生涯の恋愛遍歴を導く決定的な影響を与え続けることになるのである。

初段の男は、激しく惑乱した恋心を歌に表現してすぐさま姉妹に贈る（この歌の表現技法については**探究のために**参照）。この歌でとくに注目したいのは、男の、青春期らしく人知れずにおさめられない恋心の乱れが、たんなる激しさではなく、「かぎり知られず」と、限り知れないものとして表現されていることである。そのように、限りなく惑乱したと、きわめて印象深く表現されながら、しかし、男と姉妹との関係については、物語にその後の展開が語られることはない（四十一段「緑衫の上の衣」には、初段を連想させる「女はらから」が登場するが、初段の内容との関わりはとくにみられない)。二段「西の京の女」以降には、この姉妹とは全く関わりのない女性たちとの恋愛関係がさまざまに語られていくことになるのである。それでは、初段の男の、限り知れないと表現された恋心のこの上なく激しい惑いは、いったいどうなってしまったのか。初恋はともするとはかなく終わりがちなものであるから、初段の男の場合もまたそのようなものであったとして、読者の想像にゆだねてあえて語られなかったとも考えられる。しかし、男の恋物語は次段以降においてもさらに続いていくことになる。そうした章段の展開から考えると、その限り知れない恋心の惑乱の対象となるものは、次段以降に描かれる数多くの女性たちとの関係において、新たに求められ続けていったものとおのずから理解されよう。この「かぎり知られず」は、従来、恋情の激しさを単に強調して表現するもの程度に理解されてきたが、この物語に描かれる男の恋情の出発点を表すものとして、決して見過ごすことのできない重要な意義をもっているのである❹。

みずみずしい感性を備えた青春時代において、人は、往々にして、生涯追求することになる情熱の対象を見出すものである。『伊勢物語』の主人公にとってそれは、限りなく恋情を魅了される女性の美しさなのであった。初段には、初冠したばかりの若い男が、青春期の若者にふさわしく、生涯の情熱の対象を見出した体験と、その鮮烈な目覚めの心情を歌い上げるさまが見事に表現されているのである（❶）。

さらに、『伊勢物語』の男にはもう一つ、生涯において情熱を傾け続けることになる大事な対象があった。それは和歌である。初段の男が姉妹と出会ってから、惑乱した恋心を歌って贈るまでの一連の振る舞いは、本章段の末文で「昔人は、かくいちはやきみやびをなむしける」と語られる。それは、激しい恋心を風雅な歌へと見事に昇華して表現してみせたことを称賛するものである❺（**探究のために**参照）。『伊勢物語』はどの章段も男の歌を中心にして語られていくが、初段は、全章段の序のごとくに、男が人生の始発においてすでに、恋への限りない情熱とともに、それを表現する和歌への強い情熱と優れた能力を備えていることを明らかにするのである❶。

◆◇探究のために◇◆

▼「春日野の」歌の表現の仕組み　「春日野の」歌は、これまでの一般的な解釈では、上句を「しのぶのみだれ」にかかる序詞とした上で、初二句には姉妹の様子が、下句には男の恋情が喩えられているとして、**現代語訳**に掲出したような訳出がされている。それでとりあえずは大きな問題なく理解しうるが、ただし、このような解釈や訳出の仕方のままで済ますと、実はこの歌の表現の仕組みがよくわからなくなってしまうのである。この歌は、一首全体が二重文脈となっていて、男が身につけていた信夫摺の狩衣の乱れ模様を表現する表の意味の文脈と、姉妹と男の様子を比喩する裏の意味の文脈とが重ね合わされており、それぞれが自立的に読みとれる表現の仕組みとなっているのである。すなわち、表の意味の文脈は、春日野に生えている若い紫草を摺って染められたこの衣は（上句・春日野の若紫のすりごろも）、信夫摺の乱れ模様の激しさが限り知れない（下句・しのぶの乱れかぎり知られず）、と読みとることができる。そこに比喩が託されて裏の意味の文脈が形作られており、春日野に住む若々しく美しいあなた方の美しさに心を染められた私は（上句）、人知れずに恋慕う心の乱れの激しさが限り知れない（下句）、という意味を読みとることができる。このような二重文脈の表現形式は、当時の和歌に少なからずみられるものである。わかりやすい例を挙げると、

須磨の海人《あま》の塩焼く煙風をいたみ思はぬ方にたなびきにけり　（『古今集』恋四・七〇八）

は、表の意味の文脈では、須磨の漁師が塩を作るために焼く煙が強い風のために思いもよらない方向になびいたこと

を表現している。その裏の意味の文脈では、「塩焼く煙」に喩えられる恋人が思いもよらない別の人へと心変わりしてしまったことへの嘆きが表現されている。平安時代の和歌には、掛詞や序詞、縁語などといったよく知られた表現技法のほかにも、類型的に用いられている技法や形式がさまざまにあり、この二重文脈の表現形式もその一つである。このような表現の仕組みが明らかになると、「春日野の」歌の表現内容もより明確に理解しやすくなるであろう。

▼**「若紫」とは何か**　「春日野の」歌に表現される「若紫」とは、一般に「植物のムラサキの若いもの。また、その根で染めた淡い紫色」（久保田淳他）などのように説明される。紫草（ムラサキ）は多年草で、十分に成長した根が紫色の染料として平安時代には広く用いられていたが、新たに芽生えた若い紫草の未成熟な根も染料とされていたものらしい。しかし、なぜ初段では、姉妹の比喩として、女性の比喩に一般によく用いられる花などではなく、「若紫」を用いたのであろうか。この姉妹がとくに若々しさを強調されていたことから、「若」を冠する表現が用いられたのではあろうが、「若紫」は本来、染料であることに最大の特徴があるのだから、そのことと関わる何らかの意味が込められているはずであろう。「若紫」については、実は、従来詳しい研究に乏しいのであるが、当時の文献資料をあらためて調べてみると、新たに興味深い事情がいろいろと明らかになる。

平安時代において、「若紫」は歌語であったようで、用例はほぼ和歌に限られる（平安和歌には四十数首みられる。その他は、『源氏物語』「若紫」の巻名と、それをふまえて用いられた『紫式部日記』の叙述のみである）。例えば、『後撰集』の著名歌

武蔵野は袖ひつばかりわけしかど若紫はたづねわびにき　（『後撰集』雑二・一一七七）

は、武蔵野は袖が露で濡れそぼつほどに草を分けて探したけれども、「若紫」は探し出せずにつらい思いをした、というものである。この歌には、紫草の名産地であった武蔵野で、とくに若い紫草を探しだそうと苦労するさまが歌わ

れており、当時、染料として「若紫」は人々に好んで求められていたらしいことが伺える。なお、この歌もやはり二重文脈であり、裏の意味の文脈では、若い女性を探し求めても手に入れられない男の嘆きが比喩されている。次に、

染むれども色は濃からずみゆるかな若紫にあればなるべし　（『藤六集』一三）

（底本には初句「とむれども」とあるが、「そむれども」の誤写と考えられている。『藤六集』は藤原輔相の歌集）

は、染めるけれども色が濃くなく見えることだ、「若紫」であるからなのだろう、という。この歌では、「若紫」で染めると色が濃くなく見える、と明言されていることに注意される。そこから、前出の説明にもあったように、「若紫」の根による染色は薄い（淡い）紫色となるものであることが理解される。ところが、当時の染色の概要を記した『延喜式』（巻第十四・縫殿寮《ぬいどのりょう》　雑染用度《くさぐさのそめようど》）によると、通常の成熟した紫草を用いた「深紫《ふかむらさき》」（濃《こ》き色）と「浅紫《あさむらさき》」（薄《うす》色）の染色方法が記されており、両色は主にその根の使用量の違い（六倍の差がある）によって染め分けられていたことがわかるのである（**資料A**）。通常の紫草の使用量の違いによって濃淡が染め分けられるのであるならば、なぜ、薄い紫色の染色材料として「若紫」の根が当時わざわざ探し求められていたのであろうか。その理由としては、「若紫」の根を使用することによって、通常の紫草の根とは異なる固有の染色が得られるからだ、と考えるほかはないであろう。

それでは、「若紫」の根によって得られる染色とは、具体的にはどのような色彩だったのであろうか。それを理解するためには、「若紫」を詠んだ和歌に表現される自然の景物がどのような色彩であるのかを知ることが、重要な手がかりを与えてくれるであろう。なぜならば、植物のような自然の景物は、当時も現在もその色彩に基本的な変化はないはずだからである。そして、平安時代における「若紫」を詠み込んだ和歌を調べてみると、全用例のうち約四分

の一（十例）を占め、きわだって目立つのが、藤の花を詠んだ歌なのである。例えば、

武蔵野に色やかよへる藤の花若紫に染めて見ゆらん（『亭子院歌合』二九）

は、武蔵野に色が通じているのだろうか、だから藤の花は「若紫（色）」に染めているように見えるのだろう、という。この歌では、藤の花は武蔵野に生える若紫の根によって染められたような色に見えるというのである（**資料B、C**に藤の花を「若紫（色）」と表現する平安時代中期の歌の例を掲げる）。藤の花は一般に薄い紫色とされており、『藤六集』の歌などに表現されている「若紫」の染色とまさしく対応するのである。また藤の花の薄紫色は、やや青味のある鮮やかな色彩をしており、通常の紫草による染色の「浅紫」（薄色）とはまた異なる特有のものであるとされる（吉岡幸雄）。藤の花は平安時代にとりわけ好まれていた（**資料D**など）が、それを思わせる「若紫」特有の染色が、多くの人々を惹きつけて、和歌にも盛んに詠じられることになったわけなのであろう。

そして、この「若紫」特有の染色が、まだ若く未成熟な紫草の根によってこそ得られるものであることに注意したい。初段の姉妹は、「いとなまめいたる」と形容される、「未成熟ながら若々しく初々しい美しさ」とされていた。「若紫」特有の染色のあり方、すなわち未成熟な若い紫草によってこそ得られるという、藤の花のようなその鮮やかで美しい薄紫の色彩は、初段の男を魅了する若く美しい姉妹の比喩として、まさしくふさわしいものであったわけである。なお、『源氏物語』「若紫」に登場する少女紫の上は、その未成熟な少女ゆえの美しさや魅力がとくに印象的に描き出されているが、さらにその容貌は、藤の花の美しさを連想させる名称をもつ藤壺によく似ているとされている。少女紫の上もまた、「若紫」という巻名を象徴する女君にふさわしい造型がほどこされているのである。

▼「いちはやきみやび」と「折」　初段末文の「いちはやきみやび」の解釈には多くの論があるが（藤河家利昭は主要

な諸説を解説する)、「かく」という指示語を承けるものであることから、基本的には、初段に描かれた男の、和歌詠出を焦点とする一連の振る舞い方を承けて、それを批評する言葉と理解される。まず注意したいのが、初段の男の歌は、散文から独立して存在するものではなく、あくまでも散文に描かれている叙述と密接に関連しながら表現されていることである。例えば、春日の里で見た若々しい姉妹を「春日野の若紫」に喩えて、その姉妹によって生じた恋心の激しい惑乱を、その時身につけていた信夫摺の狩衣の乱れ模様に喩えて表現している。そのような、男のその場の状況に合わせた巧みな歌いぶりは、「ついでおもしろきことともや思ひけむ」と評されてもいるように、その時の「ついで」(物事の成り行き、折)においてちょうど趣き深いものと考えられて表現されたというのである。それはまた、単なる思いつきではなく、この歌と同様に信夫摺を巧みに詠み込んだ『古今集』の著名な恋歌、「みちのくの」歌の表現内容(歌の心ばへ)をふまえるものともされている。平安時代のさまざまな生活の中で詠まれていた贈答歌の重要な特徴は、「折」(その時の状況や場面)に合わせて表現されるものだということであり、勅撰集の歌などのように、一首を独立的に鑑賞したり評価したりするようなものではないのである。久保木哲夫は「平安和歌の特質をひとことで言えば、「折の文学」であると私は考えている。「折」とは、歌の詠まれる場を意味する。いつ、どこで、どんな状態のもとで、その歌は詠まれたか、いわば歌を詠むにあたって作者や享受者のおかれているシチュエーションであるが、季節や、天候や、人間関係、あるいは彼らの心理状態などまで含めて、さまざまな要素がその「折」にはかかわっている。歌の表現は、その「折」に深く影響される」という。初段ではまさに、男の歌が平安和歌の特質である「折」をいかに巧みにふまえながら、その激しい(いちはやき)情念を風雅(みやび)に昇華して表現しているか、が描き出され、その優れた能力が末文で「いちはやきみやび」と称賛されているのである。

『伊勢物語』では、次段以降もさまざまな場面状況の中で歌が詠まれていくことになる。全章段の始発となる初段では、男がどのような場面状況にも対応しうる、「折」をふまえた優れた詠出能力を備えていることを、まず明確なかたちで読者に説明してみせているわけなのであろう。（吉見健夫）

【資料】

A　『延喜式』巻十四（縫殿寮雑染用度）

深紫　綾一疋、紫草三十斤、酢二升、灰二石、薪三百六十斤。

浅紫　綾一疋、紫草五斤、酢二升、灰五斗、薪六十斤。

（「綾一疋」を染色するために必要とする紫草などの分量。「綾《あや》」は模様を織りだした絹織物。「疋《ひき》」は織物の長さの単位で、一疋は長さ約二二メートル、幅約三六センチメートル。「斤《きん》」は重さの単位で、一斤は約六〇〇グラム。）

B　『源順集』二二五

藤波のかかれる岸の松は老ひて若紫にいかで咲くらん

（現代語訳：藤の花房が波のようにかかっている池の岸の松は、年老いているのに、若紫色にどうして咲いているのだろう。）

C　『万代和歌集』四五一・天暦御製（村上天皇が藤の賀で詠じた歌）

薄く濃く若紫によりかけて乱るる花を見む人もがな

（現代語訳：薄く濃く若紫色の糸を縒り合わせるようにして咲き乱れる美しい藤の花を、ともに見る人がいてほしいものだ。）

D　『枕草子』「めでたきもの」

めでたきもの。（中略）色合ひ深く、花房長く咲きたる藤の花、松にかかりたる。

（現代語訳：すばらしいもの。（中略）色合いが深く、花房が長く咲いている藤の花が、松にかかっているさま。）

信夫摺を染めるのに用いたとされる文知摺石《もじずりいし》（福島県福島市）

失恋記念日の過ごし方

月やあらぬ・四段

①むかし、②東《ひむがし》の五条に、③大后《おほきさい》の宮おはしましける、④西の対《たい》に、住む人ありけり。それを、⑤本意《ほい》にはあらで、心ざし深かりける人、行《ゆ》きとぶらひけるを、⑥睦月《むつき》の十日《とをか》ばかりのほどに、ほかにかくれにけり。あり所は聞けど、⑦人の行《い》き通ふべきところにもあらざりければ、なほ憂《う》しと思ひつつなむありける。⑧またの年の睦《む》月《つき》に、梅《むめ》の花ざかりに、去年《こぞ》を恋ひて行《い》きて、立ちて見、ゐて見、見れど、去年《こぞ》に似るべくもあらず。うち泣きて、⑨あばらなる板敷《いたじき》に⑩月のかたぶくまでふせりて、去年《こぞ》を思ひいでてよめる、

⑪月やあらぬ春や昔の春ならぬ我が身一《ひと》つはもとの身にして

とよみて、⑫夜《よ》のほのぼのと明くるに、泣く泣く帰りにけり。

【現代語訳】

昔、（平安京の）東五条に、皇太后が住んでいらっしゃったお屋敷の西の別棟に、住む人がいた。その人に対して、もともとそうしたいとは思っていなくて、愛情が深くなってしまった人が、訪問していたが、旧暦一月十日頃に、（相手の女性は）他の場所に姿を隠してしまった。その女性がいる場所は耳に入ってきたが、普通の人が行き通うことができる場所でもなかったので、それでもやはり切ないと思いながら過ごしていた。次の年の旧暦一月に、梅の花盛り（の頃）に、去年のことを恋しく思って（そのお屋敷へ）行って、立ったまま見て、座って見て、（周りを）見るけれども、去年とは似ているはずもない。ひどく泣いて、がらんとした縁側で月が傾くまで体を横たえて、去年を思い出して詠んだ（歌）、

月はあの時のままの月ではないのか。春は昔のままの春ではないのか。私一人だけがもとのままの身であって……。

と詠んで、夜がほのぼのと明ける頃に、泣きながら帰ったということだ。

【語注】

①むかし…冒頭が「むかし」の後「男（ありけり）」と記述が続かないのは珍しい（百二十五章段中四十七例）。この章段の特殊性がこの部分に表れていると考えても良い。

②東の五条…京都の東五条は開発の進んだ左京にあるが、お屋敷が密集した二条・三条よりは内裏から離れている。

③大后の宮…皇太后のこと。史実としては、東五条院を御所とした仁明天皇女御順子（藤原冬嗣女）を指すとされる（**付録：系図**参照）。

④西の対…当時の貴族が住んだ寝殿造りでは、正妻が北の対に住んだように、西の対は求婚者が想定されるような若い女性が住むイメージがある。史実としては、大后を順子とした場合、その姪にあたる二条后高子を指すとされる（**付録：系図**参照）。

⑤本意…撥音の「ん」が表記されていないが、「ほんい」と読む。本来は恋愛相手として考えていなかった間柄であることが暗示されている。

⑥睦月…旧暦一月は春の初めである。

⑦人の行き通ふべきところにもあらざりければ…相手の女性が天皇と結婚したことを暗示する。

⑧またの年の睦月…一年後であることに注意。

⑨あばらなる板敷…一説に「壊れた板敷」とするが、この女性がいなくなったために皇太后のお屋敷が一年で壊れるのは疑問。住む人がいなくなって家具調度類が片づけられ、がらんと見回せる状態を指していると考える。

⑩月のかたぶくまで…これが一年後の睦月十日頃だとすれば、月が沈むのは午前四時半前後となる。

⑪「月やあらぬ」歌…「や」は疑問説と反語説がある。

⑫夜のほのぼのと明くるに…男が帰ったのは明け方で、来た時刻は記されていないが、おそらく夕刻であろう。十日頃の月が出る時刻でもある。思い出の場所で、恋人のもとを訪れる時間帯を孤独に過ごしていたということになる。

◆◇鑑賞のヒント◇◆

❶男はなぜ恋してはいけない女に恋してしまったのだろうか。
❷女はなぜお別れもせずにいなくなってしまったのだろうか。
❸男は女の居場所が分かっていたのになぜ行かなかったのだろうか。
❹男は一年後、なぜ女がいなくなった元の部屋に行ったのだろうか。
❺梅と月はどのような雰囲気を演出しているだろうか。
❻「や」を疑問または反語ととることで、歌の解釈はどのように変わるだろうか。
❼この歌が表現したい男の心情はどのようなものだろうか。

◆◇鑑賞◇◆

失恋記念日とでも題したくなるエピソードである。昔男は、恋人を失って一年後に女が住んでいた部屋を再訪したのだが、その間いったい何をしていたのだろうか。「なほ憂しと思ひつつなむありける」という本文からは、恋人を奪回しようという気概は感じられないし、かといって恋人の面影を求めて徘徊してみるといった未練も感じられない。ただ鬱々と部屋にこもっているしかない姿が想像されるばかりである。これは事態のどうしようもなさに茫然自失、何もする気力さえないといったところだろう。相手が天皇となれば致し方のないことではある❷❸。そして、このように静かに耐える姿があるからこそ、物語後半の行動や感情の表白が生き生きとしてくるのである。

さて一年後、彼はいなくなった恋人の部屋を忽然と訪れる。しかもまるで逢瀬を振り返るかのように、夕方に来て明け方に帰っていく。恋人たちの時間を過ごすことによって、あの頃の二人が蘇るように思い出されたであろう。許されない恋だからこそ、気持ちが止められなくなってしまったのだ❶。そして今、昔とはまったく異なってしまったことが、よりいっそう実感される❹。

「立ちて見、ゐて見、見れど」という表現からは、何度も確かめるように見回しても、やはり変わってしまった様子しかなく、確認すればするほど打ちひしがれる姿が想像される。部屋に入ってすぐに「立ちて見」、わかっていることとはいえ力なく座り込んだが、あきらめられず「ゐて見」るというように。がらんとした部屋の中は、そのように見回すまでもないほどだが、がらんとしていることにより、いっそう孤独が感じられる。そして「去年に似るべくもあらず」という強い否定は、取り返しのつかない一年前を目の前に突きつけてくるような表現となっている。考えてみれば、このあたり「去年を恋ひて行きて」「去年に似るべくもあらず」「去年を思ひいでて」と、短い間に三回も「去年」という語が繰り返される。やはり一年後を意識した表現となっているのだが、ここで不思議に思うのは、このように再訪することはそれまでもできたはずなのに、なぜ一年後なのかということである。詳しくは**探究のために**にゆずるが、恋愛におけるこのような時間感覚は、当時の一般的なものではないようだ。だからこそ、何かにつけて記念日とする現代の感性に訴えかけるものとなっているのだろう。

この場面で詠まれる「月やあらぬ」の歌は、『古今集』仮名序の、いわゆる六歌仙評といわれる部分（資料A）で、「その心あまりて、言葉足らず」とされる在原業平の代表作である。確かに、「春や昔の春ならぬ」はまだしも、「月やあらぬ」で「月は昔のままの月ではないのか」という現代語の意味を取るのは、言葉が足りないという印象である。また、古来より上句については疑問説と反語説があり（工藤重矩）、そのような謎を秘めた部分もまた魅力の一つとなっていることは間違いない。しかもこの歌の場合、下句も「もとの身にして」と言いさしで終わっており、説明不足な印象が最後まで続く。このもどかしさが、かえって心情に対する読者の想像を掻き立て、関心を引き寄せるのであろう。そしてそのもどかしさが、言葉では伝えきれない余情を感じさせ、「その心あまりて、言葉足らず」という評につながるのである（❻）。

けれども、歌のベースにあるのは、〈変わってしまった女性（恋愛状況）〉に対比された〈変わらない自分〉であり、実は単純な構造であるといえる。ところがその対比によって、〈変わらないはずの自然（月・春）〉が変わってしまったように見えるのか見えないのか、混乱した自己を見つめる自分もまた存在することになり、その心理は複雑化、多面化していく。「去年に似るべくもあらず」と説明してしまう『伊勢物語』に対して、同じエピソードを載せる『古今集』七四七番歌（**資料B**）にはそのような表現がない。しかし「去年に似るべくもあらず」とあるからといって、反語には解釈できないと考える必要もない。なぜなら、気持ちとしては去年と変わってしまったことは明らかなが ら、それを〈変わらないはずの自然〉と考えたがる理性的な自分が存在するからである❻。

このように〈不変と変の対比〉という単純な構造をベースとしつつ、昔男の内面は複雑な様相を呈している。それが余情という心理的な奥行きを読者に印象付けることにつながっているのであろう❼。

そんな彼を取り巻き、思い出を共有する月と梅の、なんと優しい存在であることか。春のおぼろな月明かりが差し込み、満開の梅の花がまき散らす芳香に包まれる幻想的な雰囲気の中で、昔男は思う存分、感傷に浸ることができたであろう❺。

◆◇探究のために◇◆

▼なぜ一年後か①「代白頭吟」

平安中期の類題歌集である『古今六帖』の第五帖は雑思《ぞうのおもひ》というテーマだが、その中に「年へだてたる」という項目がある。ただし、その中の一首「をととしもこぞもことしもをととひも昨日も今日も我が恋ふる君」（二七七七）が「一昨年も去年も今年も一昨日も昨日も今日も私が恋い慕っているあなたであるよ」という意味であるように、一年ではなく数年を経たという状況を指している。『古今集』などの恋歌にも「年経る」という表現はあるが、一年後とはっきりわかるものはない。以上のことから、**鑑賞**にも書いたように、失恋記念日的な感覚は当時一般的なものではなかったと言える。

それではなぜ一年後なのか。その理由のひとつとして指摘されてきたのが、劉希夷の「代白頭吟」という詩である。これは年月の過ぎる早さ、一生のはかなさを女性の容色の衰えなどを例に挙げて嘆いたもので、その中の一節「年年歳歳花相ひ似たり　歳歳年年人同じからず」（毎年花は同じように咲くが　人は毎年同じではいられない）は、日本でも平安時代の『和漢朗詠集』（朗詠に適した、有名な和歌や漢詩の一節を選び、主題ごとに編集した書物）に入っていて、特に有名であったことがわかる。この〈変わらない自然〉と〈変わる人間〉という主題が、当該の歌と共通しており、影響関係が指摘されてきたわけである。

しかし、〈変わらない自然〉と〈変わる人間〉というのは普遍のテーマであろう。だからこそ、繰り返す季節・時間というものが意識されるのである。そしてこの漢詩は、春の花という点で共通し、またともに中国的な花ではあるが、桃李と梅という違いがあり、またもう一つのテーマとして、嘆老と失恋という違いもある。直接的な関係を考えないと理解できないというものではないだろう。

▼なぜ一年後か②「人面桃花」　もうひとつ、古くから影響関係を指摘されてきた『本事詩』所収のいわゆる「人面桃花」（**資料C**）がある。これは高校の漢文の教科書に教材として採用されているものでもあり、授業で和漢比較文学研究的な手法を試みることも可能であろう。ただし、現在では『本事詩』の方が『伊勢物語』よりも成立が遅いことが指摘され、片桐洋一によって直接的な影響関係は否定されている。成立に関して検討の余地は残されているとは思うが、研究としては慎重に扱う必要があることを、予め断っておく。「人面桃花」は、次のようなあらすじを持つ。

科挙の試験のため都に出てきた崔護という男が、地元の少女と出会い惹かれ合うが、そのまま別れてしまう。崔護は一年後にまた少女の家を訪れたが、人気がないので引っ越したと勘違いし、再会できない無念さをこめ、桃の花の不変と少女がいなくなったことを対比させて表現した七言絶句を作り、家の左扉に書き付けて去る。数日後、またその家を訪れた崔護は、少女の父親と出会い、実は外出していただけだったこと、そしてそれを誤解され二度と逢えないと思った少女が恋の病で死んでしまったことを聞く。悲しんだ崔護が少女の遺体に慟哭すると、少女は生き返り、喜んだ父は二人を結婚させる。

この話の中心は、恋の病で死んだ女が生き返ったという部分にある。このように伝奇的な恋の話は唐の時代に流行していた。

さてその上での比較であるが、「恋の病で死んだ者が生き返る」というなら、『伊勢物語』には四十段（118ページ）があるし、そのまま死んでしまう四十五段（130ページ）もあり、これらのほうが近いといえよう。しかし唐代に流行した伝奇小説は、「珍しい」恋の様相に取材しているという点で伝奇なのだとすれば、本章段の「恋人を天皇に奪われる」というのは十分に珍しい恋といえるのではないだろうか。

また失恋記念日に関しても、以下のことが言える。「人面桃花」では崔護の身分は明らかにされており、はっきりと書いていないものの、一年後にまた上京したのは、科挙を受験するためだということは想像がつく。このように、科挙や巡察などに関係して一年の空白期間を設定し、それが恋の様相に影響を与えるという話は、唐代伝奇において少なくない。本章段も、伝奇的な恋物語ということで、このような設定が受け継がれたのであろう。

本章段でも一年後ということは地の文に明らかにされている。歌においては、昔と今の対比だけである。したがって一年後というモチーフは散文的ということが言えるのかもしれない。

（中島輝賢）

【資料】

A 『古今集』仮名序

在原業平は、その心あまりて、言葉足らず。しぼめる花の色なくて匂ひ残れるがごとし。

（現代語訳：在原業平は、表現したい心情があふれかえり、言葉では表現しきれないくらいである。たとえば、萎んでしまった花が、色は褪せてしまったが匂いはそのまま残っているようなものである。）

B 『古今集』恋五・七四七

五条后宮の西の対に住みける人に、本意にはあらでもの言ひわたりけるを、睦月の十日あまりになむ、ほかへ隠れにける。あり所は聞きけれど、えものも言はで、またの年の春、梅の花盛りに、月のおもしろかりける夜、去年を恋ひて、かの西の対に行きて、月のかたぶくまで、あばらなる板敷にふせりてよめる　在原業平朝臣

月やあらぬ春や昔の春ならぬ我が身ひとつはもとの身にして

（現代語訳：五条皇太后のお屋敷の西の別棟に住んでいた人に、もともとそうしたいとは思っていなくて、それでも愛情を込めた言葉を言い続けていたが、旧暦一月の十日過ぎに、（その女性は）他へ身を隠してしまった。いるところは聞くが、言葉をかけることもできなくて、次の年の春、梅の花盛りに、月の美しかった夜、去年を恋しく思い出して、あの西の別棟に行って、月が傾くまで、がらんとした縁側で体を横たえて詠んだ（歌）。（歌訳略））

C 孟棨「人面桃花」『本事詩』

博陵の崔護は、姿質甚だ美なるも、孤潔にして合ふこと寡なし。進士に挙げらるるも、下第す。清明の日、独り都城の南に遊び、居

人の荘を得たり。一畝の宮にして、花木叢萃し、寂として人無きがごとし。門を叩くこと之を久しくす。女子有り、門隙より之を窺ひ、問ひて曰はく、「誰ぞや。」と。姓字を以て対へて曰はく、「春を尋ねて独り行き、酒渇して飲を求む。」と。女杯水を以て至り、門を開き牀を設けて坐を命じ、独り小桃の斜柯に倚りて佇立して、意属殊に厚し。妖姿媚態、綽として余妍有り。崔言を以て之に挑むも、対へず。目注する者之を久しくす。崔辞去するに、送りて門に至り、情に勝へざるがごとくして入る。崔も亦睠盻して帰る。嗣後絶えて復た至らず。

来歳の清明の日に及び、忽ち之を思ひ、情抑ふべからず。径ちに往きて之を尋ぬれば、門牆故のごとくなるも、已に之を鎖扃せり。因りて詩を左扉に題して曰はく、

去年の今日此の門の中
人面桃花相映じて紅なり
人面は知らず何れの処にか去るを
桃花は旧に依りて春風に笑むと

後数日、偶都城の南に至り、復た往きて之を尋ぬ。其の中に哭声有るを聞き、門を叩きて之を問ふ。老父有り、出でて曰はく、「君は崔護に非ずや。」と。曰はく、「是れなり。」と。又哭して曰はく、「君吾が女を殺せり。」と。護驚き起ちて、答ふる所を知る莫し。老父曰はく、「吾が女は笄年にして書を知り、未だ人に適かず。去年より以来、常に恍惚として失ふ所有るがごとし。比日之れと出づ。帰るに及び、左扉に字有るを見て、之を読み門に入りて病み、遂に食を絶つこと数日にして死せり。吾老いたり。此の女の嫁がざりし所以の者は、将に君子を求めて以て吾が身を託せんとすればなり。今不幸にして殞す。君之を殺すに非ざるを得んや。」と。又特に大いに哭す。崔も亦感慟し、入りて之に哭せんと請ふ。尚ほ儼然として牀に在り。崔其の首を挙げ、其の股に枕せしめ、哭して祝りて曰はく、「某斯に在り、某斯に在り。」と。須臾にして目を開き、半日にして復た活きたり。父大いに喜び、遂に女を以て之に帰がしむ。

（現代語訳：博陵の崔護は、容姿も才能も人並み優れていたが、生真面目で他人と折り合うことがほとんどなかった。科挙の進士科の受験生として推薦されたが、落第してしまった。清明節の日に、彼はただ一人都の南を散歩していたところ、隠士のわび住まいと思われる家を見つけた。こぢんまりとした屋敷で、花の咲いた木がこんもりと茂り、ひっそりと静まりかえって人の気配もない。門をしばらく叩いていた。（すると）一人の娘が門の隙間からのぞいて、「どなたですか。」と尋ねた。（そこで崔護は）姓と字（あざな）を名のってから言った、「春の風物を尋ね歩いているうちに、酒を飲んだあと、喉が渇き、飲み物をちょうだいしたい。」と。娘は一杯の水を持ってきて、門を開き腰掛けをしつらえて崔護にお座りくださいと言い、自分は小さな桃の木の斜めに差し出た枝に身をもたせかけてたたずんでいたが、（崔護に）思いを寄せること、ことのほか深い様子であった。そのなまめかしい姿とあでやかな物腰は、たおやかな様子であふれるばかりの美しさがあった。崔は言葉をかけて気を引いてみたが返事はなかった。ただじっと見つめるばかりであった。崔がいとまを告げると、見送って門まで来て、胸の思いに

たえかねた様子で奥に入っていった。崔もまた振り返って見つめた。その後ずっとその家には行くことがなかった。

翌年の清明の日、ふと思い出して矢も楯もたまらなくなった。まっすぐあの家を訪ねてみると、門と土塀も以前のままだが、すでにかんぬきをかけて閉めてあった。そこで門の左の扉に詩を書きつけた。

去年のこの日　この門の中では、
あの人の顔と桃の花が紅く照らし合っていた。
あの人はどこへ行ってしまったのか。
桃の花はもとのまま春風に微笑んでいるのにと。

数日たって、たまたま都の南まで出かけることがあったので、もう一度その家を訪れてみた。すると中から（死者を弔う）哭き声が聞こえるので、門を叩いてどうしたのかと尋ねた。一人の老人が出てきて言った、「あなたは崔護さんではないかね。」と。（崔が）「そうです。」と答えた。（すると老人は）さらに哭いて言った、「あなたは私の娘を殺したのだ。」と。崔護は驚いて立ち上がり、何と応答してよいか分からない。老人は言った、「娘は成年になって学問もしたが、まだ嫁に行かなかった。ところが去年から、いつもぼんやりとして、気が抜けたような状態であった。先日娘を連れて出かけた。帰ってみると、門の左扉に文字が書きつけてあるのを見て、読んで家に入るとそのまま寝ついてしまい、そんなことで数日間食事もとらずに死んでしまったのだ。私はもう歳だ。この娘を嫁にやらなかったのは、立派な男性を婿にして我が身を委ねようと思ったからだ。いま不幸にも娘は死んでしまった。あなたが殺したのでないとどうしていえましょうか、いや、いえません。（あなたが殺したということになるのです。）」と。（こう言うと老人は）さらにいっそう激しく哭くのだった。崔も心を打たれ、身もだえして悲しみ、中に入って（娘のために）人の死を悲しんで、声を上げて泣く礼を行いたいと頼んだ。（娘の遺体は）なお（生きていたときのように）きちんとした様子で寝台に横たわっている。崔はその頭を抱え上げ、自分の膝を枕にして、哭きながら（天に）祈った、「誰それ（崔護）はここにおりますぞ、誰それはここにおりますぞ。」と。まもなく娘は目を開き、半日もたつと再び（完全に）生き返った。老人はたいそう喜び、こうして娘を崔に嫁がせたのであった。

隅田川にかかる言問橋と東京スカイツリー（東京都台東区・墨田区）p59参照

昔男たちはどんな一生を送ったか

魂はあの世からこの世にやってきて、またあの世へ戻ってゆく。二つの世界は円環で繋がっており、その輪の中で人は死と再生を繰り返す。そういう死生観のもと、平安貴族は生前から死後までの人生の段階を区切る数々の儀礼を行った。

妊娠五か月目に着帯《ちやくたい》の儀《ぎ》で祝われた妊婦は、出産間近に室礼《しつらい》や衣装を白一色に統一された産屋へ移され、悪霊や物の怪から母子を守るための加持祈禱《きたう》や祓《はらへ》が施されるなかで子を産む。出産後の三・五・七日目の夜に、子の母方の親類や父が、無事出産を終えた母を労い、母子から邪気を祓うための産養《うぶやしなひ》の儀《ぎ》を営む。その際、七十九段に見えるように、管絃の遊び・詠歌・賜禄を伴う祝宴が同時に行われた。子は生後一週間、産湯につかる御湯《おゆ》殿《どの》の儀《ぎ》で邪気祓《じやきばらひ》や祈禱を受けた。これらはあの世からやってきた子の魂を社会に迎える儀式だった。当時は数え年であったから、生まれた日から人は一歳であり、正月一日に年が変われば誕生日に関わらず歳をとった。八十四段で昔男の母親が師走に心細い心境を歌に託すのは、翌日からまた一つ、老いると思うからである。

三歳から五歳で、社会に存在を告知するための袴着《はかまぎ》（着袴《ちやつこ》）の儀《ぎ》を終えると、男女児はそれぞれ大人になるための準備を始める。漢詩・和歌は必須の教養であり、『伊勢物語』などの物語等を通して恋の作法も学んだ。十歳前後には、中流貴族の子は親に付いて上流貴族の邸に奉公し始め、上流貴族の男児は天皇に昇殿の許しを得、殿上童《てんじやうわらは》として天皇に近侍し公事《くじ》見習をした。十五歳前後になると、成人儀礼として男児は元服（初冠）、女児は裳着《もぎ》を行う。髪上げし、男女の装束を身につけると、初めて性差が可視化され、その日から結婚もできた。初段は元服後の男の恋から語り始められる。

当時の結婚形態は一夫多妻婚であり、女の家が婿を取る婿取婚《むことりこん》である。男が自邸から妻たちの邸に通うために、通い婚、妻問婚《つまどいこん》、招婿婚《しょうせいこん》とも言う。男が女に恋文を送り、結婚に発展することもあれば、男側が女の親に縁談を申し込むこともあった。どちらの場合も最終的には女の親の承認が必要であり、四十段や四十五段などにも子の恋に干渉する親が登場する。男女の契りが初めて成立した翌朝、男は帰宅後に女へ後朝《きぬぎぬ》の文を贈り、三日連続で女のもとに通う。三日目の夜、男が女の家族の一員となったことを承認する露顕《ところあらはし》の儀《ぎ》が行われると結婚の成立である。新郎新婦はその際に三日夜《みかよ》の餅《もち》を食べた。

居住形態には、露顕後も夫が妻のもとに通う訪婚《ほうこん》と、夫が妻方に住み着く妻方居住婚《つまかたきよじゆうこん》、それらを経たのち夫が妻子を連れて新居に移る独立居住婚がある。妻が複数いる場合は、夫と同居する妻が正妻（北の方）と呼ばれた。正妻は親の身分や結婚の順、子の数などの諸要因によって決まったが、その地位は不安定でもあった。夫の不訪や妻側からの閉め出し、手紙・装束類・調度品類の回収・返送のほか、出家は離婚の意思表示となり（十六段）、妻の親の死や（二十三段）三年以上の夫の不訪（二十四段）、妻の不倫は離婚の原因となった。

四十歳になると、長寿（老人）を祝う四十《しじふ》の賀《が》が催され（九十七段）、以降十年ごとに算賀が行われた。

仏教が浸透した平安時代、人は死を意識すると、極楽往生するために仏道修行をした。老《おい》は極楽往生を祈り、世俗との関係を断って仏道修行に専念する出家の理由となる。『伊勢物語』では、厭世観から出家する例が多い。仏教は肉体への執着をも否定したため、死後は火葬され、京都の鳥辺野《とりべの》や蓮台野《れんだいの》等に埋葬される。死者の魂は死後四十九日間この世に留まると考えられていたため、七十七・七十八段に見られるように、遺族は死者の極楽往生を祈って七日毎《ごと》に法事を営み、服喪期間中は黒や鈍色《にびいろ》の装束を身につけ、酒や魚肉、歌舞音曲等を断って追善供養に専念した。一周忌や忌日にも法事を行った。魂はその間、次の生を待った。

（咲本英恵）

邪魔されたら余計に燃えるんだ！

通ひ路の関守・五段

むかし、男ありけり。①東《ひむがし》の五条わたりに、いと忍びて行《い》きけり。②みそかなる所なれば、③門《かど》よりもえ入らで、④童《わらは》べの踏みあけたる⑤築地《ついひぢ》のくづれより⑥通ひけり。⑦人しげくもあらねど、たび重《かさ》なりければ、⑧あるじ聞きつけて、その通《かよ》ひ路《ぢ》に夜《よ》ごとに⑨人をすゑてまもらせければ、⑩行《い》けども、えあはで帰りけり。さて、よめる、

人知れぬわが通《かよ》ひ路《ぢ》の⑪関守《せきもり》は宵《よひ》々ごとに⑫うちも寝《ね》ななむ

とよめりければ、⑬いといたう心やみけり。⑭あるじ許《ゆる》してけり。

⑮二条の后《きさき》に忍びて参りけるを、⑯世の聞えありければ、⑰兄人《せうと》たちのまもらせたまひけるとぞ。

【現代語訳】

昔、ある男がいた。東の京の五条通りの辺りに、人目を忍んでそっと女に逢いに行っていた。人に見つからないように、こっそりと通うような所なので、門から入ることもできなくて、子どもたちが踏み開けて通り道にしていた土塀の崩れたところを通っていた。ここは、人が大勢いるのではないが、男が何度も通うので、邸の主人はそのことを聞きつけて、その通り道に毎夜、番人を置いて見張りをさせたため、男は訪ねて行ったけれど、女に逢うこともできずに帰ったのだった。そして、詠んだ（歌）、

（世間の）人に知られずに私が密かに通う路で、見張りをしていた番人は、毎晩少しでも寝てしまってほしいのになぁ。

と詠んだので、（女は）とてもひどく心を痛めて悲しんだ。（だから、）その邸の主人は、（男が通ってくるのを）許したのだった。

（これは、）二条の后（である高子《たかきこ》）に、（人目を）忍んで訪ねて

行ったのを、世間の評判もあるので、（后の）兄たちがお守りになられたのだったということである。

【語注】

①東の五条わたり…「わたり」はあたりの意で、限定せずにぼやかした表現。四段の五条の大后（順子）の元に住む二条の后（高子）を想起させる語りである（**付録：系図**参照）。

②みそかなる所…「みそかなり」は人目を忍んで行う様子。許されぬ恋だからこそ、こっそりと通う所となる。『古今集』六三二番歌に関連する。**探究のために**参照。

③門よりもえ入らで…「門」は家の出入りに使うところ。「え〜で」は可能を表す副詞「え」が打消を表す接続助詞「で」を伴って不可能（〜できない）を表す。これも見つからないように注意を払う男の立場からの語りである。

④童べ…子どもたち。「べ」は「群・組」の意で複数を表す用例に用いられる。

⑤築地のくずれ…土塀の崩れたところ。「ついぢ」は「ついひぢ」の転。「つい」は「築《つき》」の音便化。「ひぢ」は泥を表し、泥土を築いて固めた屋根のない土塀。『枕草子』「人にあなづらるるもの」に「築土のくずれ。あまり心よしと人にしられぬる人」とある。

⑥通ひけり…通っていた。男が女の元に出入りして逢瀬があったことを想起させる。後文の「通ひ路」に対応する。

⑦人しげくもあらねど…人が大勢いるのではないが。接続助詞「ど」は逆接の確定条件を表す。何度も男が通うことから主人が知ることとなる。

⑧あるじ…邸の主人。ここでは五条の大后であろう。女の嘆きを直接見聞きしたというよりは、下仕えの者や下女などを通じて間接的に聞き知ったのであろう。

⑨人をすゑてまもらせければ…番人を置いて見張りをさせた。主人の指示により、男による築地の通り抜けを防ぎ、女に何事もないように、番人に守らせたのである。

⑩行けども、えあはで…「通ひ路」に番人がいるので、女のいる所まで入って行って逢うことができないで。

⑪関守は…たやすく通れないことから関所にたとえて、「関守」といった。

⑫うちも寝ななむ…少しでも寝てしまってほしい。「うち」は接頭語で少し、ちょっと、の意。「も」は強意の係助詞、「なむ」は「〜してほしい」という他への願望を表す終助詞。番人の守りが少しでも緩くなってほしいと切実に願う男の思いである。

⑬いといたう心やみけり…とてもひどく心を痛めて悲しんだ。女の心情である。すでに何回か女のもとを訪れていながら、「関守」のためにそれができなくなった男の事情を知るのである。**探究のために**参照。

⑭あるじ許してけり…主人は男が通ってくるのを許したのだった。男の思いを知り、ひどく悲しむ女の様子から、主人は気持ちが変わったのである。ここはあくまでも「しらぬよしにておかせ給ふなるべし（気づかないふりをしてそのままになされたのであろう）」（契沖『臆断』）がいうように黙認をしたのであろう。**探究**

のために参照。

⑮二条の后に忍びて参りけるを…人目を忍んで男が参上したのを。男の行動の内実を語ろうとする一節である。

⑯世の聞え…世間の評判。「人しげくもあらねど、たび重なりければ」という男の行動の内実が世間の評判となっていたことを示す。

⑰兄人たち…藤原長良の子で、高子（二条の后）の兄にあたる長男・国経（大納言）と二男・基経（堀河大臣）たち（六段**語注**、**付録：系図**参照）。

◆◇鑑賞のヒント◇◆

❶男の通った場所とはどのようなところで、誰に会いに行ったのだろうか。

❷男の和歌にはどのような効果があったのだろうか。

❸男の和歌に対して女はなぜ「いといたう心やみけり」となったのだろうか。

❹和歌の詠まれる前後で「あるじ」の思いはどのように変化しただろうか。

❺末尾の「二条の后に～」はそれ以前の内容と比べてどのような特徴を読み取ることができるだろうか。

◆◇鑑賞◇◆

「忍びて行きけり」と人目を避けながらのことであり、男が通う場所は「東の五条わたり」であった。四段を知る読者は、大后・順子と、そのもとに住む高子を想起するわけである。男と女はそもそもの身分の違いか、あるいは立場の違いか、決して世間に認められるような関係ではないことが、「忍びて」という男の行動に表れている❶。

そのような中、今宵も二人だけの逢瀬を過ごしたい男は、子どもたちが踏み開けたような、土塀が崩れた場所から、邸の中へ入ろうとした。正面からは入れない、見つかってはならないという関係だからこそのルートである（❶）。

一方、邸の主人にしてみれば、さすがに何度も通う男の行動に気づいてしまったようだ。そこで主人が打った手立てが、男を通さないために毎晩見張り役の番人を立てることであった。ただし、現実的に考えれば、崩れた場所そのものを塞いでしまう、という選択肢もあるだろう。むしろその方が合理的に男の侵入も防げたにちがいない。しかし、そのような展開にならないあたりに、物語の構成や演出効果、虚構性を読み取ることもできる（❶）。

男にとっては、初めは通れていたルートに番人を立てられては、まるで関所の通過する者を見張る番人（関守）と同じである。男は突然女の周囲の守りが厳しくなったために足止めをくらってしまう。そして、どうにかしてここを通り抜け、女のもとへ向かいたい切実な思いは歌となり、女側へ託したのである（❷）。

なぜここで男は歌を詠むのか。あるいはいかにして女に歌が届いたのかは余計な詮索なのだろう。男の歌は女を深く悲しませたのである。女は男の歌から二人の障壁に関守がいたことを知る。せめて番人よ眠ってくれないか、そうすれば逢うことができるのに、という歌に込められた思いを知った女はこれ以上にはないほどの嘆きを生じたことであろう❸。

関守を据えることを命じた主人にとっては、何よりも大切な女が間近で嘆いている。ここに歌に示された男の思いとともに、女の男への思いの深さを感じ取ったのであろう。決して公然とは認められないが、黙認くらいはしてやろうではないか、という心変わりを見せるのだ❹。

男の歌は結果として、女の様子を介して主人の心を動かしたのであり、歌の力が状況を好転させる歌徳説話の類型パターンにあてはまる❷。

さて、章段の最後には、事実譚のように人物が挙げられる。この話は、そもそも二条后高子のところに通っていた男のことが世間にまで広がったことから、兄弟たちによって警護がなされたことに端を発しているとのこと。後人による追記と理解されることがあるが、定家本百二十五章段の『伊勢物語』を読む上ではこの部分までを物語として理解するべきである。前後の章段とともに「二条后章段」として今日にまで読み継がれている❺。

◆◇探究のために◇◆

▼**初句「人知れぬ」の解釈**　「人知れぬ」の解釈は従来から疑問があった。それは「関守」が配置された以上、「通ひ路」はすでに誰かに知られていることが明白なはずなのに、わざわざ「人知れぬ」とすることへの不審である。藤井高尚『伊勢物語新釈』（一八一八年刊）はこの一見矛盾した言い方にこそ、男の余裕のなさと切実な恋情が表れており、「あはれ」を感じ取れることを主張する。しかし、山本登朗はこれを「少々無理なところがある」として「この歌の初句は「人しれぬ」でなければならなかったのだろうか」と改めて問題提起した。山本は『古今集』三首（**資料A**）、『伊勢物語』五十三段「夜深き鶏」の歌（**資料B**）をきっかけに「人知れぬ」は「思ふ」を修飾し「人知れぬ（思ひで通ふ）わが通ひ路」の意に解すべきとする。

これに対して、井上孝志は「人」を「世間の人」とするのは誤解であり、『後撰集』に「人」が相手（あなた）を指す用例（**資料C**）がみられることを根拠に「「世間の人が知らない」ではなく「あなたの知らない」と直接訴えかける歌」であるとする。井上はそもそも「人」には「①世間の人、②世間の人と相手、③相手（あなた）を指す三種」があることを指摘した上で右の結論を示すが、「相手（あなた）」の意味を認める一方、「世間の人」が否定される根拠が十分に示されていない。

ここは、前文の度重なる男の行動の後でのことである。すでに主人は状況を知って「関守」を配置したのだ。改めて内容を確認してみると、次のとおりとなる。

a「あなたの知らない―わが通ひ路」とすると、どのような経路で私が通ってきているかをあなたは知らない、その通ひ路の関守は～となる。つまり男のルートを女が知らない、ということに中心が置かれる。

b「あなたの知らない―関守」とすると、関守の存在を知らないであろう女に、関守が据えられたことを知らせる歌の意と解せる。

c「世間の人の知らない―わが通ひ路」とすると、どのような経路で私が通ってきているかを世間の人は知らない、と理解され、にもかかわらず、女側は知っており関守を据えた、という男を惑わす矛盾が相対的に浮かんでこよう。

d「世間の人の知らない―関守」とするのは、世間の人と関守との関係をもたせる必然性が見いだせないので適当ではない。

男にとって知られていないと思っていたのに知られていたという困惑が根底にあろう。和歌には「人」を相手の意で理解することがたしかにあるが、ここでは誰にも知られていないと思っていた、と歌いだす男の歌と理解することで、女側との認識の違いが明らかとなるc「世間の人の知らない―わが通ひ路」を支持したい。

▼**『古今集』六三二番歌の詞書の比較**　本章段と『古今集』恋三・六三二番歌の詞書（**資料D**）の比較から生じる問題に「男の歌が先方にどう受け止められたかは記されていない」（鈴木日出男）ということがある。逆に言えば、本章

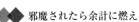

段には「いわゆる歌徳説話という類型の物語」（宇都木敏郎）としての性質が明確に示されているのである。

ここにいう「歌徳説話」とは「和歌を詠ずることによって、もしくは、その詠じた和歌によって、なんらかの利益、なんらかの功徳を得たという説話」（森山茂）、「すぐれた（もしくは特殊な）和歌を詠むことにおいて、その詠者の周辺の諸事情が好転する、という伝承説話」（渡邊昭五）と定義づけられる。また、「歌徳説話」の和歌には「上下句に、連歌にも通じる問答的性格が見られる」（渡部泰明）との指摘もある。当該歌は前句において「関守は」との主題をあげ、付句のごとく「うちも寝ななむ」と願望を示している。この男の願望が主人の理解を通じて形を変えて達成されたのである。この点で男の歌は「相手を強く意識した贈歌」（鈴木日出男）として理解するべきであろう。ただし、この場合の相手は女に向けられながら、その実は主人の存在を射程に置いたものであったといえる。これらの歌徳は、歌の効果を述べた『古今集』仮名序の冒頭部分（**資料E**）に通じる。

▼上野理による『催馬楽《さいばら》』「河口《かはぐち》」典拠説　上野理は「人知れぬ」歌について、『催馬楽』「河口」（**資料F**）との関係を指摘し、「催馬楽『河口』をもとに、それぞれ歌と物語を仮構し、現実めかし、読者たちを喜ばすために、二条后との恋を暗示させるものにした、と推測される。」という。また、『古今六帖』にも「河口」歌（**資料G**）が「せき」の一首として採録される。ここでは結句に「忍び忍び」とあり、五段冒頭部分の「いと忍びて行きけり」や『古今集』詞書の「忍びなる所なりければ」に対応している。ただし催馬楽歌も古今六帖歌も「我」が「荒垣」から「出で」て「寝ぬ」ことに対して、主体を男とするか女とするかで解釈が分かれる。そのため、『伊勢物語』において上野の指摘する「歌と物語を仮構し、現実めかし」て人物像を当てはめたことにより、これらの抽象性は取り除かれ、具体的かつ明確な展開をもつ章段として成り立ったと考えられる。

▼山本登朗による「韓寿説話」典拠説　山本登朗は「主人公が人目をはばかって「かどより」通うことができなかったほどしっかり管理された邸宅の「ついひぢ」が崩れたままになっていることは、きわめて不自然な、というよりもむしろきわめて非現実的な設定であると言わねばならない」として、類似した非現実設定に四段（24ページ）の「あばらなる板敷」の描写をあげつつ、「現実にはそれらの住居にはまったくそぐわない非現実的な要素を、おそらくは意図的に用いて、物語の虚構化を図っていると考えられるのである。」とする。

その上で、発想の源には、七四六年に唐の李瀚が編纂した初学者向けの故事集『蒙求』に「韓寿竊香《せつかう》」と記載される晋の人、韓寿の説話があると指摘する。

この説話は、韓寿が賈充《かじゅう》の娘と密通し、「香」がきっかけとなって露見するものの、その後、夫婦となれた、というものである。晋の正史である『晋書』（巻四十・列伝十）の賈充伝にも同趣の内容がある。その一部を抜粋すると、

韓寿、字は徳真、南陽堵陽《とやう》の人、魏の司徒曁魯《きろ》の孫なり。姿貌《しばう》美しく容止善《よ》し。（中略）寿勁捷《けいせふ》人に過ぎ、垣を踰《こ》へて至るも、家中知るもの莫し。（中略）時に西域奇香《きかう》を貢ずるあり。一たび人に著けば則ち月を経ても歇《や》まず。帝甚だ之を貴び、惟《た》だ以て充及び大司馬陳騫《ちんさい》に賜ふ。其女密《ひそか》に盗み以て寿に遺《おく》る。（中略）而《しか》るに其の門閤厳《もんかふげん》峻《しゅん》にして、入るを得たる所由《ゆゑん》の所を知らず。（中略）因《よ》りて墻《かき》を循《めぐ》りて以て其の変を観《み》しむ。左右白《まう》して曰《いは》く、余の異無きも、惟だ東北の角、狐狸の行く処の如しと。（中略）充之を秘し、遂に以ちて女を寿に妻《めあ》はす。

美男子で俊敏な韓寿は「垣を踰へて」賈充の娘の所に通い、誰にも気づかれなかった。しかし、娘が武帝から賜った香を韓寿に送ったことから、賈充は二人を疑い、部下に命じて「墻」の点検を命じ、「東北の角」の通い路を知るところとなった。しかし、その結果を黙認し韓寿は娘と結婚をすることとなったのである。

このような設定や結末に発想の源をもつというのである。韓寿の説話は後漢から西晋までの逸話を載せる『世説新語』にもある。また、奈良時代に伝来し日本文学に影響を与えた唐代の伝奇小説『遊仙窟』にも韓寿と香の逸話があることから、発想の一つとなったことはいえるのであろう。

（中田幸司）

【資料】

A『古今集』

人知れぬ思ひやなぞと葦垣の間近けれども逢ふよしのなき

（恋一・五〇六）

（現代語訳：人知れない思いなどといっても仕方ないくらい間近にいるけれども逢う手立てがないことだ。）

人知れぬ思ひを常にするがなる富士の山こそわが身なりけれ

（恋一・五三四）

（現代語訳：人知れない恋の思いの火をいつも燃やしている駿河にある富士山こそは私の身と同じである。）

人知れぬ思ひのみこそわびしけれわが嘆きをば我のみぞ知る

（恋二・六〇六）

（現代語訳：人知れない思いはわびしい、私が嘆きの木で思いの火を燃やしていることは私だけが知るばかりだ。）

B『伊勢物語』五十三段「夜深き鶏」

昔、男、あひがたき女にあひて、物語などするほどに、鶏の鳴きければ、

いかでかは鶏の鳴くらむ人知れず思ふ心はまだ夜深きに

（現代語訳：昔、男がたやすく逢うことのできない女と逢って、話などするうちに、鶏が鳴いたので、どうして鶏が鳴くのでしょう、人知れずあなたを思う私の切ない気持ちには、まだ夜が深いままであるというのに。）

C『後撰集』

女のもとにつかはしける

人知れぬ身はいそげども年をへてなど越えがたき逢坂の関

（恋三・七三一）

（現代語訳：あなたに認めていただけない我が身はあせっているのですけれども数年も経ってどうして逢坂の関を越えて逢うことができないのでしょうか。）

人の心つらくなりにければ、袖といふ人を使ひにて

人知れぬ我が物思ひの涙をば袖につけてぞ見すべかりける

（恋三・七六二）

（現代語訳：あなたにはわかっていただけない私の物思いの涙を袖に託してお見せすべきだと思います。）

D『古今集』恋三・六三二

東の五条わたりに、人を知りおきてまかり通ひけり。忍びなる所なりければ、門よりしもえ入らで、垣の崩れより通ひけるを、度重なりければ、主人聞きつけて、かの道に、夜ごとに人を伏せて守らすれば、行きけれどえ逢はでのみ帰りて、よみてやりけり　業平朝臣

人知れぬ我が通ひ路の関守は宵々ごとにうちも寝ななむ

（現代語訳：東の五条の辺に、女の人と知り合って通っていた。人目を避ける所であったので、門より入ることができないで、垣の崩れから通っていたのが、度重なったので、主人が聞きつけて、その道に、夜ごとに人を隠して守らせると、男は逢いに行ったけれども逢うことができないで帰って、歌を詠んで送ってやった。（歌訳略））

E『古今集』仮名序

やまと歌は、人の心を種として、よろづの言の葉とぞなれりける。世の中にある人、ことわざしげきものなれば、心に思ふことを、見るもの聞くものにつけて、言ひ出だせるなり。花に鳴く鶯、水にすむ蛙の声を聞けば、生きとし生けるもの、いづれか歌を詠まざりける。力をも入れずして天地を動かし、目に見えぬ鬼神をもあはれと思はせ、男女の仲をも和らげ、たけき武士の心をも慰むるは、歌なり。

（現代語訳：和歌は、人の心を本として、多くの言葉となっていった。この世の中に生きている人は、かかわり合う事柄がたくさんあるものなので、それにつけて心にあれこれと思うことを、見るものや聞くものに託して、歌として言い表すのである。花に鳴く鶯、水に住む蛙の声を聞くと、生きとし生けるすべてのものは、いったいどれが歌を詠まなかったであろうか。力をも入れないで天や地を動かし、目に見えない鬼や神をもしみじみと感じ入らせ、男女の仲をもやわらげ、勇猛な武士の心をも慰めるのは歌である。）

F『催馬楽』「河口」

河口の　関の荒垣や　関の荒垣や　守れども　はれ　守れども　出でて我寝ぬや　出でて我寝ぬや　関の荒垣

又説「いでてあひにきや」

（現代語訳：河口の関の荒垣や、関の荒垣や、しっかりと見張っているが　はれ　見張っているが、そこを出て私は夜を過ごしましたよ、出て私は夜を過ごしましたよ　関の荒垣。

また別の説「出て逢ってしまったよ」。）

G『古今六帖』第二「せき」・一〇二九

河口の関の荒垣守れどもいらで我寝ぬ忍び忍びに

（現代語訳：河口の関の荒垣はしっかりと見張っているが、そこには入らずに私は夜を過ごしました、ひっそりと。）

夜道にキラキラ光るのは？

芥川・六段

むかし、男ありけり。女のえ得《う》まじかりけるを、年を経《へ》て①よばひわたりけるを、からうして盗みいでて、いと暗きに来けり。②芥川《あくたがは》といふ川を率《ゐ》て行《い》きければ、草の上《うへ》に置きたりける露《つゆ》を、「かれはなにぞ」となむ男に問ひける。行《ゆ》く先多く、夜《よ》もふけにければ、鬼ある所とも知らで、神《かみ》さへいといみじう鳴り、雨もいたう降りければ、あばらなる蔵《くら》に、女をば奥におし入れて、男、③弓、胡簶《やなぐひ》を負《お》ひて戸口にをり。はや夜《よ》も明けなむと思ひつつゐたりけるに、鬼はや一口《ひとくち》に食《く》ひてけり。「あなや」と言ひけれど、神鳴《かみ》るさわぎに、え聞かざりけり。やうやう夜も明けゆくに、見れば、率《ゐ》て来《こ》し女もなし。④足ずりをして泣けども、かひなし。

⑤白玉《しらたま》かなにぞと人の問ひし時露《つゆ》とこたへて消えなましものを

これは、⑥二条の后《きさき》の、⑦いとこの女御《にようご》の御もとに、仕《つか》うまつるやうにてゐたまへりけるを、かたちのいとめでたくおはしければ、盗みて負《お》ひていでたりけるを、御兄人《せうと》⑧堀河の大臣《おとど》、⑨太郎国経《くにつね》の大納言、まだ⑩下臈《げらふ》にて内裏《うち》へ参りたまふに、いみじう泣く人あるを聞きつけて、とどめて取りかへしたまうてけり。それを、かく鬼とは言ふなりけり。まだいと若うて、后《きさき》のただにおはしける時とや。

【現代語訳】

昔、男がいた。とても結婚することなんかできそうもない女に何年もずっと恋心をほのめかしていた、その女を、やっとのことで連れ出して、とても暗い中、やってきた。芥川という川のあたりを通って連れて行ったところ、草の上に置いている露を、「あれは何？」と男に聞いたのだった。ずっと先まで行かねばならず、夜も更けてしまったので、鬼がいる所とも知らないで、雷までとてもひどく鳴り、雨も激しく降っていたものだから、（男は）がらんとした蔵の奥に女を押し込んで、弓矢を背負って戸口にいる。早く夜が明けてほしいと思いながら座っていたときに、鬼はあっという間にぱくっと女を食ってしまった。「キャー」と言ったけれど、雷鳴で聞こえなかった。やっと夜も明けてゆくときに見たら、連れてきた女の影も形もない。転げ回って泣いたのだが、どうしようもない。

（こんな思いをすることになるなら）「白玉かしら、何かしら」とあの人が聞いたとき、「露だよ」と答えて死んじゃえばよかったんだ。

これは、二条の后がいとこの女御のもとにお仕えするような形でいらっしゃったのだが、たいへんな美人でいらっしゃったので、連れ出しておぶって出て行ったのを、お兄様の堀河大臣と、上のお兄様の国経大納言が、まだ偉くないときで、参内なさるとき、ひどく泣いている人がいるのに気がついて、引き留めて、お取り返しになったのだった。それをこんなふうに鬼と言うのだった。まだとても若くて、后が普通の身分でいらっしゃった時のこととか。

【語注】

①よばひわたり…恋心をほのめかし続け。恋文を送り続けていたことをいうか。

②芥川…大阪府高槻市を流れる、淀川の支流。ただし、参内の途中で通りかかるのは不自然であり、当時の逃亡先は多くの場合、東国で、京から西へ逃げたとみるべき根拠にも乏しい。

③弓、胡籙を負ひて…弓と携帯用の矢入れを背負って。

④足ずり…転げ回って悔しがること。地団駄を踏むとする説もある。

⑤白玉…白色や透明の美しい石。特に、真珠をいうことが多い。

⑥二条の后…清和天皇の女御で陽成天皇の母となった藤原高子《ふじわらのたかきこ》（**付録：系図参照**）。父は北家藤原長良、母は藤原総継の女《むすめ》、乙春。八四二～九一〇。

⑦いとこの女御…二条の后のいとこには、良房の女《むすめ》である藤原明子《あきらけいこ》がいる。文徳天皇に入内して惟仁親王（後の清和天皇）らを生み、染殿《そめどの》の后と呼ばれた（**付録：系図参照**）。

⑧堀河の大臣…藤原基経。昭宣公。堀川太政大臣。長良の三男、叔父良房の養嗣子。高子の同母兄。八六四年参議となる。八三六～八九一（**付録：系図参照**）。

⑨太郎国経…藤原長良の長男。基経の異母兄。八八二年参議となる。八二八～九〇八（**付録：系図参照**）。

⑩下﨟…官位の下級の者。

◆◇鑑賞のヒント◇◆

❶「かれはなにぞ」はどのような思いで発せられた言葉なのだろうか。
❷女の言葉を聞いたときの男の気持ちと、歌を詠んだときの男の気持ちに、どのような変化が読み取れるだろうか。
❸後半部で初めて記された情報にはどのようなことがあるだろうか。
❹後半部に種明かし的な部分があることによって、どのような物語になっているだろうか。
❺この男女は相思相愛であったか、それとも拉致《らち》か。

◆◇鑑賞◇◆

男が思いを寄せていたのは、結婚などとても許されそうもない女だった。その女を、ついに連れ出すことに成功した。もちろん、親の承諾など得ていない逃避行である。芥川という川のあたりまで来たとき、女は草の上の露を見て「あれは何?」と聞く。男はやっと手に入れた幸運を逃すまいと一生懸命で、慌てている。先は遠いのに夜はすっかり更けてしまった。露などにこだわっている暇はない。というより、女と会話をかわす余裕がないのだ(❷)。男は愛情を行動で示すタイプのようである。豪雨から、雷から、追っ手から、女を守ろうとしているのだ。やっと見つけた蔵の奥に女を押し込んで、弓矢を背負って戸口に頑張っている男は武官だ。早く夜が明けてほしいと念じている。

ところが、夜が明け始めてきたときに見ると、連れてきたはずの女がいない。転げ回って泣き叫んでみても、どうしようもない。呆然とするなかで思い出すのは彼女の声。「あれは何?」と聞かれたとき、「あれは、あっという間に消えてしまうはかない露だよ」と答えて、自分も死んでしまえばよかったのに、なぜ自分ひとり生きているんだろう。なぜあのとき彼女の問いに答えてやらなかったのだろう❷。

しかし、それでは、彼女の発した問いにはどんな答えがふさわしかったのだろう。キラキラ光るものが何であるかを知りたかったのではないだろう。それが露であると知ってさえいたかもしれない。彼女がいちばん欲しかったのは、生まれたときから大切に育ててもらった家からこんな形で連れ出され、暗い夜道をたどる心細さで流れてくる涙のように光り輝くものを一緒に見ること、つまり、その幻想的な美しさと心細さへの共感だった❶。

女の気持ちははっきり描かれてはいないが、『大和物語』の〈女を盗む話〉（**資料A**）などと比較すると、「かれはなにぞ」という言葉によって、男の強引な求愛に応えようとする意思を読み取ることもできるだろう。ただ、男が女の気持ちに寄り添うことができなかった点に、一歩間違えば拉致に移行しかねない危うさがある❺。しかし、恋愛にはそのように独りよがりな一途さがつきものである。

理不尽にも鬼によって大切な女を失ってしまった男の心の痛みと悲しみは読者に強烈に迫ってくる。キラキラ光るもの、それは、失って気づくかけがえのない人への思い、純粋な恋愛の美しさの象徴でもあろう。その美しいイメージとともに、普遍性を持った一編のラブロマンスとして、この物語は愛されてきた。

『伊勢物語』には、「女の、心合わせて、盗み出でにけり」となっている伝本もあり、相思相愛の逃避行と読みたい読者の期待によって書き改められたものと考えられることも、純愛物語への志向を裏付ける。「男が女を盗む話」を語る語り口には、淡い「純愛」のオブラートがかけられていることが多いと言われ、「芥川」の物語もまさにその通りだが、その陰に、すれ違う男女の思いと、女が鬼に食われるという猟奇的で凄惨な事件への興味が見え隠れする（立石和弘）（❺）。

後半部では、彼女が若く美しかったこと、男に背負われていたこと、蔵の中で泣いていたことなど、前半部にはなかった情報が付け加えられている❸。当時の貴族の生活習慣では、若い女が出歩くことは滅多になかったから、彼女を連れて逃げるなら、馬でない限り男が背負うのは当然であったのかもしれない。彼女自身、自分の気持ちを整理することさえできなかったのかもしれないが、蔵の中で泣いているとなれば、世間的には、彼女の気持ちを無視した拉致と受け取られる可能性が高くなるだろう（❺）。

さらに、清和天皇に入内する前の二条后、すなわち藤原長良の娘、基経の妹であって、后がねとして大切に育てられていたお嬢様であったことも明かされる（❸）。鬼に食われたのではなく、兄たちに取り返されたのだと、実在した人物の名前まであげて、物語を「いかにもありそうな」現実に引き戻す書き方となっている。この部分があることによって、読者は「本当は鬼に食われたのではなかったのだ」とほっとするだろう。それと同時に、『伊勢物語』を初めから読んできた読者には、いわゆる二条后物語から東下りへと続く流れの中で、政治的な理由によって愛する女との仲を引き裂かれた「男」の物語として理解されることになる❹。

◆◇ 探究のために ◇◆

▼**「白玉か」歌の特殊性**　この歌は、鎌倉時代の『新古今集』では哀傷（人の死を悲しむ歌）の部に収められていて、『伊勢物語』から採録されたと考えられる。しかし、『伊勢物語』成立の頃の資料としては、紀貫之の選んだ『新撰和歌』恋雑の部にしか残っていない。

そもそも、歌の「白玉かなにぞ」は物語中の女の言葉、「かれはなにぞ」と合っていない。文字通りの意味で、何かを指してあれは白玉かと問うことも、まずない。「白玉」は、『万葉集』では、露の美しさを言うための表現でもあり、大切な人の比喩としても多く詠まれていたが、平安初期の六歌仙時代には、涙や滝の飛沫の喩えに使われるようになっていたことを思えば、この歌は、恋する男のために泣いている女の涙を「それは白玉か」と尋ねた男に対して、「いいえ、露です」と答えて死んでしまえばよかったという、女の立場の歌と見ることもできるだろう。恋の睦言である。とはいえ、この歌は背景に何か特殊な事情があることを推測させる、物語的な歌である。

▼恋しさを訴える　「まし」という反実仮想に注目すると、

かく恋ひむものと知りせば夕《ゆふへ》置きて朝《あした》は消《け》ぬる露ならましを　（『万葉集』12・三〇三八）

（こんなに恋しいものと知っていたら、夕方に置いて朝には消える露であったほうがましだったのに。）

逢はぬ夜のふる白雪と積もりなば我さへともに消ぬべきものを　（『古今集』恋三・六二一）

（会えない夜が白雪のように積み重なってしまったら、きっと私まで雪とともに消えてしまうだろうに。）

この歌は、ある人の曰く、柿本人麿が歌なり

のような歌が参考になるのであり、この歌も

かく恋ひむものと知りせば――白玉か何ぞと人の問ひし時露と答えて消えなましものを

（こんなに恋しいものと知っていたら――白玉か何かとあの人が聞いた時、露だと答えて消えてしまえばよかったのに。）

という発想で詠まれたものと見ることもできる（益田勝実）。とはいえ、「恋い死にしそうだ」「死んだ方がましだ」というのは、あくまでも冷淡な相手に対する抗議や求愛の表現だった。

▼今、ここにいない人への思い　次に、「問ひし時」に注目すると、今はここにいない人を思う「問ひし（言ひし）＋

人（君）はも」という歌の型と類似していることがわかる。

さねさし相模《さがむ》の小野に燃ゆる火の火中《ほなか》に立ちて問ひし君はも

（『古事記』景行天皇条）

（相模の小野に燃える火の、その炎の中に立って呼びかけてくれたあの人よ。）

朝な朝な草の上白く置く露の消なば共にと言ひし君はも

（『万葉集』12・三〇四一）

（毎朝毎朝草の上に白く置く露のように、消えるならば一緒にと言ったあの人よ。）

ところで、写本の多い『伊勢物語』の伝本には、今日一般的に目にすることの少ない、〈異本〉と呼ばれるものがある。そのなかに含まれている「清和井《せがゐ》の水」（**資料B**）は、やはり〈女を盗む話〉であり、この章段の物語とも共通点がある。そこでも、この歌の応用型「言ひし人」が使われているが、本章段の「問ひし時」はほかに例のない表現である。それは、女の発話の時点に焦点を当てるもので、物語の具体的な文脈と切り離せない歌となっているのである。

▼物語の特徴　以上のように、この歌は、死にそうなほど恋しいという『万葉集』の相聞歌の発想をもとに、今はここにいない人との思い出をクローズアップする、オリジナリティーの高い歌である。それならば、この歌はこの物語のために作られた歌とみるのはいかがであろうか。

この物語と同じ素材をもとに描かれたと推測される『今昔物語集』二十七－七「在原業平中将女被噉鬼語《ありはらのなりひらのちうじやうのをむなおににくらはるること》」（**資料C**）では、盗んだ女が鬼に食われる怪異に焦点が当てられているのに対し、この物語は歌にこそ特徴がある。男の心のドラマとして描きつつ、主人公「昔男」と二条の后との物語として『伊勢物語』に組み込まれたものと言えるだろう。

また、〈女を盗む話〉（**資料A**、『大和物語』百五十五段「山の井の水」）や〈鬼に食われる怪異譚〉（『三代実録』仁和三年八月十七日条、**資料C**、『今昔物語集』二十七－八、二十七－九、二十七－十八、『古今著聞集』十七－二十七など）自体は例の多いものである。〈女を盗む話〉には女の死という不幸が待ち受けていることも多いが、『伊勢物語』では必ずしもそうとは言えない（**資料B・D**）。

なお、『更級日記』には、いわゆる竹芝伝説が記されている。火たき屋の衛士になった武蔵国の男が、「ひたえのひさご」のなびく様子をつぶやいていた。それを聞いた帝の御むすめがこの男の家を見たくなったから連れていけと言ったので、男は姫宮を背負って武蔵国に着いた。ようやく探し当ててきた帝の使いに、姫宮がこれも前世からの約束事だと言うので、男が生きている限り武蔵国を預けるという宣旨が下り、男は家を内裏のように作って姫宮を住まわせたという。これは、女の方から男に逃避行を企てるように言い出し、女の親である帝から認められるという珍しい話である。

（宮谷聡美）

【資料】

A 『大和物語』百五十四段「ゆふつけ鳥」

大和《やまと》の国《くに》なりける人のむすめ、いと清《きよ》らにてありけるを、京より来《き》たりける男のかいまみて見けるに、いとをかしげなりければ、盗《ぬす》みてかき抱《いだ》きて馬にうちのせて逃げていにけり。いとあさましうおそろしう思ひけり。日暮れて、龍田山《たつたやま》に宿《やど》りぬ。草のなかにあふりをときしきて、女を抱きてふせり。女、おそろしと思ふことかぎりなし。わびしと思ひて、男のものいへど、いらへもせで泣きければ、男、

たがみそぎゆふつけどりか唐衣《からころも》たつたの山にをりはへてなく

女、返し、

龍田川岩根《いはね》をさしてゆく水のゆくへも知らぬわがごとやなく

とよみて死にけり。いとあさましうてなむ、男抱きもちて泣きける。

（現代語訳：大和の国に住んでいた人の娘で、たいそうきれいな人を、都から来た男がのぞいてみたところ、たいそう美しかったの

で、盗んでしっかり抱きしめて馬に乗せて逃げていった。女はたいそう驚きあきれて恐ろしく思った。日が暮れて龍田山に泊った。草の中に障泥《あおり》という馬具をとりはずして敷いて、女を抱いて寝た。女はこのうえもなく恐ろしく思った。心細く思って、男がものを言っても返事もせずに泣いていたので、男は歌を詠んだ。

　だれがみそぎをして放った鶏なのでしょうか。龍田山でいつまでも鳴いています。

女の返事、

　龍田川の岩の根もとをめざして流れてゆく水のように、これからどこへ行くのかもわからないで、私は泣いております。鶏も同じように悲しくて鳴くのでしょうか。

と詠んで死んだ。たいそう驚きあきれて、男は女を抱きかかえて泣いた。）

B『伊勢物語』小式部内侍本「清和井の水」（187ページ写真参照）

　昔、男、女をぬすみてゆく道に、水のあるところにて、「飲まん」と問ふに、うなづきければ、手にむすびて飲ます。さて、ゐて上りけり。男なくなりにければ、元のところに帰りゆくにかの水飲みしところにて、

　大原やせかゐの水をむすびつつあくやと言ひし人はいづらは

（現代語訳：昔、男が女を盗んでゆく道に、水のあるところで、「飲むか」と聞くとうなずいたので、手ですくって飲ませる。そうして、連れて京へ上ったのだった。男が亡くなってしまったので、元のところに帰ってゆくときに、例の水を飲んだところで、

　大原の清和井《せがゐ》の水を手ですくっては「もういい？」と言った人はどこに……。）

C『今昔物語集』二十七−七「在原業平中将女被噉鬼語《ありはらのなりひらのちうじやうのをむなおににくらはるること》」

　今昔《いまはむかし》、右近《うこん》ノ中将在原ノ業平ト云《い》フ人有《あり》ケリ。極《いみじ》キ世ノ好色《いろごのみ》ニテ、「世ニ有ル女《をむな》ノ形《かた》チ美《うるはし》ト聞クヲバ、宮仕人《みやづかへびと》ヲモ人ノ娘《むすめ》ヲモ見残ス無ク、員《かず》ヲ尽シテ見ム」ト思《おもひ》ケルニ、或ル人ノ娘ノ、「形チ有様世ニ不知《しら》ズ微妙《めでた》シ」ト聞《きき》ケルヲ、心ヲ尽シテ極ク仮借《けさう》シケレドモ、「止事無《やむごとな》カラム聟取《むことり》ヲセム」ト云テ、祖共《おやども》ノ微妙ク傅《かしづき》ケレバ、業平ノ中将力《ちから》無クシテ有ケル程《ほど》ニ、何《いか》ニシテカ構《かま》ヘケム、彼《か》ノ女ヲ蜜《ひそか》ニ盗出《ぬすみいだ》シテケリ。

　其《そ》レニ、忽《たちまち》ニ、可将隠《ゐてかくすべ》キ所ノ無カリケレバ、思ヒ繚《あつかひ》テ、北山科《きたやましな》ノ辺《ほとり》ニ旧《ふる》キ山庄《さんしやう》ノ荒《あれ》テ人モ不住《すま》ヌガ有ケルニ、其《そ》ノ家《いへ》ノ内《うち》ニ大《おほき》ナルアゼ倉《くら》有ケリ、片戸《かたど》ハ倒《たふ》レテナム有ケル、住《すみ》ケル屋《や》ハ板敷《いたじき》ノ板モ無クテ、可立寄《たちよるべ》キ様《やう》モ無カリケレバ、此《こ》ノ倉ノ内ニ畳一枚《たたみいちまい》ヲ具《ぐ》シテ此《こ》ノ女ヲ具シテ将行《ゐてゆき》テ臥《ふ》セタリケル程ニ、俄《にはか》ニ雷電霹靂《らいでんへきれき》シテ喤《ののしり》ケレバ、中将大刀《たち》ヲ抜《ぬき》テ、女ヲバ後《うしろ》ノ方《かた》ニ押遣《おしやり》テ、起居《おきゐ》テヒラメカシケル程ニ、雷《いかづち》モ漸《やうや》ク鳴止《なりやみ》ニケレバ、夜《よ》モ曙《あけ》ヌ。

　而《しか》ル間《あひだ》、女音《おと》モ不為《せ》ザリケレバ、中将怪《あやし》ムデ見返《みかへり》テ見ルニ、女ノ頭《かしら》ノ限《かぎり》ト、着《き》タリケル衣共《きぬども》ト許残《ばかりのこり》タリ。中将奇異《あさまし》ク怖《おそろ》シクテ、着物ヲモ不取敢《とりあへ》ズ逃《にげ》テ去《さり》ニケリ。其レヨリ後《のち》ナム、此《こ》ノ倉ハ人取《ひとと》リ為《す》ル倉トハ知《しり》ケル。然《しか》レバ雷電霹靂ニハ非《あら》ズシテ、倉ニ住ケル鬼《おに》ノシケルニヤ有ケム。

　然レバ案内不知《あんないしら》ザラム所《ところ》ニハ努々《ゆめゆめ》不立寄《たちよる》マジキ也《なり》。況《いはむ》ヤ宿《やどり》セム事

ハ不可思懸《おもひかくべから》ズ、トナム語リ伝ヘタルトヤ。

（現代語訳：今は昔のことだが、右近中将在原業平という人があった。大変な、世間で評判の色好みで、「世間にいる女で、美人と聞く女は、宮仕え人でも人の娘でも、一人残らずすべて自分の女にしよう」と思っていたところ、ある人の娘で、「姿かたち、世にまたとないほどすばらしい」と聞いた人を、精根尽くして熱心に言い寄ったけれども、「高貴な聟取りをしよう」と言って、親たちが大変大事にしていたので、業平の中将はどうすることもできずにいたのだが、どのように工夫したのか、その女をひそかに盗み出したのだった。

ところが、すぐに、（女を）隠すべき所がなかったので困って、北山科のあたりに古い山荘で、荒れて人も住まないのがあったのだが、その家の内に大きな校倉があり、一枚開きの戸は倒れていたのが、（人が）住んでいた家は板敷の板もなくて、立ち寄ることのできそうな様子もないので、この倉の中にござを一枚持っていってこの女を連れていっていって横になっていたところ、にわかに稲妻が光り雷が鳴って騒がしくなったので、中将は太刀を抜いて、女を後ろに押しやって、立ち上がって（太刀を）ひらめかしているうちに、雷もだんだん鳴り止み、夜も明けた。

その間、女は声も立てなかったので、中将は怪しんで振り返ってみると、女の頭と着ていた着物だけが残っていた。中将は言いようもなく恐ろしくて、着物も取るや取らずに逃げ去ってしまった。それより後になって、この倉は人を取る倉だと知った。とすると、稲妻や雷ではなく、倉に住んでいた鬼のしたことであったのだろうか。

されば、事情の分からない所にはけっして立ち寄ってはならないのだ。まして、泊まるなどということは思いも寄らぬことだ、と、語り伝えているということだ。）

D『伊勢物語』十二段「武蔵野」

むかし、男ありけり。人のむすめを盗みて、武蔵野《むさしの》へ率《ゐ》て行《ゆ》くほどに、盗人《ぬすびと》なりければ、国の守《かみ》にからめられにけり。女をば草むらの中に置きて、逃げにけり。道来る人、「この野は盗人《ぬすびと》あなり」とて、火つけむとす。女、わびて、

武蔵野《むさしの》は今日《けふ》はな焼きそ若草のつまもこもれりわれもこもれり

とよみけるを聞きて、女をばとりて、ともに率《ゐ》ていにけり。

（現代語訳：昔、男がいた。人の娘を盗んで、武蔵野へ連れてゆくときに、盗人だったので、国の守《かみ》に捕らえられてしまった。女を、草むらの中に置いて、逃げてしまった。道をやって来る人が、「この野は盗人がいるそうだ」といって、火をつけようとする。女は辛く思って、

武蔵野は今日は焼かないで。夫も隠れているし、私も隠れているんです。

と詠んだのを聞いて、女を捕まえ、一緒に連れていったのだった。）

友だちとセンチメンタルジャーニー

東下り・九段

むかし、男ありけり。その男、①身を要《えう》なきものに思ひなして、京《きやう》にはあらじ、②あづまの方に住むべき国求めにとて、行《ゆ》きけり。もとより③友とする人ひとりふたりして、行《い》きけり。道知れる人もなくて、まどひ行《い》きけり。

④三河《みかは》の国、八橋《やつはし》といふ所にいたりぬ。そこを八橋といひけるは、⑤水ゆく河の蜘蛛手《くもで》なれば、橋を八つ渡せるによりてなむ、八橋といひける。その沢のほとりの木の陰におりゐて、⑥乾飯食《かれいひく》ひけり。その沢に、かきつばたいとおもしろく咲きたり。それを見て、ある人のいはく、「⑦かきつばたといふ五文字《いつもじ》を句の上《かみ》にすゑて、旅の心をよめ」と言ひければ、よめる、

⑧からころも着つつなれにしつましあればはるばる来ぬる旅をしぞ思ふ

とよめりければ、みな人、乾飯の上《うへ》に涙落としてほとびにけり。

⑨行《ゆ》き行《ゆ》きて駿河《するが》の国にいたりぬ。⑩宇津《うつ》の山に至りて、わが入らむとする道は、いと暗う細きに、蔦《つた》・かへでは茂り、もの心細く、すずろなるめを見ることと思ふに、⑪修行者《すぎやうざ》あひたり。「かかる道は、いかでかいまする」と言ふを見れば、見し人なりけり。京《きやう》に、その人の⑫御もとにとて、文《ふみ》書きてつく。

駿河⑬なる宇津の山辺《やまべ》のうつつにも夢にも人にあはぬなりけり

⑭富士《ふじ》の山を見れば、⑮五月《さつき》のつごもりに、雪いと白う降《ふ》れり。

⑯時知らぬ山は富士の嶺《ね》いつとてか鹿《か》の子まだらに雪の降るらむ

その山は、⑰ここにたとへば、比叡《ひえ》の山を二十《はたち》ばかり重《かさ》ね上げたらむほどして、なりは⑱塩尻《しほじり》のやうになむありける。

なほ行《ゆ》き行《ゆ》きて、武蔵の国と下《しも》つ総《ふさ》の国との中に、いと大《おほ》きなる河あり。それを⑲隅田《すみだ》川といふ。その河のほとりにむれゐて、思ひやれば、限りなく遠くも来にけるかな、と、わびあへるに、渡守《わたしもり》、「はや舟に乗れ。日も暮れぬ」と言ふに、乗りて、渡らむとするに、みな人ものわびしくて、京《きやう》に思ふ人⑳なきにしもあらず。さるをりしも、白き鳥の、はしとあしと赤き、㉑鴫《しぎ》の大《おほ》きさなる、水の上《うへ》に遊びつつ魚《いを》を食《く》ふ。京《きやう》には見えぬ鳥なれば、みな人見知らず。渡守《わたしもり》に問ひければ、「これなむ㉒都鳥《みやこどり》」と言ふを聞きて、

㉓名にし負《お》はばいざこと問はむ都鳥《みやこどり》わが思ふ人はありやなしやと

とよめりければ、舟こぞりて泣きにけり。

【現代語訳】

昔、男がいたそうだ。その男は、自分が必要のない人物だと思い込んで、平安京にいるつもりはない、東国の方に住むのによい国を探しにと言って出かけて行ったそうだ。もともと友だちである人一人二人と一緒に行った。道のりを知っている人もいなくて、迷いながら行った。

三河の国の八橋というところに着いた。そこを八橋といったのは、水が流れる川が蜘蛛の手のように分流しているので、橋を八つ架けてあることによって、八橋といった。その沢のあたりの木陰に（馬から）降りて座って、乾飯を食べた。その沢にカキツバタがた

いへん趣深く咲いていた。それを見て、ある人が言うことには、旅の心（という五文字を（歌の）句の一文字目において、旅の心（というテーマで歌）を詠め」と言ったので詠んだ（歌）、

唐衣を着ると萎える褄のように、慣れ親しんだ妻がいるので、はるばる遠くまで来た旅だなあと思うことだ。

と詠んだので、一行の人は皆、乾飯の上に涙を落としてふやけてしまった。

先へ進んで駿河の国に着いた。宇津の山にやって来て、自分が入って行こうとしている道は、大変暗くて細い上に、蔦や楓が茂り、なんとなく心細く、思いがけない目に遭うことだなあと思っていると、修行者が（男一行と）出くわした。「このような道に、どうしていらっしゃるのか」と言うのを見ると、会ったことのある人であった。都に、その御人のところにということで、手紙を書いてことづける。

駿河にある宇津の山に来ているのですが、そのうつつ、つまり現実でも、さらには夢でも、あなたに会わないことであるなあ。

富士山を見ると、旧暦五月の終わりに、雪がたいそう白く降り積もっている。

時節を意識しない山は、富士山だなあ。いったい今をいつと思って、鹿の子斑の模様に雪が降り積もっているのだろう。

その山は、ここ平安京にたとえると、比叡山を二十ほど積み重ねたようなくらいの大きさで、形は塩尻のようであった。

さらに先へ進んで、武蔵の国と下総の国との間に、大変大きな川がある。それを隅田川と言う。その川のほとりに集まって座って、「思い遣ると、この上なく遠くにも来たものだなあ」とみんなでしょげていると、渡し船の船頭が「早く船に乗れ。日も暮れてしまう」と言うので、（船に）乗って（川を）渡ろうとすると、みんななんとなく気がふさいで、都に愛する人がいないわけでは決してない。ちょうどその時、白い鳥でくちばしと脚が赤い、シギの大きさの（鳥）が、水の上を動き回りながら魚を食べている。都には見えない鳥なので、みんな見てもわからない。船頭に聞いたところ、「これは都鳥だ」と言うのを聞いて、

（都という言葉を）その名前に持っているのなら、さあ尋ねてみよう。都鳥よ。私の愛している人は元気でいるかいないのか、と。

と詠んだところ、船の一行はみんな一緒に泣いてしまった。

【語注】

①身を要なきもの…必要ではない者。無用者には世間にとっての、というニュアンスがある。しかし「思ひなす」は「自分で思い込む」という意味であり、世間からそう評価されたということではない。『伊勢物語』のここまで流れとしては、恋愛に敗れたことにより、自らのあり方を無用者、ダメな奴と思い込んだと理解するのがよい。

②あづまの方…東国を意味するので「ひがし」ではなく「あづま」。『古事記』ではヤマトタケルが妻のオトタチバナヒメを偲んで「あがつま、はや」と言ったことが地名起源となっている。失恋

が理由となって東国に行く本章段にはふさわしい土地柄と言えよう。
③友とする人…後文において一行の「ある人」が題詠をさせているので、「お供」ではなく同等の身分の「友」である。
④三河の国、八橋…愛知県知立《ちりゅう》市と考えられる。後の時代に作られたものだが、八橋かきつばた公園がある。
⑤水ゆく河の蜘蛛手なれば…川が蜘蛛の手のように分流している様子。この地域は水郷地帯である。
⑥乾飯…飯を乾燥させたもので、携帯食として旅行などで利用した。水やお湯でふやかして食べた。
⑦かきつばた…アヤメ科アヤメ属の植物で五月から六月にかけて紫色の花をつける。現在、愛知県の県花となっている。「かきつばた」という五文字を、五七五七七の各句の頭に据えて詠むことを条件としているが、これを折句という。
⑧「からころも」歌…枕詞「からころも」が「着」を導く。「唐衣きつつなれにし」が序詞で「つま」を導く。掛詞となるのは、「き」が「着」・「来」、「なれ」が「萎れ」・「馴れ」、「つま」が「褄」・「妻」、「はるばる」が「張る張る」・「遥々」。「唐衣」の縁語が、「着」・「萎れ」・「褄」・「張る張る」である。
⑨行き行きて…場面転換に使われる表現で、高校教科書にも載る「行き行きて重ねて行き行く」（『文選』）の影響がある。後出の「なほ行き行きて」も同様である。
⑩宇津の山…静岡県静岡市駿河区宇津ノ谷と藤枝市岡部町岡部坂下の境にある宇津ノ谷峠のこと。蔦の細道と呼ばれる道もある。

⑪修行者あひたり…こちらが理解できない者と出会う時の「あふ」は、相手が主語となる。
⑫御もと…敬語が使われているので、「その人」の身分が高いと想定できる。
⑬「駿河なる」歌…「駿河なる宇津の山辺の」が同音により「うつつ」を導く序詞。離れているのだから現実に会うことができないのはもちろんだが、夢にも出てこないので、相手の愛情が冷めたことを疑っている。
⑭富士の山を見れば…この部分、前後をつなぐ言葉もなく唐突な感がある。その場で視線を転じた印象である。
⑮五月のつごもり…旧暦五月末日は、夏の盛りである。ちなみに、江戸時代には六月朔日に半年の汚れを祓うために富士山の雪を見る行事があったことが報告されている。直接的な影響関係を指摘することは難しいが、心情的には近いものがあろう。
⑯「時知らぬ」歌…日本一の歌枕である富士山を称えた歌である。旅の歌には、旅先での風景や土地を讃めるという類型があるが、その一つである。
⑰ここ…読者のいる平安京を指している。都の貴族を読者として作られた作品だということがわかる。
⑱塩尻…製塩の際に、砂を円錐形に積み上げたもので、これに海水をかけて乾燥させ、塩分を採取する。
⑲隅田川…東京都・埼玉県・千葉県の境を流れている隅田川で、東京スカイツリーの近辺には「業平橋」「言問橋」などゆかりの土地があるが、全て後世のものである（33ページ写真参照）。現在

より内陸部を流れていたとも考えられている。ちなみに『万葉集』に出てくる「すみだ川」は関東のものではない。

⑳なきにしもあらず…二重否定で、肯定の強調となる。これにより、一行は全員、愛する人を京においてきたことがわかる。

㉑鴫…チドリ目シギ科の鳥の総称。渡り鳥で、日本には春と秋に飛来し、水辺で貝類等を餌とする。大きさはスズメ程度からカラスより大きいものまであるが、この場合は後者であろう。

㉒都鳥…チドリ目カモメ科カモメ属の鳥。渡り鳥で、日本には冬、全国に広く飛来する。現在ミヤコドリと呼ばれる鳥とは別種である。

㉓「名にし負はば」歌…「名に負ふ」は、「名として持っている」と「有名な」の二つの意味がある。「これやこの大和にしては我が恋ふる紀伊道にありと言ふ名に負ふ背の山（これがこの、大和で私が心を寄せている、紀伊道にあるという、有名な背の山なのだなあ）」（『万葉集』1・三五・阿閉皇女）、「これやこの名に負ふ鳴門の渦潮に玉藻刈るとふ海人娘子《あまをとめ》ども（これがこの、有名な鳴門の渦潮に美しい藻を刈っているという海女乙女なのだなあ）」（『万葉集』15・三六三八・田辺秋庭）が典型的であるように、旅の歌においては「これやこの」という表現と併用され、「有名な」の意味で地名やその土地における景物にかかる。その点、当該歌は旅の歌でありながら、未知の「都鳥」に対して「名として持っている」の意で使っており、特殊といえる。ただし擬人法・倒置法といったレトリック使用は理解しやすい。

◆◇鑑賞のヒント◇◆

❶全体をどのような段落構成で考えることができるだろうか。
❷友が昔男と一緒に東下りをしなくてはならない理由は何だろうか。
❸修行者や渡守はどのような役割を負っているのだろうか。
❹四首の歌、それぞれの詠歌動機の違いはどのようなところにあるだろうか。
❺四首の歌が詠まれる場所や時間には、どのような意味があるだろうか。
❻四首の歌、それぞれのレトリックとその効果、表現される心情は、どのようなものだろうか。

◆◇鑑賞◇◆

東下りと呼ばれる、『伊勢物語』を代表する章段である。紀行というテーマを中心として、後世の様々な文学・文化に影響を与えた。日本文化の伝統を作ってきた、重要な逸話と評価される。

当時、都から見た東（あずま）＝東国・東日本は、まだ開発途上の異文化世界である。それは、開発の進んだ西国・西日本では都と同様の価値観が通じるのと対照的であり、『伊勢物語』中の「西下り」ともいわれる章段群と比較すると、性格の違いが明らかとなろう。とはいえ、現代でも異文化的要素に対する好奇心から旅が行われるように、エキゾチックなものに惹かれる傾向は当時の都人にもあった。しかしそのような好奇心を満足させるだけでは、単なる娯楽となってしまう。昔男が旅に出た理由は、東国への好奇心だけではない。昔男は、都での政治的な地位や生活を捨て、東国に向かったのである。そのような意味で、都におけるものとは異なる価値観を持っている昔男が、世間体や政治的地位ではなく、恋愛を大事にするという自分の生き方を貫き通すために新たな天地を目指すに相応しいのが東国であるといえるだろう。

章段の構成は、旅における場所の移動を基準とすれば、「都から三河国八橋→駿河国宇津の山と富士山→武蔵と下総国境の隅田川」という三段構成になる。また、抒情の中心である和歌を基準にすれば、四首の和歌それぞれで四段構成となる。さらにそこから冒頭の旅立ちの事情を独立させれば、五段構成ということになろう❶。

冒頭は特殊な物語成立の事情を説明している。貴種流離譚であるとか、流離する理由として本来あるべき政治性が皆無であるということ、特に失恋を理由としていることは、『楚辞』「漁父の辞」の屈原や『源氏物語』の光源氏等を引き合いにして、よく指摘される。そのように比較文学的な手法で、この物語を相対化してみることは必要だろう。

この点については**探究のために**で考えたい。まずはこれまでの研究でもほとんど注目されていない「友」の存在を取り上げて考えてみよう。そもそも、政治的に一蓮托生したならまだしも、失恋した友達に付き合って都での生活を捨てる「友」というのは、現実に存在するものだろうか。我々現代人の世界では、失恋した友人がいても、できることといったらせいぜい憂さ晴らしにつきあうくらいのもので、「仕事をやめて放浪の旅に出る」などと言ったら、普通は止めるものであろう。ましてやそれに同調するなど、現実としては考えられないことである。つまり、「友」は現実的な感覚によって設定されたのではない(❷)。したがって、「友」という存在を物語の構造、展開から考えつつ、表現を見ていく必要がある。

まず八橋の場面では、「友」の一人が題を出している。「お供」であれば、主人にそのようなことはできない。つまり、昔男が歌で感情表現をするきっかけとして、「友」が必要であったということになる。そして何よりも、「友」は昔男の歌に感動し、共感して泣いている。これは隅田川の場面でも同じだ。つまり、昔男の歌が特殊な物語における孤独な感情表現に終わるのではなく、出題によってそれを積極的に引き出してやり、共感することによって読者に媒介する役目を背負っているのが「友」なのである。これを〈共感の構造〉とでも呼んでおこう(❷)。

八橋の場面が歌会の性格を持っていることは、すでに指摘されている❺。いわば正式な文芸の場をまねて詠歌を行っているのだが、これによって昔男の個人的な抒情も、そのような場における正当な表現に準じているという評価ができよう。歌会に準じた場として成立するためにも、参会者たるにふさわしい和歌鑑賞の力量を持った人物が必要だが、それが東国の地元民であるはずがなく、「友」ということにもなるのである。

その詠歌行為は、カキツバタという折句を条件とされたものであった。カキツバタは、夏/水辺という季節/空間を表すもので、この場合の歌の場を象徴している。旅先で出会った景物により、詠歌主体の存在する時間／空間を伝えるというのは、旅の歌の表現方法の一つである。しかもその技巧は折句にとどまらず、枕詞・序詞・掛詞・縁語という、六歌仙時代を席巻したレトリックを総動員した、和歌史上ナンバーワンともいわれるものであった。高度なレトリックを含む歌には技巧に走ってしまう傾向があり、表現しようとする心情と矛盾する方向性があることは、よく指摘される。当該歌の場合も、絶唱となる隅田川での詠歌と比較すると、まだレトリックを考える心の余裕があるようにも感じられる。しかしそれはあくまで相対的なものであろう。そして、出題のもう一つの条件は「旅の心」である。旅の歌については、和歌研究において、〈望郷の思い〉と〈旅先での出来事に対する思い〉に分けて考えられている。この場合はまさに前者なのであるが、故郷に残した愛しい人に対する思いが、カキツバタという折句を背景として、まるで映画のワンシーンのようにイメージされる。八方に広がる開放的な水辺は夏の日差しがきらめきながら涼しげであり、女性的なカキツバタが思い人の姿と重なるのだが、表現されている心情はあくまで悲しく、そのギャップでくらくらしてくるような効果を生んでいる。その意味で、表現する心情面と表現方法がどちらかに偏ることなく、調和がとれている歌と評価してよかろう。だからこそ、周囲の人は感動して泣くのである❹❺❻。

しかし物語の絶頂はここではない。旅をさらに深め、先へ進めていくには、さらなる仕掛けが必要だ。そのような意味で、「乾飯の上に涙落としてほとびにけり」が効いてくる。ここは「笑いを誘う」・「諧謔的表現である」などと指摘されるところだが、いったい何が「笑い」・「諧謔」なのだろうか。これまではっきりと説明されてこなかったところである。人間の心情としての極致である恋心と、それに反する本能の食欲。愛情が満たされないが故に、涙は流れ、しかし食欲は満たされる。悲しくても腹は減るものなのだという落差を滑稽さとして読み取りたい。「花より団子」という言葉が、思い起こされるところである。

さて、物語はこれによって先へ進むが、以上のような〈共感の構造〉を経たからこそ、返歌を期待できない宇津の山での贈歌の孤独さが際立つものとなる。歌の場を確認しておくと、八橋が、カキツバタの咲く、明るく開放的な水辺であるのに対して、宇津の山は、蔦楓の茂る暗くて狭い道である。川と山という差だけでなく、生えている植物の差にも注目したい。女性的で香気の高いカキツバタの花が象徴する開放性と、暗く茂った蔦が象徴する閉鎖性の差は、表現される心情だけでなく、その表現を受け取り、共感してくれる存在の有無という差を象徴しているように感じられる。まずはこのような歌の場の性格の違いをおさえておきたい❺。

そしてその歌は、相手の女性が自分を思ってくれないからこそ夢の中でも逢えないのだという、現実だけでなく夢にまでも絶望したものである。ここにおいて、八橋での「友」との共感とは対比的に、女性との心のつながりは完全に絶たれてしまっている。そして「友」はこの場面で全く登場せず、女性との間を取り持つのは「修行者」であることに注目したい。「友」は共感という役割を背負っているが、修行者は取り持つとはいっても歌を届けるだけであり、返歌を持って戻ってくることは期待されていない。もちろん、昔男の側にはつながりを求める気持ちはある、しかし状況からすると、贈答という行為であるにもかかわらず、始めから一方通行になるしかない歌なのだ。背景となる場の設定や登場する人物の対比が絶妙に配されていることがわかるだろう❸。

夢という題材は、研究テーマとして良く取り上げられるものである。そして、夢の中に人が現れる理由としては、次の二つが考えられている。一つは、自分が相手のことを考えている／好きであるから、相手が自分の夢に現れるというものである。これは現代的な考えでもあろう。もう一つは、相手が自分のことを考えている／好きであるから、相手が自分の夢に現れるというものである。こちらは体から魂が抜けて、相手の夢に入るという古代的な思想による。現代・古代という表現を使ったが、古くから両方の考えがあった。宇津の山の歌の場合は、明らかに後者である。したがって「夢に現れない」という不在が逆説的に、相手の女性がこの恋をあきらめたことを疑わなければならないというメッセージとなり、昔男の孤独、孤絶が浮き彫りとなる❹。

昔男は序詞に、「宇津の山」という自分のいる場所を詠み込んでいる。これは前述したように、旅先から居場所を相手に伝えるという効果がある。しかしここに返歌がもたらされることはない。しかも宇津の山は、歌には表現されないが、地の文にあったように閉鎖的な場なのである。蔦楓の鬱蒼とした暗く細い道は、昔男の心象風景でもあろう。ここに至って、昔男の愛情はどうにも行き詰ってしまった。現代語であれば「宇津」は「鬱」に通じるとでもしたくなるところだ。「鬱」が「鬱蒼と茂っている」・「憂鬱である」等の意味で使われるのは後世のことなので、掛詞として解釈することはできないが、イメージとして感じなければならないのは確かであろう❺❻。

さて、このように読んでくると、富士山での詠歌は特殊に見える。なぜなら、この歌だけ恋愛的な性格が見受けられないからである。このようなことから、恋歌に詠まれる富士山を分析し、この歌の表現と結びつけて解釈したくなる気持ちも抱かなくはない。しかし、起承転結の構成が指摘されているように、ここは恋愛の要素を抜いて考えるべきであろう。

地の文を読むと「宇津の山」の歌を詠んだ直後、昔男じたいが視線を転じている。「富士の山を見れば」という叙述が唐突である分、主題の転換が感じられる。富士山についての描写も、恋愛よりも、山としての特異性に焦点が当てられたものだ。その特異性について考えてみよう❹❺。

まず、真夏に雪を頂くという、時間を超越した存在としての富士である。歌の中でも「時知らぬ山」として強調されている。その様子は「鹿の子まだら」と描写されるが、ちょうど鹿の子が誕生して山野を駆け巡る時季でもあり、さらに動物の比喩を持ち出すことで、山という無機物には本来ないはずの旺盛な生命力が感じられるものとなっている。擬人化に近いというのは言い過ぎであろうか。次に、大きさである。都で一番親しみがあり、なおかつ守護的な存在でもある比叡山を比較対象として、その二十倍の高さという描写は、もちろん八四〇メートルに対して三七七六メートルという実際を反映したものではない。しかしその分、富士の存在の大きさがそのまま、感じられる霊力を表していると受け止められよう。そして塩尻という形である。これは形として美しいだけではない。単独で存在しているという、孤高性を感じたいところだ。というのも、比較対象として挙げられた比叡山は、現在でも大比叡と四明岳という二つの頂をもつし、そもそも京都は盆地であるから、周りを取り巻く山は峰を連ねていて、大きな山であればあるほど、山裾まで塩尻のような形を見せることはない。大きいのに美しい形を保っており、まさに他の山とは一線を画した存在であるのが富士山なのである。このような富士山のイメージは時代を貫くものであり、各地で最も高く美しい山を「〇〇富士」と称してきたことも、このようなイメージが浸透している証となろう❺❻。

以上をまとめると、季節の超越・擬人化に近い旺盛な生命力・他の山にはない大きさと形、そして孤高性という点が指摘できる。この章段では神格化しているとまでは言えないが、世界文化遺産でもある富士山の一端が示されているといっても良かろう。東海道において、いや日本国内で一番有名であり、一番重要な歌枕を詠み込んだ歌が、旅先での出来事をテーマとするもう一つの旅の歌として、まさにこの章段の転として効いているのである❻。

そして旅程はついに隅田川である。山から移動して、また川ということになるが、歌の場としておさえておきたいのは、八橋との違いである。八橋は三河という一つの国の中にあり、蜘蛛手に流れる広がりを持っていて開放的であった。それ対して、隅田川は武蔵と下総の国境なのであり、やはり境界性は意識しておきたい。さらに時間帯も気になるところだ。「日も暮れぬ」とわざわざ語らせるのは、夕暮れという一日の終焉のイメージによって、向こうに渡ったら帰って来ることができないという終息感を漂わせるためであろう。このような時空の境界というイメージを背景として、物語は進行する❺❻。

「友」以外の登場人物として用意されているのは「渡守」である。この人物造形には、前述した「漁父の辞」の漁父が影響を与えているとの指摘がある。どちらも川に関する生業を営んでおり、主人公の考えや気持ちを理解しようとしない性格設定がされている。共感をする「友」、手紙を届ける「修行者」に対して、全く理解しない「渡守」という段階を踏んでいるのも、意図された設定であろう。この無理解さによって、昔男の感情はさらに高まっていくことになる(❸)。そこで登場するのが「都鳥」、つまりユリカモメである。実際には大阪湾にも飛来して淀川を遡るので、畿内を行き交う中下流貴族であれば、おそらく目にした経験があったはずだ。現在の京都では鴨川などでよく見られる鳥だが、京都で見られるようになったのは一九七四年ということである(『京都新聞』HPによる。http://www.kyoto-np.co.jp/kp/koto/meisyo/31.html)。また、東京都の鳥がユリカモメであり、湾岸を走る新交通の愛称にもなっているが、その典拠がこの東下りにあることはよく知られている。「みな人見知らず」というほど知られていない鳥ではないはずだが、色・大きさ・行動までが、全く知らない人に対する説明のように具体的に描写される。さらに「都鳥」は渡り鳥で冬に飛来する。富士山で五月末だったのに、隅田川で冬というのも旅程に不審がある。これらのことは、あくまで「都鳥」という名に焦点を当てるための伏線・設定と考えておこう❹。

名に対する興味は、旅において特徴的と言ってよい。旅先という未知の土地であればあるほど、変わった地名や景物の名に対する興味が強くなるのだ。これもまた、古来ある旅の歌の特徴である❹。

昔男の興味を惹いたのは「都鳥」という名であった。その名から都を思い出した昔男は、都鳥を擬人化して歌を詠む。一般に擬人法は、擬人化する存在そのものへの思い入れや愛情の強さからくるレトリックである。しかしこの場合は存在そのものではなく、あくまで名に対する思い入れに過ぎない。そのために現実性を補ってバランスをとるかのように、実体の具体的な描写が伏線としてあると理解しておきたい。その都鳥に問うのは、思い人が元気でいるかどうか、ということである。宇津の山での歌はもともと返歌が期待できない、孤絶したものであった。だからこそ、相手の心情を知ることなどはもう望むべくもなく、元気かどうかということだけでも知りたいという切実な愛情がここに表現されている。相手に届かない愛情表現の一つの極限とでもいえるだろうか。しかしその極限は孤絶したものではない。なぜなら「友」によって共感されるからである。「舟こぞりて泣きにけり」という表現は、それ以前の「京に思ふ人なきにしもあらず」からこらえていた一行の感情が、「さるをりしも」都鳥の登場と昔男の詠歌によって、溢れ出たものなのである。八橋の場面と異なり、「笑い」を誘う余裕がないのは、むしろ当然のことである。それよりも、「みな人ものわびしくて」・「みな人見知らず」・「こぞりて」という場の一体感を強調する表現が続き、感情の表白が「泣く」という頂点に達するとき、「友」が媒介して読者の共感を呼ぶことにもなるのである。このとき読者は、舟の一員と同化し、泣き濡れていることであろう❷❹❺❻。

以上のように、東下りは歌の場・背景・登場人物など、非常に計算された物語となっている。

◆◇探究のために◇◆

▼東下りの享受　後世には実話として享受された東下りである。現在でも宇津ノ谷峠には「蔦の下道／細道」という場所があるが、平安時代以降の東国に関連した紀行文では、必ず取り上げられるといってよい。高校でも教材にできそうなものを挙げておくと、例えば『更級日記』の冒頭部は少女が都へ上る。都への憧れという志向を持ち、性別や年齢の異なる存在である孝標女がどのような気持ちで西上し、その中で東下りをどのように消化しているのかを比較するのも面白い。『十六夜日記』では、遺産相続の裁判という明確な目的を持った老女である阿仏尼が東下りをするのだが、豊富な知識と表現能力を持った人物であり、昔男の足跡を感慨深げに辿っている。紀行文が最も盛んになった江戸時代となれば、枚挙するに暇がない。典拠となる東下りは虚構であるが、これらのものは実際に旅をしている。虚構が現実によって肉付けされていくと考えると、なかなか興味深い現象である。

▼「漁父の辞」との比較　見てきたように計算された物語の構成などから、現在の研究においては虚構と見られている。虚構をそれらしく構築するために必要な仕掛けがいくつもあるが、それらについて考察を深めることが、研究の方法として挙げられる。

その仕掛けの一つが中国文学を利用することである。国風暗黒時代ともいわれた平安時代初期は、事実として言えば中国の文化・文学の影響を強く受けた時代であった。『伊勢物語』はその影響を消化しつつあった六歌仙時代に成立したものである。中国文学をどのように利用し、消化して、日本らしさを打ち出すことに成功しているのか、あるいは失敗しているのかということを考えることも、この教材では可能だろう。このような和漢比較文学的手法を高校の教室に持ち込むとすれば、「漁父の辞」は漢文の教材として教科書にも取り上げられているものだからちょうど良い。屈原と昔男、漁父と渡守を比較することによって、和漢の文学の質的な違いまで掘り下げて考えることができるのではないだろうか。

「漁父の辞」は、主人公の屈原が政治的に相容れないまま追放され、放浪の中で漁父と意見を戦わせるが、最後は入水を示唆するというものである。この中で屈原は江潭を浮浪しており、東下りの八橋・隅田川と共通した水辺の場面になっているが、漁父が渡守とイメージ的に重なるところから、特に隅田川の場面との比較を進めて行こう。屈原は王族という点で、昔男のモデルとされる在原業平と同じである。屈原が三閭大夫（楚の官名で、屈氏・景氏・昭氏の三王族をつかさどる）であったことは漁父でさえ知っており、その政治性は明白である。しかし昔男にそのような政治性はない。反対に、屈原は「沢畔に吟ず」と歌を口ずさんでいたことが描写されるものの、深くは言及されていず、文学性は薄い。昔男の場合、歌物語と言われるように、和歌による抒情が物語の眼目と言ってよいくらいである。この政治性と文学性の相違は、二つの話の性格の違いとして決定的なもので、屈原と漁父、昔男と渡守の遣り取りにもはっきりと表れている。

屈原自身が、「世を挙げて皆濁れるに、我独り清《す》めり。衆人皆酔へるに、我独り醒めたり」というように、不正や悪意に薄汚れた「世・皆」と対比した清廉潔白な我は、「独り」と表現される。漁父の指摘の通り、社会や周囲とうまく調和してやっていけない屈原は、孤高であるというよりもかたくなであり、自分を理解してもらう努力を周囲に対してしなかったということができよう。また、世間や周囲に対する立ち振る舞いについて、それぞれの考えを主張する屈原と漁父の関係性は、意見を遣り取りするという点で対等であり、それによって「漁父の辞」はイデオロギーを伝える逸話たり得ている。これに対して、昔男は「もとより友とする人ひとりふたり」を連れている。「もとより」とあるのだから以前から友だちで、しかもこのようなことがあっても見捨てずに、昔男と読者との間に〈共感の構造〉を作り出す役割を果たしている。昔男は孤独ではなく、はじめから理解されるべき存在として設定されているのである。そのような一行が「わびあへる」という心情であるのに気づきもせず、「はや舟に乗れ。日も暮れぬ」と、自分の仕事のことだけを考えて先を急がせる渡守は、人の情というものを理解しない存在である。

屈原の主張を漁父が無理解に論破し、昔男や一行の切ない気持ちを渡守が察しようとしないのは、主人公への反作用として、かえって屈原の主張や昔男の心情を際立たせる機能を果たす。屈原は、「安くんぞ能く身の察察《さつさつ》たるを以て、物の汶汶《もんもん》たる者を受けんや。寧《むし》ろ湘流《しやうりう》に赴きて、江魚の腹中に葬らるとも、安くんぞ能く皓皓《かうかう》の白きを以て、世俗の塵埃を蒙《かうむ》らんや」と、あくまでも清廉潔白を押し通そうとし、それが不可能であればむしろ入水を選ぶとまで言う。史実として、屈原は汨羅江に入水するのであり、それがこの作品の成立事情として問題となっているが、今は成立論を云々する訳ではないので措いておく。

屈原と別れた後、漁父は屈原に対する自分の考えを歌うのであるが、その内容はまるで屈原がそうすることのできなかった、世間に臨機応変に考え柔軟に行動していく人物のようである。「滄浪《さうらう》の水清《す》まば、以て吾が纓《えい》を濯《あら》ふべし。滄浪の水濁らば、以て吾が足を濯ふべし」と、漁父の身では実現することのない政治的な立場を「吾」とする表現は屈原や読者を意識したものだが、「莞爾として笑」う姿には拒絶とは違う含蓄があるように見受けられる。冒頭において、屈原が「沢畔に吟ず」と歌を口ずさんでいたことについては、作品中にそれ以上の描写などが全くない。しかし屈原が自らの政治的立場を振り返り、文学によって新たな主張ができるとあれば、漁父の歌がそれに当たるのであろう。「漁父の辞」の成立に関しては不明な部分が多く、屈原自身がどのように関わっているかが明らかではない。しかし、屈原の流離における政治的立場や主張と、対比された漁父のあり方、そして漁父の歌によって結ばれるという政治と文学との関係性まで、思想と表現において大きな問題を提示してくれている。

これに対して、渡守は情を理解しないことによって都鳥の存在を明らかにし、昔男の抒情を可能にする役割を果たしている。だからこそ鳥の名について、それが都人に対してどのような感情を抱かせるのかということを考えずに、文法としては結びの省略を使って「これなむ都鳥」とぶっきらぼうに言えるのだ。この断定的で吐き捨てるような言い方は「都鳥」という名を一層際立たせる。**鑑賞**にも述べたように、旅の歌の特徴でもある名に対する興味を掻き立て、都への思いが頂点に達した時、昔男の歌は「友」による〈共感の構造〉を通じて、読者の共感を得るのである。

▼須磨・明石における光源氏との比較　さて、一方で後世の日本文学において、東下りと比較したいのが『源氏物語』である。光源氏の須磨退去は政治的な意味合いが強いが、きっかけは朧月夜との関係という女性問題・恋愛問題にあり、東下りを一層現実的にした印象がある。ただし、これまでの研究において影響関係を指摘されてきたのは、在原行平の須磨配流である。行平は、在原業平の兄であるが、

わくらばに問ふ人あらば須磨の浦に藻塩たれつつわびとこたへよ
（『古今集』雑下・九六二）

（もしもたまたま私の消息を聞く人がいたら、須磨の浦で藻塩のようにぽたぽたと涙を落としつつわびしく暮らしていると答えてくれ。）

によって知られており、『古今集』の詞書によると、文徳天皇の時代に須磨に流罪となったことがわかる。光源氏の場合も、場所が同じ須磨なので、やはり行平の故事が引かれている。それには行平が中央政界に復帰して正三位・中納言・民部卿となった史実を、光源氏に当てはめようとする意図も見て取れる。一読すると、光源氏の須磨退去に関

して、東下りの影響はないように思える。しかし、「友」に焦点を当てると、また違った見方ができるのだ。

光源氏が退去する際に伴っていたのは、やはり惟光などのもとから付き従っていた人ばかりであった。その意味でこれらの従者は「供」なのであり、「友」ではない。しかし苦楽をともにしていくことによって、〈共感の構造〉が光源氏と従者たちとの関係を変えていくのである。たとえば源氏が涙ながらに経をあげている女性的ともいえる優美な姿を見て、「ふるさとの女恋しき人々の心、みな慰みにけり（故郷の女を恋しく思う供人たちの心が、みな和んでしまった。）」とある。これは東下りの「みな人ものわびしくて、京に思ふ人なきにしもあらず」を思い起こさせる表現である。東下りの「わびし」に対して、光源氏を見て心が慰められたというのはいかにも『源氏物語』らしい感じがするし、また空虚な思いと慰めとはいえ満たされる思いとは反対の方向性ではある。しかし、思い人を都に残してきたという共通した気持ちが、主従関係を超えて一行の連帯感を生むという点で共通している。そしてその中の一人である前右近将監は、予定していた官位も得られず、官職をも剥奪された人物であるが、常陸守になった父の誘いも断って、政治的な運命を光源氏と同じくしてきた人物である。この人が、

常世いでて旅の空なりかりがねも列《つら》におくれぬほどぞなぐさむ

（常世を出て旅の空にいる。雁たちも友たちとの列に遅れないでいるうちは気持ちが慰められるだろう。）

と歌を詠み、「友まどはしては、いかにはべらまし（友を惑わせたら、どうでしょうか）」と言う。「まどふ」という表現も東下りを思わせるが、この中で「友」という表現を使っていることは、注目される。もちろん「かりがね」の比喩にひかれてはいるが、光源氏一行を、自分も含めて「友」と表現する〈共感の構造〉に注意したいところである。本来は主従関係でありながら、〈共感〉という経験を経ることによって心理的に近い存在同士となり、「友」と表現され

たのである。登場人物の関係性が変わっていく細かな描写が可能である物語らしい展開ではないだろうか。このあたりを、その過程と方法に注目して、東下りと比較すると面白い。

そして、とうとう親友である宰相中将登場となる。宰相中将が光源氏を訪れることに関しては、白楽天が親友である元稹と謫所で会った故実をふまえており、その詩句も引用されている。その別れの時に宰相中将は、

たづがなき雲居にひとりねをぞ泣くつばさ並べし友を恋ひつつ

（鶴が鳴くように、遥か遠くで一人声を上げて泣いています。翼を並べた友であるあなたを慕って）

という歌を詠む。ここにも「友」という語が出てくる。本当の「友」がトリとして登場する前段階として、「供」が「友」になるというのは、物語の進行としてよくできているが、ここにも東下りの「友」の果たす役割、つまり〈共感の構造〉が影響しているのだろう。

このように、文学作品における「友」のあり方を考察した上で、さらに現実の自分の「友」との関係性を考えさせるというのも、現代において古典がもつ意味として、今後重要になっていく授業方法ではないだろうか。（中島輝賢）

【資料】

A　屈原「漁父の辞」『楚辞』

屈原《くつげん》　既に放たれて、江潭《かうたん》に遊《あそ》び、行沢畔《ゆくゆくたくはん》に吟ず。顔色憔悴《がんしよくせうすい》し、形容枯槁《こかう》せり。漁父《ぎよほ》見て之に問ひて曰《い》はく、「子は三閭大夫《さんりよたいふ》に非ずや。何の故《ゆゑ》に斯《ここ》に至れる。」と。屈原曰はく、「世を挙げて皆濁り、我独り清《す》めり。衆人《しゆうじん》皆酔ひ、我独り醒めたり。是《ここ》を以て放たる。」と。

漁父曰はく、「聖人は物に凝滞《ぎようたい》せずして、能く世と推移す。世人《せじん》皆濁らば、何ぞ其の泥を淈《にご》して、其の波を揚げざる。衆人皆酔はば、何ぞ其の糟を餔《く》らひて、其の釃《しる》を歠《すす》らざる。何の故に深く思ひ高く挙《ふるま》ひて、自ら放たしむるを為すや。」と。

屈原曰はく、「吾之を聞けり、「新たに沐《もく》する者は、必ず冠を弾き、新たに浴する者は、必ず衣を振るふ」と。安くんぞ能く身の察《さつ》察《さつ》たるを以て、物の汶汶《もんもん》たる者を受けんや。寧《むし》ろ湘流《しやうりう》に赴きて、江魚の腹中に葬らるとも、安くんぞ能く皓皓《かうかう》の白きを以て、世俗の塵

埃を蒙《かうむ》らんや。」と。
漁父莞爾《くわんじ》として笑ひ、枻《えい》を鼓して去る。歌ひて曰はく、
　滄浪《さうらう》の水　清《す》まば　以て吾が纓《えい》を濯《あら》ふべし
　滄浪の水　濁らば　以て吾が足を濯ふべし　と。
遂に去りて復た与《とも》に言はず。

（現代語訳：屈原は追放されてから、川の深い淵の辺りに出かけ、沼や沢のほとりを歩きながら詩歌を口ずさんでいた。その顔色は黒ずんでやつれ、姿は痩せ衰えていた。一人の漁師の老人がその様子を目にしてこう尋ねた、「あなたは三閭大夫さまではありませんか。どうしてこのような状態にまでなられたのですか。」と。屈原は言った、「世の中全てが皆濁っているのに、私だけが清らかである。多くの人々は皆酔っているのに、私だけは醒めている。そのために、追放されたのだ。」と。

漁師の老人は言った、「智徳の優れた立派な人は物事にこだわらずに、世の中とともに変化してゆくことができるのです。世の中の人々が皆濁っているならば、なぜあなたも同じように泥をかき混ぜて濁し、その濁った波をかき上げないのですか。多くの人々が皆酔っているならば、なぜあなたもその酒かすを食べて、酒かすから作った薄い酒を飲まないのですか。（そのように世の中の人々に同調することをせず）どういう理由で、深く思いわずらい、高潔に振る舞って、自分から追放されるようなことをなさったのですか。」と。

屈原は言う、「私はこういうことを聞き知っている、「髪を洗ったばかりの人は、必ず冠のちりを指ではじき落としてからかぶるものであり、身体を洗ったばかりの人は、必ず衣類のほこりを振り払ってから着るものである。」と。どうして潔白なこの身に、世俗の汚れている物を受けることができようか（到底それはできないことだ）。いっそのこと湘江の流れに身を投げて、川魚の餌食になろうとも、どうして真っ白なこの身に、世俗のちりやほこりを受けることができようか（到底それはできないことだ）。」と。

漁師の老人はにっこり笑って、かいの音を高く鳴らし、船をこいで去っていった。そして歌って言う。

滄浪の川の水が清く澄んだなら、私の冠のひもを洗えばよい。
滄浪の川の水が汚く濁ったなら、私の足を洗えばよいと。

そしてそのまま去って、二度と一緒に話をすることがなかった。）

八橋とかきつばた（高松蔵奈良絵本）

『伊勢物語』が生んだ美術工芸

『古今集』や『源氏物語』と同様、『伊勢物語』は以後の日本の美的価値観の一端を形づくり、美術工芸の分野にも大きな影響を与えてきた。以下、河田昌之「『伊勢物語』と美術」（『伊勢物語　雅と恋のかたち』和泉市久保惣記念美術館開館二十五周年記念特別展図録、二〇〇七年）を参考に概略を述べる。

『源氏物語』に登場する絵　『源氏物語』「絵合」では、『伊勢物語』に『正三位』が合わせられている。「総角」に「在五が物語描きて、妹に琴教へたるところ」とあるのは、現存する本文にはないものの、『伊勢物語』四十九段と関連すると考えられている。したがって、『源氏物語』成立の頃、すでに『伊勢物語』が絵画化されていたと推測される。

絵巻　早期の絵巻は鎌倉時代の作とされる。『梵字経刷白描伊勢物語絵巻』（大和文華館ほか）、『伊勢物語絵巻』（和泉市久保惣記念美術館蔵／重要文化財）、『異本伊勢物語絵巻』（模本のみ東京国立博物館蔵）があり、共通する構図も見られる。

『伊勢物語絵巻』の絵は七場面（一・四・五・九・十四・二十三・四十一段）しか残っていないが、独特の落ち着いた雰囲気を持つ美しい大和絵である。二十三段「筒井筒」の場面では、吹抜屋台《ふきぬきやたい》の手法により幾何学的に描かれた屋内に、高安の女のもとへ出かけた夫を思いつつ庭を眺める女がいるが、女の見つめる先には庭が広がり、女の思いが伝わってくるようである。前栽の陰からその様子をのぞき見る男も見える。

奈良絵本の流行　奈良絵本とは、室町末期から江戸時代前期にかけて、奈良の大寺院に属する絵仏師が描いたと言われる肉筆画を挿絵とした物語の絵本のことである。彩色で描かれ、味わいがある（カバー袖写真等参照）。

嵯峨本の刊行　角倉《すみのくら》素庵《そあん》・本阿弥《ほんあみ》光悦《こうえつ》による嵯峨本の刊

行によって普及した図柄に基づいて、多くの屏風や色紙が制作された。

江戸時代の絵画・工芸　時代を超えて連なる、俵屋《たわらや》宗《そう》達《たつ》・尾形光琳《おがたこうりん》・酒井抱一《さかいほういつ》らの〈琳派《りんぱ》〉は、『伊勢物語』をテーマにした絵を数多く残している。金箔や金泥を使用した装飾的な意匠は、近年でも人気が高い。

　宗達は工房を持ち、グループで創作していたと考えられているが、伊勢物語図色紙は五十九図残されている。その中で最も有名なのは、教科書などにも掲載されている、六段の「芥川」（大和文華館蔵）であろうか。この色紙には、男が背負った女と顔を見合わせるさまが草に置く露とともに描かれ、夢見心地の相思相愛の男女の思いを形象化する。

　屏風にも印象的な作がある。九段「東下り」を下敷きにした「蔦の細道図屏風」（伝俵屋宗達筆・烏丸光広賛／京都・相国寺蔵／重要文化財）は、桂離宮・笑意軒の腰壁《こしかべ》にも通じるような幾何学的なデザインの斬新さ、金地に映える緑の鮮やかさに圧倒される。賛には、業平とおぼしき男の立場からの歌、『伊勢物語』享受者の歌が添えられている。

　やはり「東下り」に基づく光琳の「燕子花《かきつばた》図」（根津美術館蔵／国宝）には、金地に群青の燕子花の群生が反復して描かれている。光琳にはメトロポリタン美術館蔵の「八橋図」もあり、以後、繰り返し描かれる人気の図柄となった。工芸では、「八橋《やつはし》蒔絵《まきえ》螺鈿《らでん》硯箱《すずりばこ》」（東京国立博物館蔵／国宝）などが有名である。

　ほかに、独特の雰囲気を持つ岩佐又兵衛の絵も注目されている。嫁入り本と呼ばれる豪華な絵入り冊子や伊勢物語かるたも数多く作られ、幅広い層に親しまれた。

＊

　『伊勢物語』に源泉があるとわかる教養を持ち合わせていた享受者にとって、美術工芸作品は、制作者やほかの鑑賞者と文学世界の解釈をめぐって対話する楽しみをも与えてくれるものであった。

（宮谷聡美）

妻と別れる友への贈り物

紀有常・十六段

むかし、①紀有常《きのありつね》といふ人ありけり。②三代《みよ》の帝《みかど》に仕《つか》うまつりて、時にあひけれど、のちは世かはり時移りにければ、③世の常《つね》の人のごともあらず。人がらは、心うつくしく、あてはかなることを好みて、こと人にも似ず。貧しく経《へ》ても、なほ、むかしよかりし時の心ながら、世の常のことも知らず。

年ごろあひ馴れたる妻《め》、やうやう④床離《とこはな》れて、つひに⑤尼《あま》になりて、姉のさきだちてなりたる所へ行《ゆ》くを、男、まことにむつましきことこそなかりけれ、今はと行くをいとあはれと思ひけれど、貧しければ、するわざもなかりけり。思ひわびて、ねむごろにあひ語らひける友だちのもとに、「かうかう、今はとて⑥まかるを、なにごともいささかなることもえせで、⑦つかはすこと」と書きて、奥に、

手を折りて⑧あひ見しことをかぞふれば　⑨十《とを》といひつつ四《よ》つは経にけり

かの友だち、これを見て、いとあはれと思ひて、⑩夜《よる》のものまでおくりて、よめる、

年だにも十とて四つは経にけるをいくたび君を頼み来《き》ぬらむ

かく言ひやりたりければ、

これやこの天《あま》の羽衣《はごろも》むべしこそ君が御衣《みけし》と奉《たてまつ》りけれ

よろこびにたへで、また、

秋や来る露《つゆ》やまがふと思ふまであるは涙の降《ふ》るにぞありける

【現代語訳】

昔、紀有常という人がいた。三代の帝にお仕えして、時運を得て栄えたけれど、後は治世の代が替わり時運も移ってしまったので、世間の普通の人のようでもない。人柄は、心が純粋で汚れなく、上品なことを好んで、他の人にも似ていない。貧しく過ごしても、依然として昔栄えてよかった時の心のままで、世間の普通のことも知らない。

長年互いに馴れ親しんだ妻が、だんだん寝床を共にしなくなって、とうとう尼になって、姉の先立って尼になった所へ行くのを、男は、本当に親密であるというわけではなかったが、「今はお別れ」と言って（尼寺へ）行くのをたいそう不憫に思ったけれど、貧しいのでしてやれることもなかった。思いあぐんで、心から親しくつき合っていた友達のもとに、「これこれの次第で、（妻は）『今はお別れ』と言って寺へ参りますが、何ごとも、わずかばかりのこともできなくて、行かせることよ」と書いて、手紙の終わりに（書いた歌）、

指を折って、夫婦として暮らしたことを数えてみると、「十」「十」と繰り返し言ってそれが四度（四十）は過ぎてしまったなあ。

かの友達は、この手紙を見て、たいそう不憫に思って、夜具まで贈って詠んだ（歌）、

年でさえも「十」と言ってそれが四度も（四十年も）過ぎてしまいましたが、（奥さんは）何度あなたを頼りにしてきたことでしょうか。

このように詠みおくったところ、（有常が返した歌）

これがまあ、あの天の羽衣なのですね。なるほど、（天人のような）あなたにふさわしいお着物としてお召しになったものと思われます。――（このように素晴らしいお品を）「天《あま》」ならぬ「尼《あま》」のために贈ってくれて（どうもありがとう）。

喜びに堪えないで、また（返した歌）、

秋が来るのか、露が置き乱れるのかと思うまでになっているのは、涙が（雨のように）降るのでありましたよ。

【語注】

①紀有常…八一五～八七七。三十八段「紀有常がり」、八十二段（162ページ）にも登場する。三十八段では、昔男と互いが初恋相手であるかのような歌を贈答して戯れていて、二人の親密さがうかがえる。八十二段では、惟喬親王主催の交野の狩にお供として加わり、酒宴の席で右の馬頭（業平と想定される人物）とともに

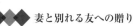

歌を詠んでいる。刑部卿正四位下紀名虎《きのなとら》の息子で、最終の官位は周防権守従四位下。姉妹の静子が文徳天皇に入侍して惟喬親王を生み、娘が業平の妻となる（**付録：系図**参照）。

②三代の帝…『日本三代実録』卒伝には、若いころ仁明天皇に仕えたとある。これに従えば仁明・文徳・清和の三代となる。ただし、有常が惟喬親王のおじであることからすれば、皇位継承上のライバルと言われていた惟仁親王（清和）の治世以前、すなわち淳和・仁明・文徳の三代としたほうが、物語としてはわかりやすい（**付録：系図**参照）。

③世の常…世間並み。ありきたり。経済的にも人間的にも、世間並みではなかったのである。

④床離る…夫婦が寝床を共にしなくなる。

⑤尼になりて…女が出家するとは男性関係を断つことを意味する。女の側から夫婦関係を完全に解消したのである。

⑥まかる…「行く」の丁寧語。

⑦つかはす…行かせる。

⑧あひ見しこと…「見る」は、異性と関係を持つ、つまりは夫婦になることを意味する。したがって、直訳すれば「互いに共寝をしたこと（回数）」となるが、ここは、「年だにも」歌との兼ね合いから、夫婦として暮らしてきた年数と解釈するのが一般的である。

⑨十といひつつ四つ…助詞「つつ」を反復の意ととり、「十」「十」と繰り返し言ってそれが四度目、つまり四十と解する。「つつ」を並行の意として、「十」と言いながら「四」、すなわち十四と解する説もあるが、四代の帝に仕えている間ずっと連れ添ってきたと解釈するのであれば、前者が妥当であろう。

⑩夜のものまでおくりて…昼起きている時のものはもちろん、夜寝る時のものまで贈ったということ。ここでは、昼の尼装束だけでなく夜具まで贈ったのである。

◆◇鑑賞のヒント◇◆

❶紀有常の人柄はどのように紹介されているか。
❷その人柄は具体的にどう現れているか。
❸友だちの登場は、この物語においてどのような意味をもつか。
❹「これやこの」は何を指しているか。
❺「秋や来る」歌は誰が何について詠んだ歌か。

◆◇鑑賞◇◆

この物語は、有常の人となりを語る部分、及び妻の出家をめぐる有常とその友のやり取りを語る部分の二つから成る。前半では世相と絡めて有常の人となりを語る。政権の交代にともない世相が変わり処世のあり方も変化するなかで、栄華を誇った有常も没落せざるをえなかったが、それでもかつての精神と品格は保っている。語り手が有常を好人物として描こうとしていることは明らかであろう。とりわけ、「世の常の人のごともあらず」、「こと人にも似ず」、「世の常のことも知らず」のように、世間一般の人々との違いを強調するところには、後世の世相や常識に対する批判意識すら垣間見える。たとい「貧しく経ても」、「心うつくしく、あてはかなることを好」む有常であった❶。

こうした「うつくしき」心や「あてはかなることを好」む人格が、後世の俗っぽい世相とぶつかったとき、どうなってしまうのか。後半はそれを語る。「年ごろあひ馴れたる妻」ではあったが、だんだん夜床をともにすることもなくなり（お互い寄る年波には勝てない部分もあったのであろう）、とうとう尼となり余生を過ごすことになった。この妻とはずっと夫婦として暮らしていたが、本当に愛しあう仲というわけでもなかった。このあたり、語りの手の口調は極めてクールでかつ現実的である。二人はありきたりの夫婦だったのである。その妻が出家すると言ってきたが、夫は没落して貧しかった。「世の常の人」なら、おそらくそのままやり過ごしてしまうところであろうが、有常は知らんぷりをすることができない。しかし、貧しさゆえに何もできない。思いあぐんで親友に悩みを打ち明ける手紙を書き、老妻への思いを込めた歌を添えた。それは、妻と連れ添ってきた年を一つ一つ思いを込めて指折り数え上げる感慨深い歌であった。浮き沈みの激しい人生にずっとつき合ってくれた老妻に対する有常のこうした思いや態度は、うつくしき心、「あてはかなることを好」む心の持ち主にしかできないことであろう❷。

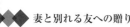

だが、この話は有常の心を語るだけでは終わらない。その心に共感する友が脇役として登場するのである。これによって主題も複層的になる。つまり、うつくしき心や「あてはかなることを好」む人格は、その友にも現れているのだ。老妻との人生をしみじみと思う歌に感動した友は、有常の「世の常」ならぬ心ゆえの苦悩をくみ取って、出家する老妻のために、尼装束はもちろん夜具まで用意してやり、歌を添える。「いくたび君を頼み来ぬらむ」は、奥さんもずっと君を信頼してきたはずだ（「ぬ」は強意の助動詞）と夫婦間の深い絆に思いを致した言葉であり、受け取った老夫はいたく感動したことであろう。有常の栄枯盛衰（とりわけその人生のはかなさ）、そんな夫をずっと頼みに思って長く連れ添った妻、それでもやがては別れることになった夫婦関係、それらすべてをこの親友は受けとめ、思いやっているのである。この二人の友情もまた、「心うつくしく、あてはかなることを好」む心の現れであった❸。

親友の心遣いに感激した老夫は、頂戴した尼装束に対する感謝の気持ちを歌に詠んで返礼とする。「これやこの」と指示語を繰り返す特徴的な歌がそれである。この表現は、評判通りに見聞、体験できた感動を表す類型表現であった（**探究のために**参照）。贈り物である「君が御衣」を、評判通りの「天の羽衣」なのですねと讃えているのは、返礼の歌だからである❹。もちろん「天」には「尼」が掛けてあって、贈り物が尼装束であることもきちんと言い表している。

この歌では感謝の気持ちが足らないと思ったのであろうか、有常はさらに喜びの気持ちを歌うのだが、この歌はかなり難解である。とりあえず基本的なことから確認しておこう。まず、「涙の降る」という聞きなれない言い方は、涙を雨に喩えた表現で、涙が雨のように降るという意味である。どこに降るかといえば、もちろん衣服にである。一例を挙げよう。

わが袖にまだき時雨《しぐれ》のふりぬるは君が心にあきや来《き》ぬらむ
（『古今集』恋五・七六三）

（私の袖に早くも時雨が降りかかったのは、あなたの心に秋――飽きが来たのでしょうか）

この歌では、相手の心変わりを悲しみ泣く涙で袖が濡れている状態を、時雨が降った状態に喩えている。このように雨で涙を喩える表現は和歌に多く見られ、いわば常套手段であった。したがって、本歌も涙で衣服が濡れている状態について詠んだものであることがわかる❺。それがわかれば、本歌に「露」が詠まれる意味も理解できる。なぜなら、涙を露に喩える表現も常套手段であるからだ。一例を挙げよう。

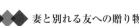

秋ならでおく白露はねざめするわが手《た》枕のしづくなりけり
（『古今集』恋五・七五七）

（秋でもないのに置く白露は、（恋の苦しみで）寝覚めをする私の枕の滴なのでした）

枕にこぼした涙の滴を露に喩えていることは容易に理解できるだろう。したがって本歌の「露やまがふ」も涙で濡れた袖に関わる表現であると考えてよい。しかし、ここからが難しい。「露」は涙の喩えであるとして、露が「まがふ」とはどういうことか。辞書的意味は、A「入り乱れる（露の場合は、置き乱れる）」、B「間違えるほどによく似ている」、C「間違える」の三つに分かれる。それぞれの意味にしたがって「露やまがふ」を現代語訳すれば、A「露が袖に置き乱れるのか」、B「露が涙と間違えるほどよく似ているのか」、C「露が季節を秋と間違えて置くのか」（秋は露の置く季節というのが当時の一般的な季節観。「秋ならで」歌もそのことを前提にする）となる。これだけでも三つの解釈ができてしまうが、「秋や来る露やまがふ」という疑問形の連続がますますこの歌を難しくする。「秋や来る」そして「露やまがふ」なのか、「秋や来る」それとも「露やまがふ」なのかはっきりしないのである。さらにもう一つ難問がある。この歌は「よろこびにたへで」歌われたものであるが、果たしてこの歌のどこに喜びの思いが表れているのだろうか。なるほど、涙が袖に雨のように降り注いだというのだから、いかに大泣きしたかは読み取れる。しかし、それが感激の涙であることは、歌の表現だけではどうにも読み取れない。さきに掲げた「わが袖に」歌では、「秋」に「飽き」を掛けて、秋に降る時雨の情景と、相手に飽きられて袖を濡らすわが身のありさまを重ね合わせている。この歌を参考にすれば、「秋や来る」の裏に「飽きや来る」が隠されていて、悲しみの涙で袖を濡らしてしまうわが身を歌ったと読めなくもない。もちろん、文脈上は喜びの涙と解釈せざるを得ないが、歌がそのことを十分に表現していないのだ。思うに、語り手がこの歌で語りたかった有常の心情は、「私の泣くありさまは、秋の悲しみに濡れるくらいでもなく、露が置き乱れるくらいでもなく、雨が降るくらい多い」ということではなかったか。つまり、涙の原因（なぜ泣いたか）ではなく涙の量（どのくらい泣いたか）を示したかったのだろう。

◆◇探究のために◇◆

▼**「これやこの」歌の類型類想と展開**　本章段において、昔男の友情に対する有常の喜び・感謝が惜しみなく述べられる「これやこの」歌は重要な位置にある。そして、「これやこの」という表現は和歌の類型として認められる。そこで、この点についてさらに考察を加えてみる。まずは、類似する「これぞこの」という類型も含め、三代集までの全用例を挙げておく。

これやこの大和にしては我が恋ふる紀伊道にありと言ふ名に負ふ背の山　（『万葉集』1・三五、阿閉皇女）

（これがまあ、あの大和において私が心を惹かれていた紀伊道にあると言う有名な背の山なのだなあ。）

これやこの名に負ふ鳴門の渦潮に玉藻刈るとふ海人娘子ども　（『万葉集』15・三六三八、田辺秋庭）

（これがまあ、有名な鳴門の渦潮で美しい藻を刈るという、あの海人おとめなのだなあ。）

これやこの天の羽衣むべしこそ君が御衣と奉りけれ（『伊勢物語』十六段「紀有常」）

これやこのわれにあふみをのがれつつ年月経れどまさりがほなき（『伊勢物語』六十二段「われにあふみ」、昔男）

（これがまああの、私と逢うことを避けて、近江に逃れる一方で、何年も経ったのに以前より良くなったところがないように見える（あなたの）顔なのだなあ。）

難波津を今朝こそみつの浦ごとにこれやこの世をうみ渡る舟（『伊勢物語』六十六段「難波津を」＝『後撰集』雑三・一二四四、在原業平）

（難波津を今朝見た、その御津の浦ごとに、これがまあ、あの、世の中をいやになりつつ過ごして、海を渡る舟なのだなあ。）

おほかたは月をもめでじこれぞこの積もれば人の老いとなるもの（『伊勢物語』八十八段「月をもめでじ」＝『古今集』雑上・八七九、在原業平／『古今六帖』三三九）

（もう月を賞美するつもりは全くない。これがまあ、あの積もると人の老いとなるものなのだなあ。）

これやこの行くも帰るも別れつつ知るも知らぬも逢坂の関（『後撰集』雑一・一〇八九、蝉丸）

（これがまあ、あの、（旅に）行く人も帰る人も別れる一方では、知る人も知らない人も逢うという、逢坂の関なのだなあ。）

これまでの研究では、「これやこの」が文末の体言を受けるという文体の説明だけで、この歌じたいの表現の特徴を捉えきれていなかった。しかし、「これや（ぞ）この」は、「これ／この」と指示語を繰り返すところに特徴がある。つまり、繰り返し強調された指示語が指す内容が問題なのである。これを踏まえて、各用例に考察を加えてみよう。

『万葉集』の二首は、世間で評判になっており有名だという意味を持つ「名に負ふ」という表現や、それに呼応して評判を聞いているという「と言ふ」「とふ」という伝聞の表現が使われている。指示語は作歌の現場にある名所（歌枕）を指していて、歌の眼目は、聞いていた通りだという確認にある。つまり、現場において評判通り、予想通りに追体験することに感動している。このようなあり方が「これやこの」型の表現の本来の機能と考えてよいだろう。『後撰集』の歌も基本的な構造は同じである。しかしこの歌には「名に負ふ」＋「と言ふ」という類型が使われずに、その代わりに現場で発見した「行くも帰るも別れつつ知るも知らぬも逢ふ」という、逢坂の関についての新たな情報・解釈が付け加えられている。つまり、評判という既知の情報に対して、自分の新しい発見・解釈を情報として付け加えることができるようになっている。これは、類型を抜け出た、個性的な表現という評価ができよう。

以上をふまえて、『伊勢物語』の用例を検討してみる。十六段は、少し屈折した用法だが、「天の羽衣」ではないかと驚いて見せたところで「君が御衣」だと実物の種明かしをする。したがって昔男からの贈り物である「天の羽衣」を「君が御衣」と表現の上では解釈し直して褒めたたえ、感謝を表現したのである。

六十二段の理解は難しいが、諸注釈で問題とする「これやこの」を受ける体言がないことについては、物語内に存在している女を指していると考えればよい。そして付け加えられた新たな解釈が、女の容色の衰えである「われにあふみをのがれつつ年月経れどまさりがほなき」の部分となる。男は単に再会したのではなく、現在の女の立場や状況を新たに解釈（理解）して見せたのである。

六十六段は、「難波津」という歌枕を詠んでいる。そして、「舟」という景物に「この世をうみ渡る」という新たな解釈を付け加えることにより、厭世・述懐的なイメージを付加することに成功している。

八十八段は、めでるほどの月に対して「積もれば人の老いとなる」という新たな解釈が付け加えられている。天体の月を時間の月に変換することにより、物語中の「いと若きにはあらぬ」という歌の作者のイメージとも相俟って、「老い」を強く意識させるものとなっている。新たな「老い」の歌として評価してよいだろう。

このように、「これやこの」は『万葉集』の段階では名所や風景を言挙げして追体験する表現類型だったが、平安になると新たな情報・解釈を付け加えて見せる個性的な表現類型に変わっていった。しかも、『伊勢物語』では「難波津」歌以外は名所を取り上げておらず、「これやこの」が指しているのは物語内に存在し登場人物が今目にしているモノである。このように、表現類型の利用に共通した認識や意図が働いていることから、『伊勢物語』作者の問題とも関係してくる可能性を孕んだ表現ということができるのではないだろうか。

（井実充史・中島輝賢）

老女との恋を描いた六十三段「つくも髪」（高松蔵奈良絵本）p10、p128参照

一番好きなのはキミだ！

筒井筒・二十三段

むかし、①ゐなかわたらひしける人の子ども、②井《ゐ》のもとにいでて遊びけるを、大人《おとな》になりにければ、男も女も③恥ぢかはしてありけれど、男はこの女をこそ得《え》めと思ふ、女はこの男をと思ひつつ、④親のあはすれども聞かでなむありける。さて、このとなりの男のもとより、かくなむ、

⑤筒井《つつゐ》つの井筒《ゐづつ》に⑥かけしまろがたけ過ぎにけらしな妹《いも》見ざるまに

女、返し、

くらべこし⑦ふりわけ髪も肩過ぎぬ君ならずして⑧誰《たれ》かあぐべき

など言ひ言ひて、つひに本意《ほい》のごとくあひにけり。

さて年ごろ経《ふ》るほどに、⑨女、親なく頼りなくなるままに、⑩もろともにいふかひなくてあらむやはとて、⑪河内《かふち》の国、高安《たかやす》の郡《こほり》に、行《い》き通ふ所いできにけり。さりけれど、このもとの女、あしと思へるけしきもなくて、いだしやりければ、男、⑫こと心ありてかかるにやあらむと思ひうたがひて、前栽《せんざい》の中に隠れゐて、河内《かふち》へいぬるかほにて見れば、⑬この女、いとよう化粧《けさう》じて、うちながめて、

風吹けば⑭沖つ白浪《しらなみ》龍田《たつた》山夜半《よは》にや君がひとり越ゆらむ

とよみけるを聞きて、かぎりなくかなしと思ひて、河内《かふち》へも行《い》かずなりにけり。まれまれかの高安《たかやす》に来て見れば、はじめこそ心にくもつくりけれ、今はうちとけて、⑮手づから飯匙《いひがひ》とりて笥子《けこ》のうつはものに盛《も》りけるを見て、心憂《う》がりて、行かずなりにけり。

さりければ、かの女、大和《やまと》の方を見やりて、

君があたり見つつをらむ⑯生駒山《いこまやま》雲な隠しそ雨は降《ふ》るとも

と言ひて見いだすに、からうして、大和人《やまとびと》、「来む」と言へり。よろこびて待つに、たびたび過ぎぬれば、

君来むと言ひし夜《よ》ごとに過ぎぬれば頼まぬものの恋ひつつぞ経《ふ》る

と言ひけれど、男住まずなりにけり。

【現代語訳】

昔、田舎で生計を立てる暮らしをしていた人の子どもが、井戸のそばに出て遊んでいたのを、大人になったので、男も女もお互いに意識し合っていたけれど、男はこの女を（妻として）得たいと思ったし、女はこの男を（夫としたい）と思いながら、親が他の男と結婚させようとするが聞かないでいた。さて、この隣の男のところから、このように、

井戸の囲いと背比べをした私の背丈は、もう囲いの高さを過ぎてしまった、あなたとお会いしないうちに。

女の、返歌

比べていた私の振り分け髪も、肩を過ぎた。あなた以外の誰が髪上げをしてくれるのだろうか。

など、受け応えをして、ついに思い通りに結婚をした。

さて、数年が経つうちに、女は、親が亡くなり後ろ盾がなくなるにつれて、二人ともふがいない様子でいられようかということで、河内の国、高安の郡に、通って行くところができた。そうではあったが、このもとの女はいやだと思うそぶりも見せず、男を出してやるので、男は、他の男に思いを寄せているから、このようにするのであろうかと疑わしく思って、庭先の植え込みの中に隠れて座って、河内へと行ってしまったふりをして見ていると、この女は、とても丁寧に化粧をして、物思いにふけりながら、

風が吹くと沖の白波が立つ、その「たつ」と同じ名の付く龍田

山を、夜中にあなたは一人で越えているのだろうか。

と詠んだのを聞いて、この上なく愛おしく思って、河内へも行かなくなった。ごくまれに例の高安に来てみると、初めこそ奥ゆかしくしていたけれども、今は打ち解けて、自らしゃもじを手にして、飯を盛る器に盛っているのを見て、疎ましく思って行かなくなってしまった。

そういうことだったので、かの女は、大和の方を見て、

あなたのいらっしゃるあたりを望み見ながらいよう、生駒山を、雲よ隠してくれるな、たとえ雨が降っても。

と言って見ていると、ようやく、大和の人は、「来よう」と言った。喜んで待っていると、幾日も過ぎてしまったので、

あなたは来ようと言った毎夜毎夜が過ぎていったので、もう頼りにならないと思いながらも、恋しく思って時を過ごしています。

と言ったけれども、男は（高安の女のところには）訪れなくなってしまった。

【語注】

①ゐなかわたらひしける人…『日本書紀』大化二年三月条「自ら勢家《いきほひあるいへ》に託《つ》きて活《わたらひ》を求む」（原漢文）には「活」を「ワタラヒ」と読み「生活の糧を求める」意味と理解される。ここは地方官や行商人といった具体的な職であった可能性があるが、特に示されていないことをもとに「田舎で生計を立てる暮らし」の意味とする。

②井…井戸のこと。共同で利用して交流の場となっていた。男の歌「筒井つの井筒～」から男にとっての成長の基準を示すモチーフである。

③恥ぢかはしてありけれど…前文の幼少時代に遊んでいた関係から成長して、お互いに恋心を抱き始めた男女の内面を示す。

④親のあはすれども…後文に「となりの男のもとより」とあるので、ここは女の親によるもの。「あはす」は単に「引き合わせる」ことからさらに「結婚させる」意味。親が思い合う男女の仲を離そうとして男女の障害となるモチーフは「親は放くれど我は離るがへ」（『万葉集』14・三四一〇）のように和歌にもあり、物語では話型の一つとなる。

⑤筒井つの井筒…「筒井つの」は「井筒」を導く枕詞的な働きをもつ。他本に「つゝゐづゝ」ともある。井筒は筒型になった井戸の地上部分にある木や石の枠をいう。

⑥かけし…「懸けしは、関係させてで、井筒を標準として身の丈を計った意」（窪田空穂）。続く「くらべこし」と対応している。

⑦ふりわけ髪…左右に分けて肩のあたりで切りそろえた男女共通の童子の髪型である。成長とともに伸びる男歌の「たけ」（身長）に対応するのが女歌の「髪」である。

⑧誰かあぐべき…成人式にあたる髪上げをしてくれるのはあなた以外にはいない、ということを示している。「か」は反語。

⑨女、親なく頼りなくなるままに…当時は女の親が生活を支えていたと考えられる。その親が亡くなったことで、男との暮らしを支えてもらえず、ままならなくなったことをいう。

⑩もろともにいふかひなくてあらむやはとて…後文には、このため高安の郡に通うところができた、とあることから、男の心情である。

⑪河内の国、高安の郡…「河内の国」は今の大阪府南東部であり、「高安の郡」は信貴山《しぎさん》の西麓、今の八尾《やお》市に地名がある。高安は河内から、二上山《にじょうざん》の南麓・竹内峠《たけのうちとうげ》を越えて大和へ至る竹内街道の入口にあたる。

⑫こと心ありてかかるにやあらむと…「こと心」は異心。求婚された男とは異なる別の男に心を寄せている、浮気心をいう。「かかる」は前文の、女が「あしと思へるけしきもなくて、いだしやりければ」という女の態度をいう。

⑬この女、いとよう化粧じて…具体的には「白粉《おしろい》・紅や鉄漿《かね》などをつけて顔をよそおい、また身づくろいをするのである」（竹岡正夫）。また、化粧の行為について関根賢司は『古今集』との表現の違い（**探究のために**参照）をふまえて「歌も音楽も非日常的な世界に発生の基盤がある。魔よけのための呪術や芸術の発生する祭の場における神がかり（人から神への変身）のための呪法」・「歌をよむことも、そうした音楽も、神に訴え祈り、魂を衝きうごかそうとするいとなみ、男を〈待つ女〉にとって、男を招ふための呪術だったのである」とした。化粧をすることにどの程度の意味を読むのかが理解の分かれ目であるが、「次の歌の発想との関連からは、龍田の神に祈る信仰のためのしぐさ」（鈴木日出男）のように龍田の神を意識し無事を祈念する意識の表れである。男の予想に反して女は男の無事を願っていたと理解すべきであろう。

⑭沖つ白浪龍田山…教長が「沖ツシラ波と云テ立田山トヨメル、心ヱヌヤウナレド、浪立トイハントテ、山ノ名ヲヨメリ。本体ノ心ハ、白波トハ盗人ヲ云」と注を付し顕昭もそれを支持する（**探究のために**参照）。夜中の山越えに盗人に襲われないかと身の危険を案じる女の思いと理解できる。龍田山は現在の奈良県生駒郡三郷町と大阪府との県境にあり、大和国から河内国の交通の要であった。

⑮手づから飯匙とりて笥子のうつはものに盛りけるを見て…「けこ」は従来「笥子」とし「食器」の意とされるが、近時「家子」とし「一家眷属」の意と解す説が優位になりつつある。（**探究のために**参照）高安の女の本性が示されたところであり、男の前では奥ゆかしくも、実際は粗野な卑しい一面をもっていたことが明らかとなった。

⑯生駒山…大阪府東大阪市と奈良県生駒市の県境にある標高六四二メートルの山。三代集時代まではあまり歌われず、歌枕として定着するのは『後拾遺集』の頃からである。

◆◇鑑賞のヒント◇◆

❶本章段の場面は、何によって、いくつに分けられるだろうか。
❷男の「筒井つの」歌と女の「くらべこし」歌にはどのような特徴があるだろうか。
❸男はなぜ大和から河内へと通うようになったのだろうか。
❹女はなぜ丁寧に化粧をしたのだろうか。
❺女の「風吹けば」歌にはどのような効果があっただろうか。
❻高安の女の「君があたり」歌の特徴はどのようなものだったのだろうか。
❼「君来むと」歌を贈った高安の女の思いはどのようなものだったのだろうか。
❽大和の女と高安の女の言動からどのような共通点や違いが見出せるだろうか。
❾男はなぜ高安の女のところに通わなくなり、大和の女のもとにとどまったのだろうか。

◆◇鑑賞◇◆

冒頭は『伊勢物語』の中で典型的な「昔、男」とは異なり、田舎に暮らす「人の子ども」である。この子どもが成長する時間の経過と成長していく男が場所を移動したことで生じる変化に注目していくことで、場面を理解していくとよい❶。

はじめは「井筒の周辺で過ごした二人」が語られる。男女の区別もなく井戸のそばで遊ぶ親しい関係の子どもが、やがて「男も女も恥ぢかは」す、互いを意識するようになる。この間の成長ぶりは詳述されてはいないが、互いの思いの強さが、親から勧められた縁談を受け入れずにいたことからわかる。この二人の育った場所を印象づけるのが井筒である。お互いの生活において交流する場となっていた井戸を、男は自分の気持ちを女へ伝えるときのモチーフにして歌に詠んだ。男から詠みかけられ、女が応じる贈答歌は当時の人々のコミュニケーションの方法である。また、和歌を詠むときには、その場と折《おり》（22ページ参照）をわきまえて気持ちを伝えることが求められる。ここでは互いが幼い時に遊んだ井戸のある場において、結婚にふさわしい年ごろのバロメータとして、井筒よりも身の丈の高くなったことを男は歌に詠んだ（❷）。それに対して「ふりわけ髪」にしていた髪の長さが肩よりも伸び、誰が髪上げをして大人となる私を迎え入れてくれようか、と女は返し、互いに結婚の意志を伝え合う。その歌いぶりは背丈や髪の長さの変化によって結婚にふさわしい時の訪れを歌の前半に示し、後半には「妹見ざるまに」・「誰かあぐべき」のように自分と相手とのかかわりあいを示す点が共通している。ただし、反語表現のある女の歌には、より相手を特定した思いの強さを読み取ることができる❷。

次に、二人は「本意のごとく」結ばれたが、女の親が亡くなり後ろ盾がなくなったことが転換点となり、男は河内の国高安の郡に住む、別の女のもとへと通い始めた。ただし、これは単なる男の心移りによるものではない。あくまでも女の親が亡くなったことで男女が経済的負担により共倒れとならないようにと、大和の女との関係を配慮したために高安の女のもとに通い始めたのである。今でいえば、奈良県生駒郡三郷町から大阪府八尾市あたりまで、信貴山周辺を経由していくルートであり、直線距離で約九キロ、起伏を考えると十数キロのところである❸。

こうして男がよその女のもとへ通っていくことを大和の女は嫌がりもせず送りだしたことに、かえって男は、別の男に心を寄せているのではないかと不審感を抱いた。そこで男は出かけたふりをしてそっと庭先に隠れ、一人残された大和の女の様子をうかがったのである。（恋しく思う相手を見初めたり見極めたりする手段に、当時は垣間見《かいまみ》すなわちのぞき見があるが、ここではすでに夫婦でありながら垣間見をする点におもしろさがある。）すると女はわざわざ化粧をして、無事を祈る神への信仰心を表し、物思いにふけりながら、男の旅路の安全を願う歌を一人で詠んだのである❹。

読者は男がこの歌を陰にひそんで聴いていることを知っているが、女の独詠歌である。男は返歌をすることはないが、不審感から一転、女を愛おしく思い、高安の女の元へは通わなくなった。この垣間見により、女への思いを強く再認識したのである。ちなみに、女が詠んだ「風吹けば」歌（**探究のために**参照）は大和の女にとって、高安の女に男を奪われそうになったところを取り戻すという歌徳を生むきっかけを作った。この一連の展開は歌徳説話、あるいは宮谷聡美によれば歌徳物語と理解できる❺。

ここまでの展開によりハッピーエンドとして物語を終えることも可能であろう。実際、教科書によってはここまでしか掲載していないものもある。（**探究のために**参照）だが、物語は後日談的に男と高安の女とのかかわりが語られている。この結果、大和の女と高安の女の比較をして、それぞれの女の特徴を考えてみることもよいだろう。

具体的には、高安の女は、初めこそ奥ゆかしかったものの、男にも慣れて、自らしゃもじを持って飯を盛る場を男に目撃されてしまう。飯を盛ることじたいはよくあることだろうが、ここではその盛り方や所作に気を抜いた慣れからくる粗雑さや卑しさを読み取りたい。男がこうしたことをきっかけに縁遠くなっていく。男が来なくなったことから、高安の女は和歌を送ってきた。贈答歌の基本が男から詠みかけることであったならば、高安の女から詠みかけることに、女の余裕のなさを見出せる。また、大和の女が「龍田山」を眺めながら詠んだのとも対応して「生駒山」を詠みこんではいるが、高安の女の歌はあくまでも自分の望みを叶えたい、つまり男の訪問を望むところに本意があり、一方、男のために無事を願った大和の女とは異なっている❻❼。

この高安の女の歌に対して、すぐに返歌はなく、「来む」と一言だけ返してきたことは、どのように理解したらよいだろうか。そんな返事がくれば高安の女は喜ぶものの、時だけが流れ、さらに、追い打ちをかけるように歌を送るものの、結局男は訪れることはなくなったのである。

大和の女も高安の女も、男への思いを寄せる点で大枠は共通している。しかし、大和の女が化粧をした上に男を気遣い、男を思う歌を詠んだのに対して、高安の女は気を許したことから、自ら飯を盛る動作を男に示してしまった。この行為の差、特に男に見られていると意識していないところで、目撃されてしまった行為は、男が大和の女の許に戻ることを決定づけた❽。

男への気遣いを中心とした思いの深さを如実に示した大和の女とその歌、一方、男への気持ちこそありながら振舞いにまで至らなかった高安の女とその歌、それぞれの主題の違いが相対的に示された物語である❾。

◆◇探究のために◇◆

▼**「筒井つの」歌の背景と人称表現**　地の文において「井のもとにいでて遊びける」とあった、その「井」は共同の水場、交流の場であり、男女にとって思い出の場である。このふたりが物語の中で唯一共有する体験に基づいて、男女の贈答歌は詠み進められる。このことは第三者が関わる余地のない、この男女に限られた和歌世界を提示している。人称に注目すると「まろ―妹」がある。これは「我―君」とは異なり、この男女の所属する世界を浮かびあがら

せる人称の用い方である。具体的には「まろ」は「親しい者どうしの間で使う自称の代名詞」（石田穣二）で、会話内に用いられる傾向のある語句であり、「雅語的な要素を持っていたゆえの使用と見られる」（片桐洋一）。もとは田舎住まいの出自から「雅語的な要素」を有した立場へと成長したと考えるにはやや飛躍がある。そのため、元々は詠作者の言語環境が登場人物の男とは異なっていた結果の言葉遣いのずれと考えるべきであろう。また「妹」は「恋愛の対象になる女性を親しみ呼ぶ語」（石田穣二）というように男との関係を反映した人称であり、贈歌に対応させた詠みぶりである。

▼**「くらべこし」歌と身体表現**　男の贈歌に対する女の返歌である。背丈が伸び、時を経たことを述べて求婚した男に対して、女は背丈や井筒のモチーフを用いて返歌に応じてはいない。その分、男の贈歌に寄り添う詠みぶりというよりも、女の自己主張の強い詠みぶりである。髪の長さを比べた共通の体験をもとに、それが肩よりも伸びて時を経たこと、さらに「垂らした髪を結い上げて、成人女性の髪型にする」（鈴木日出男）髪上げをするのにふさわしいのは「君」ではなくて誰がいようか、と反語で示した。男が背丈の伸びたことで間接的に求婚したのに対して、女は髪上げをするのが「君」であると、直接的に応諾を示した歌といえる。この贈歌に対する返歌の一つのパターンとして、①贈歌に用いられた語句を用いること、②相手の主張をずらしながら返答すること、がある。ここでは成長の変化を示す身体的特徴として男は「たけ」を、女は「髪」を用い、さらに動詞「過ぎ」を共有して様式を合わせている。また求婚を断るのではなく、応諾した点は特徴のある返歌といえる。

▼**「風吹けば」歌の特徴**　男が高安に向かい、一人残された女が化粧をして詠んだ独詠歌である。ただし、女が「前栽の中に隠れゐ」た男に気づかないまま歌いかけたことを、読者は理解できる語りとなり、結果として男はこの歌を

聞き、高安に通うことをやめるに至った（**資料A・B**）。

ここに上野理は「夫が難所を越えたり、悪天候に見舞われたと推測される折に、留守の妻は旅の難儀を思いやる歌を詠む習慣が存在した」と留守の歌の系譜と位置づけた。また、高松寿夫は〈留守歌〉を「留守の妻が旅中の夫を助動詞「らむ」を用いて思いやるという形が基本にあり、歌の中で思いやる光景は、峠の山越えか旅の独り寝の場面にほぼ限られる」類型を指摘する。

さらに、宮谷聡美は従来「歌徳説話」として扱われていたこの章段を「『伊勢物語』に特徴的に見られる、歌によって相手の心が引き寄せられる、すなわち歌の徳が人の心の交流に大きく傾斜している物語を、『歌徳物語』と呼ぶ」と定義づけている。

▼「**君があたり**」**歌について**　高安の女は男の心変わりには気づかぬまま、『万葉集』に原歌のある歌を送った（**資料C**）。男が通ってくる方向の生駒山を見ていたい、相手を待ち焦がれる思いは三〇三二番歌にも当該歌にもどちらにも共通する。ただし、雲に寄せる恋として載る三〇三二番歌は「雲なたなびき」（雲ヨ漂ウナ）とあり、風に靡《たなび》く雲のさまを自然に捉えた詠みぶりであるのに対し、「雲な隠しそ」（雲ヨ隠スナ）は生駒山を意識的に隠そうとする存在とし、雲をより擬人的に捉えている。また、大和の女が「龍田山」に向かい、不在の男が山を無事に越えて行くことへの安全を願ったのに対して、高安の女は「生駒山」に向かい不在の男が山を越えて会いに来ることを願っている。男の無事を願う大和の女と自分の願いが叶うことを詠んだ高安の女は対照的である。

▼「**君来むと**」**歌について**　大和の男は女の贈歌に対して返歌はせず、「来む」と言ってきたことを承けて、さらに歌を送った。初句には男の言葉を引用し、その言葉を頼りにしながら幾日も過ぎて「恋ひつつぞ経る」と待つ女の常

套表現を結句に置いて思いを述べる。ただし、この歌を送る段階では半ば「頼まぬものの」と男をあきらめながらも、思いを伝えたい、あきらめきれない女の葛藤する姿が読み取れる。男にはこの歌がどのように届いたかは語られていないが、この歌も男に届いていながら、訪れなくなったと理解できる。

▼『古今集』・『大和物語』と比べる　同じモチーフを扱った作品に『古今集』と『大和物語』がある。『古今集』（資料D）と本章段との違いは、男が通った「高安の郡」という地名の有無から始まり、「いだしやりければ」とあるのに対し「男の心のごとくにしつつ出だしやりければ」と男の思いのまま、とあるように詳しい描写となっている。また左注《さちゅう》には「月のおもしろかりける夜」・「夜ふくるまで、琴をかき鳴らしつつ」と月の出る晩、琴を鳴らす状況を細かく示している。特に化粧と琴の違いは大きい。男が不在の中、女が化粧を整えることは、それまでとは異なる気持ちを静的に示しつつ歌を詠む行為に連続的につながる。一方で、琴を奏でることは動的で、その奏でるさまには気持ちが反映され、歌を詠む行為には断続的につながる。

また、『大和物語』百四十九段「沖つ白波」（資料E）では「風吹けば」歌の前後の男女の心情、場面の設定などが詳述されている。また、そもそも親の死をきっかけに高安に通い始めた男であったが、ここでは女の貧富の差が明確に示されるばかりで、親の存在は示されない。また、「風吹けば」歌も「使ふ人の前なりけるにいひける」と第三者である使用人に向けて詠んだとあり、歌の聞き手を「前栽の中に隠れ」た男とは別に設定している点は、役割を担う人物が複数となり、その対比を鑑賞することができ、演劇的な場面になっている。

さらに、男を待つ女は、その思いを「かなまりに水を入れて、胸になむすゑ」る行為で語られている。脚色めいて大げさな描写は、この物語を受容する対象が存在し、それらを意識したものであろう。また、文末には「この男はおほきみなりけり」とあることは「大和の国、葛城の郡に住む男」の素性を種明かしする結果となり、業平を暗にほのめかす効果もあったといえる。

▼山本登朗「けこ」説―「笥子」から「家子」へ　高安の女の行為である「手づから飯匙とりて笥子のうつはものに盛りける」にみる「けこ」は定家筆本系統『伊勢物語』では「けこ」と仮名書きされる。このため、従来の注釈者は漢字をあて、その解釈を示してきた。本書でも「笥子」の字をあて「食器」の意と理解したが、近時、「家子」の字をあて「一家眷属」の意とする説が見直されてきていることは見落とせない。そこで、江戸初期の注釈書をみると、次のように解釈されている。「家のうちに定まりたる人かずなり」（書陵部本和歌知顕集）、「家の中に召し使ふ者」（伊勢物語愚見抄）、「家子と書けり」（伊勢物語闕疑抄、以上いずれも『伊勢物語古注釈大成』より）。

　これらの解釈について山本登朗は江戸初期には「一家眷属の意味に理解しているのは明白」であるという。これに対して、国学者・賀茂真淵は『伊勢物語古意』の中で、「『けこ』は、或説に家の子にて家人奴婢の事といへるも理りなきにあらねど、古本に「餼子」と書、万葉にも「家にあれば笥に盛る飯を」ともあれば、飯餼の器てふ意也けり。」と、本書で採用した「けこ」の意である食器の意を示した。この真淵の説は「『古本』すなわち真名本の『餼子』という表記に導かれたもの」（山本登朗）といわれる。真名本（漢字のみのある種の万葉仮名で書かれた本）は定家本に否定的な真淵が底本にしており、そこには、「自飯匙乎取而、餼子之器爾盛計留乎見而」とあるためである。しかし、「餼子」もまた室町時代初期の『十巻本伊呂波字類抄』に「餼子ケコ、家口也」とあるのをはじめ、古辞書の用例から一家眷族の意であることを山本は指摘する。

　現代の注釈書において「けこ」は「椀」（森本茂）、「飯を盛る器物」（石田穣二）、「飯を盛る器」（鈴木日出男）という解釈に対して「眷属たちの食器」（竹岡正夫）とするものもある。山本も「『笥子』すなわち食器ではなく、『家子』すなわち一家眷属の者たちの意であって、『けこにもりつつ』とは、『一家眷属のために次々と』飯を盛っている様子を言っているのではないかと考えられる。」とする。この山本に続き、早乙女利光は「けこ」の用例を『日本霊異記』中巻「布施せぬと放生するとに依りて、現に善悪の報を得し縁第十六」の「家口に食はしむるに、猶し、来り相ふ」（家族で食事をする時間になると、どこからともなく翁と媼が現れて食事にありつこうとする）や『養老律令』名例律第一の流刑人に関する条文に「父母・子孫、随はむと欲はば聴せ。移郷の人の家口も亦此に准へよ」（父母・子孫が随行したいと求めれば認めよ。他の地へ移管措置された人の家族もまたこれに習え）などに求め「家口」の字をあて、「家族」と理解する。ちなみに、片桐洋一は食器の意とした自身の旧説（『鑑賞日本古典文学　第五巻　伊勢物語・大和物語』）を「家子。従僕。」（『伊勢物語全読解』）に改めており、現在「けこ」の解釈は移行期にあるといえる。

なお、この高安の女の行動は『大和物語』の本文の「かいまめば」の影響に加えて、鎌倉時代から江戸時代までの絵巻や絵入り本には男の「かいまみ」と理解されていることが山本によって指摘されている。しかし、今日では高安の女と男は対峙していると理解するべきであり、前述の早乙女は「高安の女は自分の父母のために飯を盛った」とこの場面に父母の存在を指摘し、大和の女との置かれている状況の違いを示している。興味深いものといえよう。

（中田幸司）

【資料】

A　『万葉集』「風吹けば」歌の類同歌

『万葉集』には「夫や愛人がどのようにさびしくひとり山坂を越えてゆくのであろうかと、その人の上に思いを馳せるという類同的な発想が存したことが想定される」（秋山虔）と言われるように、次のような歌が載る。

二人行けど行き過ぎがたき秋山をいかにか君がひとり越ゆらむ
（2・一〇六）
（現代語訳：二人でも行き過ぎにくい秋山をどのようにしていまごろあなたは一人超えているのだろうか。）

朝霧にぬれにし衣干さずしてひとりや君が山路越ゆらむ
（9・一六六六）
（現代語訳：朝露に濡れてしまった着物を干さないまま身に付けて一人今頃あなたは山道を越えているのだろうか。）

B　漢籍や和歌にみる「白波」の意味

『後漢書』の故事に「霊帝の中平元年（中略）角が余賊西河白波谷に在て盗を為す。時の俗白波の賊と号く。」とある。これ以後、「白波＝盗人」のイメージをもつようになった。また『拾遺集』の藤原為頼の歌にも次のものがある。

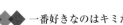

盗人のたつたの山に入にけり同じかざしの名にやけがれん
（雑下・五六〇）
（現代語訳：盗賊が立ち出る、という龍田山に入ってしまった。盗賊と同じように、木の枝をかざして身を隠している、という悪い評判で身を汚すことになろうか。）

C　『万葉集』12・三〇三二

君があたり見つつも居らむ生駒山雲なたなびき雨は降るとも
（現代語訳：あなたの家のあたりを見続けてもいましょう、雲よ、生駒山にたなびかないでくれ、雨は降ったとしても。）

D　『古今集』雑下・九九四

題知らず　　よみ人知らず

風吹けば沖つ白浪龍田山夜半にや君がひとり越ゆらむ

ある人、この歌は、「昔、大和の国なりける人の女《むすめ》に、ある人住みわたりけり。この女、親もなくなりて、家もわろくなりゆく間に、この男、河内国に人をあひ知りて通ひつつ、離《か》れやうにのみなりゆきけり。さりけれども、つらげなる気色も見えで、河内へ行くごとに、男の心のごとくにしつつ出だしやりければ、あやしと思ひて、もしなき間《ま》にこと心もやあると疑ひて、月のおもしろかりける夜、河内へ行くまねにて、前裁《せんざい》の中に隠れて見ければ、夜ふくるまで、琴をかき鳴らしつつうち嘆きて、この歌をよみて寝にければ、これを聞きて、それよりまたほかへもまからずなりにけり」となむ言ひ伝へたる。

（現代語訳：ある人が語るには、この歌は「昔、大和の国にいた人の娘に、ある人が住みついてずっと生活していた。この女は親もなくなって、家も貧しくなっていく間に、この男は、河内の国にいる人を深い間柄となって通うようになって、元の女とは疎遠になってばかりとなった。そんな関係になっても、女はつらそうな様子も見せないで、河内へ行くたびに、男の心のままに気持ちよく送り出してやったので、男は変だと思い、もしかしたら、留守の間に浮気心があるのではと疑って、月が美しく出ている夜、河内へ行くふりをして、庭先の草木の中に隠れて見ていると、夜が更けるまで、琴をかき鳴らしながら嘆いて、この歌を詠んで寝ていたので、この歌を聞いて、それ以来、再び他の女の所には行かなくなった」と言い伝えた話である。）

E 『大和物語』百四十九段「沖つ白波」

むかし、大和の国、葛城の郡に住む男女ありけり。この女、顔かたちいと清らなり。年ごろ思ひかはしてすむに、この女、いとわろくなりにければ、思ひわづらひて、かぎりなく思ひながら、妻をまうけてけり。この今の妻は、富みたる女になむありける。ことに思はねど、行けばいみじういたはり、身の装束もいと清らにせさせけり。かくにぎはしき所にならひて、来たれば、この女、いとわろげにてゐて、かくほかにありけど、さらにねたげにも見えずなどあれば、いとあはれと思ひけり。心地にはかぎりなくねたく心憂くと思ふを、しのぶるになむありける。とどまりなむと思ふ夜も、なほ「いね」といひければ、わがかく歩きするをねたまで、ことわざするにやあらむ。さるわざせずは、恨むることもありなむなど、心のうちに思ひけり。さて、いでて行くと見えて、前栽の中にかくれて、男や来ると、見れば、はしにいでゐて、月のいといみじうおもしろきに、かしらかいけづりなどしてをり。夜ふくるまで寝ず、いといたううち嘆きてながめければ、「人待つなめり」と見るに、使ふ人の前なりけるにいひける。

風吹けば沖つ白波たつた山夜半にや君がひとりこゆらむ

とよみければ、わがうへを思ふなりけりと思ふに、いと悲しうなりぬ。この今の妻の家は、龍田山こえていく道になむありける。かくてなほ見をりければ、この女、うち泣きてふして、かなまりに水を入れて、胸になむすゑたりける。あやし、いかにするにかあらむとて、なほ見る。さればこの水、熱湯にたぎりぬれば、湯ふてつ。また水を入る。見るにいと悲しくて、走りいでて、「いかなる心地したまへば、かくはしたまふぞ」といひて、かき抱きてなむ寝にける。かくてほかへもさらに行かで、つとゐにけり。かくて月日おほく経て思ひやるやう、つれなき顔なれど、女の思ふこと、いといみじきことなりけるを、かく行かぬをいかに思ふらむと思ひいでて、ありし女のがり行きたりけり。久しく行かざりければ、つつましくて立てりけり。さてかいまめば、われにはよくて見えしかど、いとあやしきさまなる衣を着て、大櫛を面櫛にさしかけてをり、手づから飯もりをりける。いといみじと思ひて、来にけるままに、行かずなりにけり。この男はおほきみなりけり。

（現代語訳：昔、大和の国の葛城の郡に住む男と女がいた。この女は顔や姿がたいへんきれいだった。数年来、思いあって住んでいたが、この女は、たいそう貧しくなったので、思い悩みながら、この上なく思いを寄せながら、よそに妻をつくってしまった。この今度の妻は、裕福な女であった。特に思いを寄せるわけではないけれども、男が行くとたいそう大事にしてくれ、身にまとう衣服もとてもきれいにさせた。このように裕福な所に通いなれて、元の女のところに来てみると、この女は、たいそう貧しいようすで暮らしており、このように他の女の所へ行ったけれども、まったくねたましそうには見えなかったことなどがあったので、とてもかわいそうに思った。女の心の中ではこの上なくねたましく、つらく思うのを、がまんしているのであった。男が女のもとに留まろうと思う夜も、やはり「行きなさい」と言ったので、自分がこのように他の女の元に通っていくのをねたましく思わないで、他の男を通わせているのであろうか、そのようなことをしないのであれば、恨むこともきっとあるだろうなどと、男は心の中に思っていた。そして、出て行くと見せかけて、庭先の草木の中に隠れて、男が来るのかと、見ていると、女は縁側に出て座って、月が本当にとても美しい時に、髪をとかしなどしていていた。夜がふけるまで寝ず、たいそうひどく嘆いて物思いにふけっていたので、「人を待つのだろう」と見ていると、使用人の前にいた者に言った。

（歌訳略）

と詠んだところ、私のことを思ってくれているのだったと思うと、とても悲しくなった。この今の妻の家は、龍田山をこえていく道にあった。かくて、やはり見ていると、この女は、ふと泣きふして、金属製の椀に水を入れて、胸にあてていた。変だ、一体どうするのであろうかと思って、なおも見ている。そうすると、この水は熱湯になって沸き立ったので、湯を捨てた。また水を入れる。見ているととても悲しくて、走り出して、「どのような気持ちにおなりになったために、このようなことをなさったのですか」といって、抱きかかえて寝てしまった。こうして、他の女へもまったく行かずその場にじっと女の側を離れないでいた。こうして、月日が多く経ち他の女を思いやって、何気ない顔であったけれど、女が心の中で思うことは、ほんとうにたいへんなことであったのだから、こうして自分が行かないことをどのように思っているのだろうかと、思い出してあの女の元に行った。長い間行かなかったので、気が引ける思いで立っていた。さて、垣根越しにのぞくと、前には自分にはよく見えていたけれど、いま、一人でいるとたいそうみすぼらしい衣服を着て、大櫛を額髪にさしかけて、自分で飯を盛っていた。たいそうひどいものだと思って、帰って来たまま、二度と行かなくなった。この男は親王だったということである。）

筒井のもとで遊ぶ子どもたち（高松蔵奈良絵本）

教科書の『伊勢物語』

『伊勢物語』と初めて出会うのはいつだろうか。多くは高等学校の教科書（教科書用図書）となるのだろう。今日でも十社（東京書籍・三省堂・教育出版・大修館書店・数研出版・明治書院・筑摩書房・第一学習社・桐原書店・文英堂）が『伊勢物語』を採録する。ただし、教科書の『伊勢物語』を繙くには注意も必要だ。なぜなら、そもそも『伊勢物語』に原典はなく、どの伝本を典拠とするかによって内容が変わるうえ、学習指導要領に基づく出版社・編集者らの意図によって加工されることもあり、採録までの過程にさまざまなバイアスがかかるからである。

たとえば、六段「芥川」は後半部「これは、二条の后の～」以下の「種明かし的な部分」（本書「鑑賞のヒント」）が割愛される場合がある。前半部は、男の連れて逃げた女が、鬼に食われたという虚構の世界を語るものである。鬼に加え、雷には「神」も想起できる。女の叫び声は雷にかき消されて、鬼に食われてしまう。後半部では、連れ出された二条后を兄弟が連れ戻したという具体的かつ真実味を帯びた世界を語る。あえて兄弟とするため、前半部の鬼と雷に対応させたり、兄弟に抗うことの困難さを超人的な存在の力に置き換えたりして、前後のつながりを考えることも推奨したい。後半部によって二条后章段（三・四・五・六段）から東下り章段（七・八・九段）への流れや政治の中の男の存在が明確になるが、前半部だけでは享受の仕方が異なるだろう。

また、二十三段「筒井筒」は初めから第二場面（～河内へも行かずなりにけり。）のみを載せるものと、最後の後日譚を含めて載せるものとがある。後日譚の割愛については松島毅が「主題――幼い頃からの恋を成就させ、お互いがその純愛を守り切ったという主題――が純化され、とくに古典入門者である高校生にとっては理解しやすいという見解もあるだろう」と指摘しながら「教材としては、さまざまな点で問題があり、不適切」と警鐘を鳴らす（松島毅「『伊勢物語』筒井筒章段教材論――その二種類の版と扱い方をめぐる問題について――」『新時代の古典教育』一九九九年）。ここにいう問題の発端は、従来、大和の女を「みやび」、高安の女を「ひなび」と規定する授業をいう。特に「みやび」は初段に掲出され『伊勢物語』のキーワードとして扱われるが、在原業平や昔男の一代記からは外れた二十三段には「みやび」は必ずしも結びつかないという。その上で「『みやび』や『嗜み』といった基準の下に、二人の女のうちどちらが理想的な妻であるかを判定することではない」とし、高安への訪問が「経済的困窮」を解消するためであり「一人の男を間に挟んだ形で、夫の愛情のみを頼りにしつつ、自己の経済力によってその愛情をひきとめようとはからざるを得ない平安時代の女達が置かれた状況――結婚をめぐる社会の状況や制度――の矛盾や困難」があると主張する。

このように、教科書の教材として読む場合は採録範囲をどのように理解するのかに加え、割愛された内容の有無によって読みの違いが生じることを押さえておきたい。

さて、教職課程に学ぶ大学三年生三十九名に教科書には載っていない章段から載せてみたい章段を尋ねた。その結果、第一位「へだつる関」（九十五段）、第二位「桜花今日こそかくも」（九十段）。第三位が同率で「あだなりと」（十七段）・「水口に」（二十七段）・「目離るとも」（四十六段）・「雲には乗らぬ」（百二段）・「世をうみの」（百四段）・「深草の女」（百二十三段）となった。回答数はわずかながらも、高校生に近い年代の若者たちに『伊勢物語』が共感・受容された結果として興味深い。教科書以外の章段、さらには発展的に「いくつかの定番教材（学習材）を関連づけて学習」（有馬義貴「定番教材（学習材）を繋ぐ古典教育（学習）平安時代の文学作品を例として」『日本文学』二〇一五年一月）する道へと誘うことも教授者の役割である。

（中田幸司）

コミュニケーションとれてる？

梓弓・二十四段

むかし、男、①かたゐなかに住みけり。男、②宮仕《みやづか》へしにとて、別れ惜《を》しみて行《ゆ》きにけるままに、三年《みとせ》来《こ》ざりければ、待ちわびたりけるに、いとねむごろに言ひける人に、「今宵《こよひ》③あはむ」と契《ちぎ》りたりけるに、この男来《き》たりけり。「この戸あけたまへ」とたたきけれど、あけで、歌をなむ、よみて、④いだしたりける。

⑤あらたまの年の三年《みとせ》を待ちわびてただ今宵《こよひ》こそ⑥新枕《にひまくら》すれ

と言ひいだしたりければ、

⑦あづさ弓ま弓つき弓年を経《へ》てわがせしがごと⑧うるはしみせよ

と言ひて、いなむとしければ、女、

あづさ弓引けど引かねどむかしより心は君に寄りにしものを

と言ひけれど、男帰りにけり。女、いとかなしくて、⑨しりに立ちて追ひ行《ゆ》けど、え追ひつかで、清水《しみづ》のある所にふしにけり。そこなりける岩に、⑩およびの血して書きつけける、

あひ思はで離れぬる人をとどめかねわが身は今ぞ消え果てぬめる

と書きて、そこに⑪いたづらになりにけり。

【現代語訳】

昔、男が、都を遠く離れた遠い村里に（女と）住んでいた。男は、「宮仕えをしに行く」と言って、（女と）別れを惜しんで行ってしまったまま、三年（女の元に帰って）来なかったので、（女は）待ちくたびれていたところ、とても心の底から熱心に言い寄ってきた男に、（女は）「今夜初夜をむかえよう」と約束していたところ、この（元の）男が（帰って）来たのだった。「この戸を開けて下さい」と（元の男は戸を）たたいたけれど、（女は戸を）開けないで、歌を詠んで声に出して言った。

　三年間待ちくたびれて（私は）ちょうど今夜（他の男と）初夜をむかえるのですが……。

と内から外に向かって言ったので、（男は、）

　長い年月私がしたように（新しい男と）仲良くしなさい。

と言って、去ろうとしたので、女は、

　弓の弦のように、（あなたが私の心を）ひこうが、ひくまいが、昔から（私の）心はあなたに寄り添っているのに……。

と言ったのだが、男は帰ってしまった。女は、大層悲しくなって、後ろから追って行くのだが、追いつくことができず、清水のある所に伏してしまった。そこにあった岩に、指の血で書きつけた（歌）は、

　お互いに（同じように）思いあえずに（私から心が）離れてしまった人をとどめることができなくて、私の身体は今まさに消え果ててしまったように見える。

と書いて、そこに死んでしまった。

【語注】

①かたゐなか…都を離れた遠い村里。都に毎日簡単に出勤することができないような距離にある田舎。『うつほ物語』（俊蔭）にも用例があり、そこの片田舎は丹波である。

②宮仕へ…宮中に出仕する意と、貴人のもとに仕官する意と両方の意がある。ここではどちらとも言え、京で身をたてることを心に誓って上京したのであろう。なお、『大和物語』百四十八段「蘆刈」には、難波に住む夫婦が困窮し、妻が宮仕えするとあるように男女どちらに対しても用いられるものであった。

③あはむ…「あふ」は男女が共寝をすること。「む」は推量の助動詞で意志を表す。

④いだす…ここでは「声に出して言う」意。

⑤あらたまの…「年」にかかる枕詞。

⑥新枕すれ…「新枕す」は男女が初めて共寝をすること。当時の結婚は、基本的に別居しながら夫が妻のもとに通うことからはじまり、後に同居する形態に移行することもあった。

⑦あづさ弓ま弓つき弓…「あずさ弓」は梓の木で作った弓、「ま弓」は檀の木で作った弓、「つき弓」は槻の木で作った弓。ここは、三種の「弓」を並べて、「つき弓」の「槻」に「月」をかけ、「年」に続けた序詞。「年の三年」の「三」を意識したものか。同様に弓を並べる表現は神楽歌・採物「弓」（本）に「梓弓　真弓槻弓品ももとめず」とあり、「梓弓真弓槻弓はどれも素晴らしいものだから品種を問わない」とされ、尊貴性があるものとされていた。次の女の歌初句の「あづさ弓」は、「引く」を導き出す枕詞。

⑧うるはしみせよ…「きちんとしている」状態を示すのが原義の形容詞「うるはし」に名詞化する接尾語「み」が付き、更にサ変動詞「す」がついたもの。ここでは、「仲良くする」意。四十六段「目離るとも」にも「うるはしき友」とあり、「仲の良い友」の意である。
⑨しり…後ろのこと。
⑩および…指の俗称。
⑪いたずらになりにけり…死んでしまった。

◆◇鑑賞のヒント◇◆

❶男が「この戸あけたまへ」と敬語を使用しているのはなぜか。
❷女が戸を開けないのはなぜか。
❸男が詠んだ歌はどのような男の心情を表しているか。
❹女が一度は男の妻問いを拒絶しながらも、男が「あづさ弓」歌を詠んだ後には、男に対しての恋慕の情を示すのはなぜか。
❺女が清水のほとりで死んだのはなぜか。

◆◇鑑賞◇◆

男が都会に単身赴任をし、もう自分のことは忘れてしまったのではないかと女は思い、自分も新しい人生をはじめなければと決心し、新しい男と関係を結ぼうとしたその当日に、突然男が戻ってくるという、テレビドラマのようなエピソードを和歌のやり取りを中心に描く章段である。

田舎の夫婦、その男が都会へ仕事に行くことがこのエピソードのはじまりである。「別れ惜しみて」とあることから、この夫婦仲は良好だったことがわかる。それなのに男は女と別れて都会に行くのである。

そして男からの連絡がないまま三年が過ぎ、妻が別の男からの熱心な求愛を受け入れようと考えた。ここの「今宵あはむ」という言葉は、新しい男と将来的には「共住み」するような関係を受け入れようとする女の意志の表れ（助動詞「む」）である。また、「三年」という年月について、「戸令」（古代における家族に関する行政一般を規定する法律）には、「結婚していても、夫が海外に行っている場合は子供がいなければ三年、夫が逃亡した場合は子供がいれば三年、（中略）それぞれその間に帰ってこなければ妻は離婚してもよい」とある。本章段は、これに該当はしないが、夫不在の「三年」という年月が、妻が再婚をしても無理からぬほどの長い年月であることを示していることからも、この規定の「三年」は意識していたと思われる。そんな決心をした日（「あらたまの」歌は「ただ今宵こそ新枕すれ」と「ただ……こそ」を用いて「まさに今日の夜」を強調）に、男は何ごともなかったように帰ってきて妻問いをするのである。これに対して女は戸を開けずに室内から和歌を声に出して詠むのである。女が戸を閉めて中から「うた」を詠むのは、『古事記』（上巻）で、八千矛神が、沼河比売と結婚しようと家の前で「うた」を詠んだのに対して、その日沼河比売は戸を開けないで家の中から「うた」を詠みあげ、その夜は結婚しないで、次の日に結婚したというエピソードが参考になる。つまり、女が戸を開けずに、室内からその夜の男の妻問いを拒絶することを意味している❷。

続く「あらたまの」歌は、上の句で「あらたまの年の五年しきたへの手枕まかず」（『万葉集』18・四一一三）のような「年の○年」という『万葉集』では年月の長いことを示す類型的表現を用い、男の要求を受け入れられない理由を詠んでいる。それに対して、女の和歌を戸の外で聞いた男は、「あづさ弓」「ま弓」「つき弓」という『万葉集』以来の表現を用いながらも、長年恋していた女があっさりと別の男との関係を結ぶことを受け入れる和歌を詠み去って行く。つまり、男は女に対して、恋情はなく、慣れ親しんだ昔からの友達に対して「新しい恋愛、がんばってね」というような心情から詠んだ和歌である❸。

ところで、当時の妻問いは、男が和歌で女を誘い、女はその誘いを一旦は拒絶しながらも、和歌という共通のツールを使ってコミュニケーションをはかり、後には共寝がなされるのが一般的であった。先に示した、『古事記』(上巻)の八千矛神と沼河比売の婚姻からも明白である。従って、女は事実を和歌で表現することによって男の妻問いを拒絶する正当性を示しているが、男からの妻問いの和歌は存在しない。言いかえると、男は和歌でコミュニケーションをはかろうとしていないのだ。また、本来ならば、男が詠むはずの「年を経」た恋の和歌は、

あらたまの五年経れど我が恋ふる跡なき恋の止まなくも怪し　(『万葉集』11・二三八五)

(五年経ったけれど私が恋しているあてのない恋も止まらないのは不思議だな。)

のように「恋し続ける」ことを詠むものである。しかしここでは、新しい男との恋のアドバイスを詠むという特殊なものである。その男の和歌に対して、同じ「あづさ弓」という歌い出しで女は返歌を詠み、

梓弓末のたづきは知らねども心は君に寄りにしものを　(『万葉集』12・二九八五・一本)

(梓弓の末ではありませんが、行く末のことはあてにはできませんけれども、心はあなたに寄り添ってしまっているのに。)

のように「心は君(妹)に寄り(乗り)にしものを」という「相手に心が持っていかれている状態」を示す『万葉集』の相聞歌の類型表現を用いて男への恋情を露わにする。これは、男の女に対する恋愛感情のなさを示した男の「あづさ弓」歌に対する切り返しであり、これも、妻問いの和歌のルールに従って詠んだものである❹。また、このような「弓を引く、心をひく」の両方の意をあわせたものは、

梓弓引かばまにまに寄らめども後の心を知りかてぬかも　（『万葉集』2・九八）

（梓弓を引くように心をひいて下さったらそのまま素直に心をあなたに寄り添いますが、行く末のことはわかりかねるのです。）

のように『万葉集』に多く見られる相聞歌の類型表現である。

ここまでの男と女のやりとりをみてみると、女は『万葉集』以来の伝統的な和歌の表現や型をふまえて典型的な妻問いの和歌を詠んでいるが、男はそうではない。ここから、二人の間では和歌が共通のツールとして機能していないことはあきらかである。それはなぜだろうか。

男は三年都で宮仕えし、その間女は片田舎にいて新たな男と仲良くなっていた。この男と女の人物設定は、都の男と田舎の女という対比を鮮やかに描き出している。そして、都の男にとって、田舎の女は恋情を抱くべき対象ではなかった（**探究のために**参照）。従って、かつては一緒に片田舎に暮らしていたとしても、現在では都で働いている男にとって女は、恋の対象にもなりえないのである。そのため、男にはコミュニケーションをはかる気がなく、和歌がツールとして機能しないのである。そして、男は和歌を詠まなかったことからもわかるように、女に対して真剣に妻問いしようという意識はない。これは『伊勢物語』十四段「姉歯の松」（**資料A**）で、男が陸奥の女を見下しながらも一夜を共にするのと同じような意識で妻問いをしているといえよう。それは和歌の上では対等であるはずの女に対して、和歌も詠まず、「この戸あけたまへ」と他人行儀に敬語を用いて妻問いし、自分と遠い存在として位置づけていることからも明白である❶。

なお、女の「あひ思はで」歌は、

光待つ露に心を置ける身は消えかへりつつ世をぞうらむる　（『後撰集』恋一・五二七）

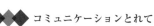

（光を待って消える、はかない露に対して無関心でいられなかった我が身は、露と同じく消えてしまいそうな有様で、この世のはかなさ、二人の愛のはかなさをうらんでおります。）

のように「わが身」がはかなく「消ゆ」という、恋の人間関係を通してわが身を運命のはかない存在として自覚する王朝和歌的な表現を用いて、自分の気持ちが男に伝わらないために死ぬことを詠み、指の血で岩に書きつけて清水のそばで死んでしまう。ここから、女の男への愛が受け入れられなかったことにより、女が死んだことが明らかになるのである❺。

◆◇探究のために◇◆

▼**本章段の和歌の特徴と構成**　この章段は、四首の和歌を中心に構成されたものである。しかし、**鑑賞**で見たように、「あらたまの」歌や女の「あづさ弓」歌は、『万葉集』以来の古くからの表現や発想をもとにした和歌であり、男の「あづさ弓」歌も発想は類型からは外れているものの、表現は古くからのものを用いた和歌であった。それに対して、「あひ思はで」歌は『古今集』以後の王朝和歌の表現や発想に基づくものであった。また、「あらたまの」歌は、地の文の内容を和歌として詠んだようなものであり、二首の「あづさ弓」歌は、男と女の会話に相当するものであり、以上三首は叙事性の高い和歌である。それに対して、「あひ思はで」歌も他の和歌と同様に叙事性の高い歌ではあり、和歌から女が死んだことはわかるが、清水のほとりで、岩に指の血で歌を書きつけたことまではわからず、物語との関係性は、先の三首と異なる。これは、女の「あづさ弓」歌までで完結していた話が、長編化するために「あひ思はで」歌を付け加えた結果、質や由来が異なる和歌が同時に一つの章段の中に存在することになったと言えよ

う。

▼妻争い伝承の中における本章段の位置づけ　妻争いとは、同性の二人（もしくはそれ以上）が一人の異性を得ようと互いに争うことである。民話や大衆文学が愛好するテーマで、テニスンの『イノック・アーデン』では、死んだと思っていた男と新しい男を前にした女が、種々の事情を承知した上で共にいようと言ってくれた新しい男を選ぶ。本章段も、「うた」を物語ることを仕事としていた芸能人によって語られていた三首の和歌で構成された物語であった。そこにさらに、「あひ思はで」歌を付け加えることで、妻争いによって死ぬ女の話に仕立て、悲劇性を高めて長編化したのである。日本においては、菟原処女（『万葉集』9・一八〇一〜一八〇三、一八〇九〜一八一一、19・四二一一〜四二一二）（**資料B**）や『大和物語』百四十七段「生田川」（**資料C**）などに代表されるが、それらの妻争い伝承では、女は争いの対象であるに過ぎず、争いの決着に自分の「心」は殆ど表出しない。ところが、本章段は、二人の男から求婚されるという構図は同じであるが、女は男に対して、「心は君に寄りにしものを」と、自分の「心」を表出している。これは「あらたまの」歌と「あづさ弓」歌が男に対する切り返しの和歌であり、妻問いの和歌の類型であるためであろう。また、従来の妻争い伝承ならば、男は熱烈に女に想いを寄せるのだが、本章段の男は**鑑賞**で見たように、女に対する恋愛的な興味は示さない。つまり、この物語作者は、長編化のために、悲劇性を求めて女が死ぬ話にした結果、妻争い伝承としては特異な自分の「心」を示す女と、女から身を引く男を創出したといえよう。

▼本章段の人物設定　**鑑賞**でみたように、この宮仕えから戻った男と片田舎の女という人物設定は、十四段「姉歯の松」の「京なる人」である男と陸奥の女の章段（**資料A**）と同じである。十四段では、陸奥の女は「京なる男」を「めづらか（すばらしい）」と思い、「なかなかに」歌を詠むが、男は「歌さへぞひなびたる（歌までも田舎っぽいものだ）」

と、陸奥の女を見下し、それに対する返歌もしないが、一夜を共にする。これを参考にすると、都の男にとって、田舎の女は恋情を抱いたり、対等に付き合うべき対象ではなかった。しかし、田舎の女にとって都の男は、憧れの存在であり、恋愛対象であった。そして、そのような憧れの対象である都の男は、初段に端的に示されているように『伊勢物語』の中においては、物語の主人公の男がそうであるように「みやびの体現者」であった。それは、みやびの精神に基づき行動する当時としては理想の男性として、また自分だけのわがままを抑制して、すべてを円満に運ぶような配慮を忘れないたしなみを有する人物として描かれていると言えよう。従って、宮仕えから戻った男も「みやびの体現者」と言えよう。

▼男が去った理由と女の死　では、どうして宮仕えから戻った男は、女のもとから去って行ったのであろうか。物語中に説明はない。しかし、宮仕えから戻った男は、物語の主人公としての理想的な男、つまりは「みやびの体現者」として位置づけられていたと考えると、自分が身を引くことで女と新しい男の関係が円滑に運べるよう女のもとから去ったと考えることができよう。もちろん、これは物語創作上の要請からなされたことである。従って、女の「あづさ弓」歌までで完結していたもとの話にそって主人公の男の言動をみやびで聡明なものにしようとすると、二人の男の対立はなくなり、男は潔く身を引くもとの話の通りのみやびな言動を貫くことになる。しかし、「あひ思はで」歌を付加し、従来の妻争い伝承のように女が入水する話によって悲劇性を高めようとすると、男に捨てられたのを恨んで自殺したことになり、男のみやびな行動を否定することになるので、入水は不可能になり、ただ無意味に「清水のある所」で夫に恋い焦がれて死んだと記すことになったのであろう。その結果、女は男への愛に殉じたのであるが、男の行動は「みやび」に基づいたものであるから、女はその「みやび」に殉じたのである。

▼二十三段との関係　また、前の章段（88ページ）との関係をみてみると、本章段が「片田舎」で住んでいた夫婦であり、二十三段も「ゐなかわたらひ」をしていた人の子であるという、都から離れた地を舞台とするものであり、ともに叙事性の高い和歌を含むという共通項が存在している。しかし、二十三段は女が夫を待つことを諦めなかったことによって、男と再び同居して暮らすエピソードであり、本章段は夫を待つことができずに死を選ぶ章段となっており、対照的な結末を有している。

（岩田久美加）

【資料】

A　『伊勢物語』十四段「姉歯の松」（223ページ写真参照）

むかし、男、陸奥にすずろに行きいたりにけり。そこなる女、京の人はめづらかにやおぼえけむ、せちに思へる心なむありける。さて、かの女、

なかなかに恋にしなずは桑子にぞなるべかりける玉の緒ばかり

歌さへぞひなびたりける。さすがにあはれとや思ひけむ、行きて寝にけり。夜深くいでにければ、女、

夜を開けばきつにはめなでくたかけのまだきに鳴きてせなをやりつる

と言へるに、男、「京へなむまかる」とて、

栗原のあれはの松の人ならば都のつとにいざとはましを

と言へりければ、よろこぼひて、「思ひけらし」とぞ言ひをりける。

（現代語訳：昔、男が、陸奥に、ふらふらと行ってしまったのであった。そこに住む女が、京の人はすばらしいと思われたのだろうか、いちずに心を寄せる気持ちがあったのだ。そこで、その女が、

なまじっか恋いこがれて死んだりせずに、夫婦仲の良い蚕になったらよかった、つかの間の短い命でも……。

歌までもが、田舎くさいものだった。さすがにいとしく思ったのだろうか、行って寝たのだった。朝、暗いうちに帰ってしまったので、女は、

夜も明けたならば、木槽にぶちはめてやろう、ろくでなしの鶏めが、早く鳴きすぎていとしいお方を帰してしまった。

と詠んだにもかかわらず、男は、「京へ行ってきます」と言って、

栗原の姉歯の松が人であるならば（あなたが人並みの女であるならば）都のみやげに、さあ一緒にというところなのだが

と詠んだところが、喜ぶまいことか、「あの人は私を思ってくれたらしいよ」と、言っていたのだった。）

B 『万葉集』 9・一八〇九

菟原処女《うなひをとめ》が墓を見る歌一首　幷《あは》せて短歌

葦屋《あしのや》の　菟原処女の　八歳子《やとせこ》の　片生《かたお》ひの時ゆ　小放《をばな》りに　髪たくまでに　並び居《を》る　家にも見えず　虚木綿《うつゆふ》の　隠《こも》りて居《を》れば　見てしかと　いぶせむ時の　垣《かき》ほなす　人の問ふ時　千沼壮士《ちぬをとこ》　菟原《うなひ》壮士の　廬屋《ふせや》焼き　すすし競《きほ》ひ　相《あひ》よばひ　しける時には　焼き大刀《たち》の　手かみ押しねり　白真弓《しらまゆみ》　靫《ゆき》取り負ひて　水に入り　火にも入らむと　立ち向かひ　競ひし時に　我妹子《わぎもこ》が　母に語らく　倭文《しつ》たまき　賤《いや》しき我《わ》が故《ゆゑ》　ますらをの　争ふ見れば　生《い》けりとも　逢ふべくあれや　ししくしろ　黄泉《よみ》に待たむと　隠《こも》り沼《ぬ》の　下延《したは》へ置きて　うち嘆き　妹《いも》が去《い》ぬれば（以下略）

（現代語訳：葦屋の　菟原処女が　八歳の　子供の頃から　小放りに髪を結い上げるまでの年頃まで　近隣の　家にも姿を見せず　こもりきりなので　見たいものと　もどかしがって　取り囲んで　求婚した時のこと　千沼壮士と　菟原壮士が　小屋を焼いて　勢い込んで争い　共に求婚を　したその時に　焼き鍛えた大刀の　柄を握っての し歩き　白木の弓を　靫を背負って　水にでも　火にでも入ろうと立ち向かい　争った時　この処女が　母に語ることに「数ならぬわたしのために　ますらおが　争われているのを見ると　生きていたとて　結婚できそうにありません　黄泉でお待ちしよう」　それとなく告げて　嘆き悲しみ　その処女が死んでしまったところ（以下略））

C 『大和物語』百四十七段「生田川」

むかし、津の国にすむ女ありけり。それをよばふ男ふたりなむありける。ひとりはその国にすむ男、姓はうばらになむありける。いまひとりは和泉の国の人になむありける。姓はちぬとなむいひける。かくてその男ども、としよはひ、顔かたち、人のほど、ただおなじばかりなむありける。「心ざしのまさらむにこそはあはめ」と思ふに、心ざしのほど、ただおなじやうなり。暮るればもろともに来あひ、物おこすればただおなじやうにおこす。いづれまされりといふべくもあらず、女思ひわづらひぬ。この人の心ざしのおろかならば、いづれにもあふまじけれど、これもかれも月日を経て家の門に立ちて、よろづに心ざしを見えければ、しわびぬ。これよりもかれよりも、おなじやうにおこする物ども、とりもいれねど、いろいろにもちて立てり。親ありて、「かく見ぐるしく年月を経て、人の嘆きをいたづらにおふもいとほし。ひとりひとりにあひなば、いまひとりが思ひは絶えなむ」といふに、女、「ここにもさ思ふに、人の心ざしのおなじやうなるになむ、思ひわづらひぬる。さらばいかがすべき」といふに、そのかみ、生田の川のつらに、女、平張をうちてゐにけり。かかれば、そのよばひ人どもを呼びにやりて、親のいふやう、「たれもみ心ざしのおなじやうなれば、このをさなき者なむ思ひわづらひにてはべる。今日いかにまれ、このことを定めてむ。あるは遠き所よりいまする人あり。あるはここながらそのいたつきかぎりなし。これもかれもいとほしきわざなり」といふ時に、いとかしこくよろこびあへり。「申さむと思ひたまふるやうは、この川に浮きてはべる水鳥を射たまへ。それを射あてたまへらむ人に奉らむ」といふ時に、「いとよきことなり」といひて射るほどに、ひとりは頭のかたを射つ。いまひとりは、尾のかたを射つ。そのか

み、いづれといふべくもあらぬに、思ひわづらひて、

すみわびぬわが身投げてむ津の国の生田の川の名のみなりけり

とよみて、この平張は川にのぞきてしたりければ、づぶりとおち入りぬ。親、あわてさわぎののしるほどに、このよばふ男ふたり、やがておなじ所におち入りぬ。ひとりは足をとらへ、いまひとりは手をとらへて死にけり。（以下略）

（現代語訳：昔、摂津の国に住む女がいた。その女にいいよる男が二人いた。一人はその国に住む男で、姓は菟原だった。もう一人は和泉の国の人だった。姓は血沼といった。ところで、その男たちは、年齢・容姿・人柄が全く同じくらいだった。女は、「愛情のまさっている方の人と結婚しよう」と思ったが、愛情の程度も全く同じようである。日が暮れると二人とも来て、ばったりと会うのだった。物を贈る時も、全くおなじように贈ってよこす。どちらがまさっているということはできそうもない。女は思い悩んでしまった。この男たちの愛情がいいかげんなものであれば、どちらの男とも結婚しないだろうが、こちらの男も、あちらの男も、長い年月にわたって家の門の所に訪ねてきて立って、色々と愛情の篤いことがうかがわれたので、女はどうしたらよいか、困ってしまった。二人の男が同じように贈ってよこすさまざまな物は、受け取りもしないのだが、色々持ってきて門の所に立っている。この女には親がいて、「このようにはた目もつらくなるようなようすで、長い年月を過ごし、おまえがあの人たちの嘆きをどうにもならないのに背負っているのもかわいそうだ。どちらか一人と結婚したら、もう一人の人はきっとあきらめてくれるでしょう」と言うと、女は、「私もそのように思うのですけれども、あの二人の方々の愛情がどちらも同じようですので、思い悩んでしまっております。それならどうしたらよいでしょう」と言う。その時、生田川のほとりに、女は平張を立てて住んでいた。そこで、その言い寄る人たちを呼びにやって親が言うことには、「どちら様も、みな愛情が同じようでございますので、このいたらぬ娘が思い悩んでいるのでございます。今日はどうあってもこのことを決めてしまいましょう。お一人は遠い所からいらっしゃいます。また、お一人はこの土地に住んでいらっしゃるものの、そのご苦労はこの上もございません。どちら様もお気の毒なことです」と言う時に、男たちは互いに大層ひどく喜んだ。「申し上げようと思いますことは、こうです。この川に浮いておりますす水鳥を射あてなさったならば、その方に娘を差し上げましょう」と言う時に、男たちは、「本当に願ってもないことです」と言って水鳥を射たが、一人は、頭の方を射あてた。もう一人は、尾の方を射あてた。それで、どちらが勝ちということもできないので、女は思い悩んで、

この世に住んでいるのが嫌になりました。ですから、わが身をこの川に投げてしまいましょう。そうしてみると、生きるという名を持った生田川は名前だけだったのですね。私はそこで死ぬのですから。

と詠んで、この平張は川に臨んで作ってあったので、ずぶりと身を投げてしまった。親が慌てて騒いで大声を出している時に、この言い寄った男二人も、すぐに同じ所に身を投げてしまった。一人は女の足をとらえ、もう一人は手をとらえて死んだ。（以下略））

ぜんぶ若さのせいだ

好ける物思ひ・四十段

むかし、①若き男、②けしうはあらぬ女を思ひけり。③さかしらする親ありて、④思ひもぞつくとて、この女をほかへ⑤追ひやらむとす。さこそいへ、まだ追ひやらず。⑥人の子なれば、まだ⑦心いきほひなかりければ、とどむるいきほひなし。女もいやしければ、すまふ力なし。さるあひだに、思ひはいやまさりにまさる。にはかに、親、この女を追ひうつ。男、血の涙を流せども、とどむるよしなし。率《ゐ》ていでていぬ。男、泣く泣くよめる、

いでていなば誰《たれ》か別れのかたからむありしにまさる今日《けふ》はかなしも

とよみて絶え入りにけり。親、あわてにけり。⑧なほ思ひてこそ言ひしか、いとかくしもあらじと思ふに、真《しん》実《じち》に絶え入りにければ、まどひて願《ぐわん》立てけり。今日《けふ》のいりあひばかりに絶え入りて、またの日の戌《いぬ》の時ばかりになむ、からうして生《い》きいでたりける。むかしの若人《わかうど》は⑨さる好《す》けるもの思ひをなむしける。今の翁、まさにしなむや。

【現代語訳】

昔、若い男が、それほど悪くはない女に恋をした。（男には）おせっかいをする親がいて、「（この女への）恋心が深まったら大変だ」と思って、この女を家から追い出そうとする。とはいっても、

まだ（すぐに）追い出しはしない。（男はまだ）親がかりだったので（親に逆らって）意向を押し通すようなことはできなかったので（女を追い出そうとすることを）止めることはできない。女も身分が卑しいので、（男の親が自分を追い出そうとすることに）抵抗することはできない。そうこうするうちに（男の）思いはだんだんと強くなっていく。急に、親はこの女を追い出し捨てた。男は（涙が尽きて後に出るという）血の涙まで流したが、（女を）引き留められるわけもない。（親側のだれかが女を）連れて行った。男は泣きながら、歌を詠んだ。

（女が自分の意思で）出て行ったのなら、誰が別れがたいということがあろうか。以前（女が家にいた頃）よりも思いがまさる今日は、このうえなく悲しい。

と詠んで、息絶えてしまった。親は慌ててしまった。それでも「（息子のためを）思って言ったのに」、「まさかこんなことがあるはずない」と思うけれども、本当に息絶えてしまったので、うろたえて願を立てた。その日の夕方に息絶えて、次の日の午後八時前後に息を吹き返した。昔の若い人はこういう常軌を逸した（下仕えの女を思って死ぬ）ような恋をしたのだった。今の翁はこんなことをするだろうか、いやしない。

【語注】

①若き男…若い男。「若き」は今でいう思春期に相当する年頃か。
②けしうはあらぬ女…それほど悪くはない女。形容詞「けし」の連用形「けしく」のウ音便「けしう」を否定する。消極的なほめ言葉。
③さかしら…おせっかい。形容詞「さかし」に接尾語「ら」がついた形。「さかし」は理性的なさまを指すが、この親がしたことは理性的ではあっても男にとってはおせっかいであり、でしゃばりである。
④思ひもぞつくとて…男がこの女に恋心が深まったら大変だと思って。「もぞ」は将来のよくない事態を予測し「…したら大変だ」「…したら困る」の意。ここは「さかしらする親」の懸念なので「思ひ」は男の女への恋心。それが「つく」とあるので、単に恋心を抱く程度ではなく、それが深まること。先に「女を思ひけり」とあるので既に恋をしているが、その程度はまだ初期のもので、親が「本気で恋心が深まる前になんとかせねば」と考えたということ。
⑤追ひやらむとす…女を追いだそうとする。つまり「けしうはあらぬ女」は家にいる女、しかし男が恋をすることに親が懸念を抱くような相手であるから、下仕えの女かと想像される。
⑥人の子なれば…男はまだ親がかりだったので。次に「女も」とあるので「人の子」は男のこと。男がまだ若く、親がかりであることを指す。
⑦心いきほひなかりければ…意向を押し通すことができなかったので。「心いきほひ」は意向を押し通すことで、それがなかったのだから、親に追い出されそうな女を引き留められるわけもない。
⑧なほ思ひてこそ言ひしか…「なほ」は「それでもやはり」。語源は、その事態を否定するような状況があるにもかかわらず、事態

に変化がなく続いていくさまにある。男は息絶え、親はあわてた。それでも、「男のためを思って（女を追い出すよう）言ったのに」と思うのである。

⑨さる好けるもの思ひ…こういう常軌を逸した、下仕えの女を思って死ぬような恋。年を重ねてさまざまなしがらみが生じれば自ずとそれほどのことはできなくなる。それが「今の翁」というのであろう。初段の「昔人は、かくいちはやきみやびをなむ、しける」に類する評。

◆◇鑑賞のヒント◇◆

❶「若き」男であることが、どのように物語を展開させているのだろうか。
❷女の思いは描かれないが、どのように想像できるだろうか。
❸男の和歌の意図はどのようなものだったのだろうか。
❹親がとった行動はどのような思いから来ていて、男にとってはどういうものだったのだろうか。
❺男と親の関係はどのようなものだったのだろうか。

◆◇鑑賞◇◆

『伊勢物語』の冒頭は、その多くが単に「男」とされるが、本章段では「若き男」と年齢層が限定される。わざわざ若いことが特筆されるのだから、物語の展開に重要なのだろう。だがそもそも「若い」とはどれくらいを指すのだろうか。『伊勢物語』の「若し」の用例を確認すると、六十五段「在原なりける男」では女性のいる部屋に出入りできるくらいの男、八十六段「おのがさまざま」では若さゆえに親にはばかる恋をする男女、百七段（214ページ）ではまだ手紙も和歌もできない女に使われる（**資料A**）。当然、何らかの面で未熟であることを示すのだが、いずれも「若い」ことがその章段の物語を進めていく重要な要素である。本章段ではまだ親がかりである男の恋が描かれるから、思春期に相当する年頃を想像すればいいのだろう。

その若い男が思いを寄せた女は「けしうはあらぬ」とされる。このような表現は『源氏物語』や『うつほ物語』の用例（**資料B**）を参考にすると、単独で高評価は下せないが、他の事情に鑑みて評価する仕方と考えられる。ここでは身分の低い（おそらく家の使用人の）女だが、そのわりに悪くはない、という評価だ。この若い男の、女への思いの丈はどれほどで、親はそれをどの程度察知していたのだろうか。いずれにせよ、身分差のある「けしうはあらぬ」程度の女に惚れこんでしまっては男の将来が台無し、と親は思うのだ。そうかといって実際問題として何かが起きたわけでもなく、ただちに追い出すわけにもいかない。男は親の干渉に気付いていたのか、そうこうしているうちに思いはますます強くなってしまう。そして親はあるとき女を家から追い出した。男は涙にくれる。血の涙を流すほど悲しむが、できることはなく、結局女は出て行かされてしまったのだ。男は強制的な別れのつらさを和歌に詠んだ。女へ贈る歌ではなく、男の独白である。そして男は息絶えた。こんな事態に陥ってもなお、親は男のためにしたことだ、とまずは思う。しかし本当に息絶えてしまったので、大慌てで願を立てた。その結果、翌日男は息を吹き返したのだった。

さて、本章段で謎深いのは女である。女は男よりも年上だったのか、年下だったのか。容姿や気立てが優れていたのか。そして女の思いはどうだったのか。たとえば若い男の身分違いの恋は先に示したように六十五段にもあるが、そこでは具体的な人物が示され、双方の心情も和歌のやりとりによって描かれる。しかし本章段では女についての記述は少なく、そもそも男の側から見た情報でしかない。したがって具体的な人物像は見えないまま、女の感情も描かれないのだ。この女の感情を想像するためには、この物語を女の立場からたどりなおしてみるといい。女は勤め先である家の息子に見初められた。「これは幸運、玉の輿！」となるほど状況は優しくない。あくまで自分（女）は使用人、男は勤め先のご子息様なのだ。当然、男の親である雇い主はおもしろく思わないだろう。それに男はまだ若く、愛を貫いて家を捨てることも、親を説き伏せて結婚にこぎつけることもできない。そうこうしている間に、女は家を追い出されてしまう。つまり失業。女からしてみれば男に見初められたがゆえに失業してしまい、いいことはなかった。はた迷惑なことだったのかもしれない❷。身分差のある二人の情熱的な恋ではなく、まだ親がかりである男の恋という一側面でしか描かれないのだ。

いつの時代も思春期の親子関係は難しい。まだ独立していない、しかし自立心を持ち始めた子どもにどの程度干渉していいものか。程度の差こそあれ、子は親の干渉をうっとうしく思う年頃だ。親の思い通りではない、自由な行動をすることで自立したような気になるのだ。この章段において男は親の思いとは異なる恋をするが、親の干渉によって阻まれる。それに男はどう反抗したかというと、泣くのだ。それも涙尽きて後に出るという、血の涙だ。思いの強さを強調する。そして和歌を詠んだ。初句は「いでていなば」とあって、女の意思で出て行ったのではない、これは強制的な別れなのだと詠む。男の詠んだ歌は独白だ。しかしこの初句は親に出て行かされたのだとことさらに強調する、親へのあてつけだろうか。下の句では女がいなくなった今、さらに思いはまさっているという。親は女に身を引いてもらって（女を追い出して）男に断念させるほかないと考えたのだろうが、むしろそのことによって思いは強まったというのだから、これも親へのあてつけと取れるだろうか❸。

良い結婚こそが子の幸福、一族の安泰と信じる親にしてみれば、まだ若い息子をこんなところで、若気の至りのような恋でつまずかせるわけにはいかない。親がとった行動は女を追い出すという、相手の側に働きかけることで問題の解決を図るものだった。親は男のためを思って行動したに違いない。しかし男には余計なことだった。むしろ干渉されたことによって感情が高ぶり、一度息絶えるという事件にまで発展してしまったのだ❹。男は親に干渉されたくない、親は男に道を踏み外してほしくない、双方の思いが通じていなかった。もともとこの親子に何か諍いがあって関係が悪かったわけではないだろう。男が若いからこそ、親は干渉し、男はそれに反抗する、思春期の親子関係なのだ❺。男は身分違いの恋に落ち、親の思いとは無関係の恋をすることで自立したように錯覚する。しかし親の干渉に抗えず、別れさせられてしまう。血の涙を流し、死ぬほどの恋をする情熱がありながら、一方で何ができるわけでもない無力な男。すべては「若き」男であるがゆえの出来事である❶。男が詠んだ和歌は「かなしも」で終わるが、この表現は実にシンプルで、『万葉集』以来豊富な用例がある。激しい感情を持っているものの、和歌表現はパターン化されたものとも言え、ここにも男の「若さ」を読み取ることもできよう。

ちなみに、「親」とあって母、もしくは父とは示されないが、若い息子への過干渉という構図からは母親がイメージしやすい。家の使用人の差配なども母親によるものと考えればなおさらである。

◆◇探究のために◇◆

▼**和歌の問題**　初句「いでていなば」には諸説ある。臆断など古注では、「女が出て行ってしまうなら、私もこの世に生き残らないつもりだから」と説く。最近の注釈では「家から強引に出して行ってしまうなら、一体どこの誰が、別れがしにくかろう。（どんな愛し合った仲だってかんたんに別れられるさ。）」（竹岡正夫）、「連れて出て行ってしまうのなら

ばだれだって別れがむつかしいことがあろうか、別れるよりほかはないのだ」（石田穣二）、「女が自分から去って行くのなら、誰がこんなに別れがたいと思うだろう、けっして思うまい。そうではなく無理やり連れて行かれたのだから」（鈴木日出男）などと訳される。本文には「率ていでていぬ」とあり、連れて行かれたと書かれていること、また、「出でていなば」と仮定条件であることを踏まえ、女の意思で出て行ったのではないと理解することが重要である。そしてこれが初句にあることで、強制的な別れであることを訴える、親へのあてつけの歌ととれる。

広本系、塗籠本、真名本および業平集の諸本は、和歌の初句「いでていなば」を「いとひては」とする。『古今六帖』（第四「別れ」に載る）ではさらに、結句を「けさ（ふ）はかなしも」とする。これは「（女を）嫌っているのなら」の意で、現実には嫌って別れたのではないからつらい、となる。「いでていなば」は『伊勢物語』中ほかに二十一段「おのが世々」で女が出て行く際に詠んだ歌に用いられている語だが、本章段では地の文に「率ていでていぬ」とあることを踏まえなければ成り立たない表現である。石田穣二は『古今六帖』にある歌を原歌とし「物語作者の改作したものではあるまいか」とする。

和歌の問題としてもうひとつ、女の歌の問題がある。掲出した本文には女の歌は載らないが、一部の諸本に女の歌として、

いづこまで送りはしつと人問はば飽かぬ別れの涙川まで

が見られる。諸本によって歌を載せる位置が異なる。パターンは次の三つ。

一、男の歌の前（塗籠本）→女が、自分を連れて出て男の家に戻る人物に託した歌であり、それを聞いた男が歌（初句「いとひては」）を詠む。

二、男の歌の後（真名本、肖柏本）↓［真］男の歌の後に「女返爾付而」とあり、女の歌、次に「諸続而他江入没寝礼者」。女が息絶えたことになり、意味が通らない。女の歌だけを機械的に書き入れたか。［肖］「女のくしたりけるものにみちよりいひおこせり」とあってから女の歌が載る。女の歌を見て男が絶え入る形。

三、男が息を吹き返した後、作者の評言の前（広本系）↓女の歌の後に「とありけるをききてぞ男たえりにける」とある。男は二度死ぬことになり、不合理。

男の歌とは表現上の呼応は見られず、それぞれに独立して解釈されるので、本章段の成立時には女歌を伴わなかったと見てよい。元は欄外に注記のような形で記されていたものが本文中に紛れ込んだものか。そうすると内容としては不合理でも三の位置に存することの説明にはなる。そして内容的に合理性を求めて記載位置が異なるものができたか。

また、この女の歌と同一と思われる歌が『堤中納言物語』「はいずみ」に見られる。『伊勢物語』も「はいずみ」も、親が介入することによって物語が展開する。「はいずみ」はおおまかにいうと次のような展開だ。男には妻がいたが新しく女ができた。男は新しい女のところに通いつめ、妻は身を引こうとするが家を出ても行く宛てがない。新しい女の親は、独身のいい男と娘をめあわせたかったのにと悔やみ、せめて一緒に住むようにと男に迫る。男は妻に言い訳をし、妻は状況を察して家を去る。その妻が出て行った先でこの歌を詠んだのが男に伝わったことで、男の愛情がよみがえる（歌によって愛がよみがえるものは『伊勢物語』では二十三段（88ページ）に「風吹けば沖つ白浪龍田山夜半にや君がひとり越ゆらむ」がある）。本章段では女についての記述は少なく女性像を想像するのは難しいが、「はいずみ」ではこの歌を詠んだ元の妻は察しがよく気立てのいい女とされ、取り戻すべくして取り戻した愛となっている。『伊勢物語』の本章段に女歌を付け加えた者と、「はいずみ」作者が同一である可能性も指摘される（福井貞助）。

▼章段末尾の作者の評　「今の翁」は、「昔」「若人」に対応する語ではあるが、内容的には対にならない。この解釈も古来いくつかの説がある。

一、ともに業平を指す（『知顕集』）→業平も若かった頃は情熱的でこういうこともした。

二、「今の翁」は覇気のない「心おとなしき」者（『愚見抄』）。

三、「昔の若人」は業平（『闕疑抄』『臆断』）→昔に比べて今の人は熱意が薄い。「翁」は「若人」に対する語。

四、昔は情が深かった。今は情が浅いので老成された翁でもこのようにできない。情の深さについての段（新釈）。

作者はこの章段の「若き男」の、死ぬほどの恋をしたことを、「好けるもの思ひ」と評する。それは若さゆえであるから、「翁」はしない。「今の」とつくのは、「昔の」の対になる語であり、昔若いころこのように情熱的な恋をした人でも年を取ればそんなことはしない、という、若さゆえのできごとを描いたと、章段の特性・評価を示すものであろう。これを業平と限定すれば『知顕集』の説となる。「むかしの若人」と「今の翁」を同一人物とする説は折口信夫や阿部俊子、片桐洋一が引き継ぐ。（田原加奈子）

【資料】

A　『伊勢物語』の「若し」

（1）殿上にさぶらひける在原なりける男の、まだいと若かりけるを、この女あひ知りたりけり。（六十五段「在原なりける男」）

（現代語訳：殿上の間にお仕えしていた、在原氏であってまだたいそう若かった男を、互いに知り合う仲と親しんでしまったのだった。）

（2）むかし、いと若き男、若き女をあひ言へりけり。おのおの親ありければ、つつみて言ひさしてやみにけり。（八十六段「おのがさまざま」）

（現代語訳：昔、ごく若い男が、若い女と語らって互いに恋しあっていた。年少の二人とも親があったので、遠慮して恋も中途で終わってしまった。）

（3）むかし、あてなる男ありけり。その男のもとなりける人を、内記にありける藤原の敏行といふ人よばひけり。されど、若ければ、文もをさをさしからず、ことばも言ひ知らず、いはむや歌はよまざりければ、かのあるじなる人、案を書きて、書かせてやりけり。

（百七段、214ページ）

（現代語訳：昔、高貴な男がいた。その男のところにいた人を、内記であった藤原敏行という人が求婚した。けれども、（男のところにいた人は）若いので、手紙も一人前に書けず、ものの言い方も知らず、まして歌は詠めなかったので、その主人である人（高貴な男）が書いて、（それを女に）書かせて届けた。）

B　「けしうはあらず」用例

（1）受領といひて、他の国の事にかかづらひ営みて品定まりたる中にも、また、きざみきざみありて、中の品のけしうはあらぬ選り出でつべきころほひなり。

（『源氏物語』「帚木」）

（現代語訳：受領といって、地方の政務にあくせくかかわり、中流の地位の定まっている者の中にも、さらにいくつもの段階があって、その中から相当なものを掘り出すことができそうな今の時勢です。）

（2）「さて、そのむすめは」と問ひたまふ。「けしうはあらず、容貌心ばせなどはべるなり。代々の国の司など、用意ことにして、さる心ばへ見すなれど、さらにうけひかず。（以下略）

（『源氏物語』「若紫」）

（現代語訳：「ところで、その娘というのは」とお尋ねになる。「悪くはありません、その顔かたちや気だてなど相当なもののようでございます。代々の国の守などが、格別の心づかいをして縁談をもちこむようですが、いっこうに受け付けません。（以下略））

（3）上、見たてまつりたまひて、「一の宮をこそ、こともなしと思ひしか。これもけしうはあらざりけり。琵琶、箏の琴の上手もがな。この皇女たちの料にせむ」とのたまふ。

（『うつほ物語』「国譲下」）

（現代語訳：朱雀院はお目にかかられて、「女一宮こそ美人だとは思っていたが。この宮も器量がわるくはないようだ。琵琶や箏の琴の上手はいないだろうか。この皇女たちの相手とするのに。」とおっしゃる。）

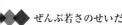

『伊勢物語』の旅

武蔵国と下総国の境を流れる隅田川を渡った男は、「みちのくに」(陸奥・道の奥)をあてもなく彷徨う(113～114ページ参照)。そこに暮らす女は男に惚れ込むや、すぐさま歌を送った。

なかなかに恋に死なずは桑子にぞなるべかりける玉の緒ばかり

(恋に死ぬこともできずなまじ生きているくらいなら、いっそ命短い蚕になったほうがましだわ。玉の緒が短いように。)

普通は男が先に歌を贈るが、女から届いた歌は、蚕になりたいという田舎臭い歌であった。みやびを生きる男はどうしたか。やはりその女のもとを訪れ共寝をするのである。これが「いろごのみ」である。田舎娘であろうと、老婆(六十三段、87ページ図版参照)であろうと、男は女を決して傷つけないようにしようとする。男が帰った後、女は、

夜も明けばきつにはめなでくたかけのまだきに鳴きてせなをやりつる

(夜が明けたら「きつ」に嵌めずにおくものか。「くそ鶏」がまだ夜が明けもしないのに鳴いて、あの人を帰してしまった。)

と詠む。後朝《きぬぎぬ》の文も普通は男が女に贈るが、この女からは、なんと、朝を告げた鶏を罵倒する歌が贈られてきた。藁やもみ殻を入れる物置を東国方言で「きつ」というらしい。その「きつ」に鶏を嵌めてやるというのである。「くた鶏《かけ》」は「くそ鶏」といったところか。「せな」も『万葉集』では東歌や防人歌にしか見えない東国的な呼称。無知と田舎臭さオンパレードの歌である。

そうこうしているうちに、男はその女のもとを離れることになる。男は「京へなむまかる」と告げて、

栗原のあねはの松の人ならば都のつとにいざといは

ましを

（栗原のあねはの松がもし人であるなら、都へのお土産として、さあ、ご一緒にと声をかけられるのに。）

という別れの挨拶の歌を詠んだ。

宮城県栗原市金成梨崎に姉歯という地名が残り、現在も数本の松が植えられている（223ページ写真参照）。「あねは」は東北で若い女性や女郎を親しんで呼ぶ方言。若く美しい女性の姿を連想させる松だったのだろう。旅先ですばらしい場所にいたると、「をぐろざきみつの小嶋の人ならば都のつとにいざといはましを」（『古今集』東歌・一〇九〇）のように、その地をほめる歌を歌ったのだが、ここでは、姉歯の松をほめる歌を詠んで、別れの挨拶としたのであった。

「人ならば」に「あなたが人並みの女だったら（連れて帰るけれど）」という皮肉を込めているとするのが通説だが、みやびを体現する男が、別れに際してそんなことをするだろうか。「京へなむまかる」は謙譲語だから女に敬意を払っている。男はその地をほめる歌を歌って、別れの挨拶としつつ、さりげなく女を「あねはの松」のように美しいとほめているのだろう。だからこの歌を聞いた女は、「私のことを思っていてくれたんだわ」と喜ぶのである。無知と田舎臭さ満載の女を、男は決して非難しない。みやびは、鄙の女をも暖かく巻き込む力なのだ。

さて、姉歯の松である。「栗原の」の歌はもともと、旅先でその地をほめる儀礼の歌であり、これが『伊勢物語』に取り込まれた。中世になると、業平が東国に下向した際、小野小町の姉である姉歯の墓で詠んだと、義経が聞いたことになっており（『義経記』）、さらに御伽草子、謡曲、狂言などに展開されていく。旅における儀礼の歌が、『伊勢物語』をはじめ、さまざまな物語や説話に取り込まれ、多様な伝説と結合し、「姉歯の松」という特別な場所を作り上げる。こういう場所を歌枕というう。

（遠藤耕太郎）

よく知らない君だけど、いないと悲しい

ゆく蛍・四十五段

むかし、男ありけり。①人のむすめのかしづく、いかでこの男に②もの言はむと思ひけり。うちいでむことかたくやありけむ、③もの病《や》みになりて、死ぬべき時に、「かくこそ思ひしか」と言ひけるを、親聞きつけて、泣く泣く告げたりければ、まどひ来たりけれど、死にければ、つれづれと④こもりをりけり。時は水無月《みなづき》のつごもり、いと暑きころほひに、宵《よひ》は遊びをりて、夜《よ》ふけて、やや涼しき風吹きけり。⑤蛍《ほたる》高く飛びあがる。この男、見ふせりて、

行《ゆ》く蛍《ほたる》雲の上《うへ》までいぬべくは秋風吹くと雁《かり》に告げこせ

暮れがたき夏のひぐらしながむればそのこととなくものぞかなしき

【現代語訳】

昔、男がいた。ある人の娘で、大切に育てている娘が、なんとかしてこの男に何か言おうと思った。ちょっとした声をかけることも難しかったのだろうか。何となく病がちになって、いよいよ死ぬという時に、（侍女などに）「（あの男のことを）このように思っていたのでした」と言ったのを、親が聞きつけて、泣く泣く男に告げたので、男は慌てて女のところにやってきたのだが、女が死んだので、することもなく手持ち無沙汰で籠っていた。時は、六月の終わり、とても暑い頃で、宵のうちは管弦の遊びをしながら過ごし、夜が更けて、少し涼しい風が吹いたのだった。蛍が高く飛び上がる。この男はそれを見て横になって、

空へ行く蛍よ。雲の上まで行ってしまうようならば、ここには

もう秋風が吹いていると雁に告げておくれ。

なかなか暮れない夏の一日中、もの思いに耽ってぼんやり過ごしていると、そのことが、と、とりたてて理由があるわけではないけれど、なにかもの悲しい。

【語注】

①人のむすめのかしづく…「むすめの」の「の」は同格。「かしづく」のあとに「むすめ」が省略されていると考える。

②もの言はむ…「物」は明文化できない、何かもやもやしたものを指す。恋した男に思いを伝える言葉をかけたいが、何を言えばよいのかわからない、娘のもどかしい心情を表す。女性から男性へ声をかけようと思うのは異例。

③もの病み…他に見ない用例。「もの」は②参照。原因不明で病にかかること。つまり恋煩い。

④こもりをりけり…娘の死の穢れに触れたため、屋内に籠って喪に服すこと。死は不浄のものとされ、遭遇した場合、神仏参詣や人と会うことなどを慎む習慣があった。『延喜式』（九〇五年、醍醐天皇の命により編集開始された法典）によれば、人の死穢に触れた場合は三十日間喪に服す。籠る場所は穢れに触れた場所でも自宅でもよかった。近親者の服喪中は酒や肉を断ち、音楽を控え、死者の追善のために仏事に専念するが、男は近親者ではないため、「あそび」（＝管弦の遊び）が可能。

⑤蛍…日本では蛍の最盛期は陰暦五月下旬で盛夏の頃。一方、中国では晩夏から初秋の景物とされる。ゆえに「水無月つごもり」（晩夏）の蛍は漢詩の影響を受けたものと考えられる。

◆◇鑑賞のヒント◇◆

❶女はなぜ恋煩いになったのだろうか。

❷男はなぜ女に会いに行ったのだろうか。

❸男は二首の歌にどのような想いを託したのだろうか。

◆◇鑑賞◇◆

見も知らぬ娘に恋死《こいじ》にされた男の、やるかたない夏の日の想いを描いた章段である。娘は大切に育てられた、深窓の姫君だったようだ。『伊勢物語』の成立した時代、高貴な女性は親類以外の男性とはむやみに接触しないものであり、恋愛はふつう男側が女親に結婚を申し込む縁談か、男から女に和歌が贈られることによって始まった。娘は高貴な家に生まれ、相応の教育を受けて育ったのだろう。そういう社会の常識から外れることなどできなかった。だから恋をしても御簾越しに男を見つめ、悶々と胸を焦がすことしかできなかった。恋煩いによって娘は心身ともに不調となり、やがて死の床についた❶。

いよいよ娘が死ぬという時になって初めて病の原因を知った親は、男に「泣く泣く」事情を告げる。理不尽なことわかってはいても、恨み言のひとつでも言ってやりたかったのだろう。あるいは、男が会いに来れば、娘は回復するかもしれないと期待したのかもしれない。当時、死は不浄とされ避けるべきものであったから、男がその見も知らぬ娘の死に際《ぎわ》に会いに行く必要など全く無い。だが男はそういう常識を捨てて、娘のもとへやってくる。恋に身を尽くして死んでゆく娘や、娘を先に亡くそうとしている親の無念を思いやる心が男をそうさせたのだろう❷。そして男は娘の喪に服すことになる。

旧暦六月の「つごもり」は晩夏にあたる。盆地・京都の昼間はたいそう蒸し暑い。男はその暑さの和らいだ宵になって、ようやく管弦の遊びを始めた。月の無い夜、ひとり籠もる男にとっては、音楽だけが心を慰めるものとしてあった。

夜が更けたころ少し涼しい風が吹き、秋の到来を感じさせた。風につられて、遣水に群れていたのであろう、蛍が空高く飛び上がる。その光が暗い夜空に星のように見えたのであろうか。男は実際それほど高く上がるはずのない蛍に、「雲の上まで行ってしまうようならば……」と歌を詠みかけた。

第一首「行く蛍」歌は、『後撰集』夏部に収録されるとおり、夏から秋への季節の推移を予期する歌である。だが従来、歌語としての「蛍」や「雁」が持つ恋のイメージによって、死んだ女を思う男の想いが読み取られてきた。

蛍は、『万葉集』では枕詞として一首に現れるのみだったが、『古今集』にいたって、

明けたてば蟬のをりはへ泣き暮らし夜は蛍の燃えこそわたれ　（『古今集』恋一・五四三）

（夜が明ければ蟬が一日中鳴くように泣きながら暮らし、夜は暗闇に光る蛍のように、無言のまま恋心を燃やし続けていることとよ。）

夕されば蛍よりけに燃ゆれども光見ねばや人のつれなき　（『古今集』恋二・五六二）

（夕方が来ると、私の恋心は闇に光る蛍より一段と燃えさかるのに、実際にはその炎の光が見えないからだろうか、あの人のなんとも冷淡なことよ。）

のように、無言のまま恋心を燃やす状態を表す景物となる。それには、

夕殿珠簾《せきでんれんしゅ》を下す　流蛍《りゅうけい》飛びて復《ま》た息《や》む　長夜羅衣《ちょうやらい》を縫《ぬ》う　君を思うて此《ここ》に何《なん》ぞ極《きわ》まりあらんや

（謝朓《しゃちょう》・「玉階怨《ぎょくかいゑん》」『玉台新詠』）

（夕方の御殿に珠の簾を下ろす。外では蛍があちこちに飛び交じり、また休む。私はこの秋の夜長にうすぎぬの衣を縫いながら、果てしもなくあなたのことを思い耽っている。）

のように、「孤閨《こけい》を守る女性の孤独感」の象徴として蛍を詠む、六朝《りくちょう》以来の閨怨《けいえん》詩の影響があった。叶わぬ恋心を燃

やして無言のまま死んでいった娘は、そのような蛍の持つ恋のイメージと重なっていよう。加えて、蛍を「見ふせ」って眺める男に、平安朝文学に多大な影響を与えた白居易の『長恨歌』に描かれる、楊貴妃を失った玄宗皇帝の姿の影響を見る論もある（**資料A**）。そのように見れば、第一首は、死んだ女の魂を蛍に重ね、空へ行くそれを見上げながら、まるで女と旧来の仲であったかのようにその死を悲しみ、感傷に浸る男の姿を詠んだ歌として捉えうる。

一方、秋風とともに飛来するよう男に望まれた雁は、秋の景物で、詩歌においては秋風とともに来て、木々を色づかせるものとして詠まれた。蛍と雁を配すこの一首には、許渾《きょこん》（唐）の

蒹葭《けんか》水暗くして蛍夜を知る　楊柳《ようりゅう》風高くして雁《かり》秋を送る　（『和漢朗詠集』夏・一八七）

（葦の生い茂る水面が暗くなると、蛍は夜になったことを知り、あちこちで光を放ち始める。柳の梢の高いところを、冷たい風が吹き始めると、雁は胡北からやってきて秋を送り届けてくれる。）

という季節の推移を詠んだ漢詩の影響が指摘されているが、他方、雁は『漢書』雁信の故事（**資料B**）によって「遠方から便りを運んでくるもの」として親しまれ、和歌においては、

雲の上《うへ》に鳴くなる雁の遠《とほ》けども君に逢《あ》はむとたもとほり来《き》つ　（『万葉集』8・一五七四）

（雲の上に鳴いている雁のように、遠くてもあなたにお逢いしようと思って苦労しながらわざわざやってきました。）

明《あ》け闇《ぐれ》の朝霧隠《あさぎりごも》り鳴きて行《ゆ》く雁は我《あ》が恋妹《こひいも》に告《つ》げこそ　（『万葉集』10・二一二九）

（夜明けの闇の朝霧の中にこもって、鳴いて行く雁よ、私の恋しい想いをあの人に告げておくれ。）

のように、遠方から恋人に逢いに来る者や恋の使者に比喩された。「常世雁」とも呼ばれ、此彼岸《しひがん》を往来するというイメージもある。そのような、恋人や異界との交信のイメージを当該歌の「雁」に読み取れば、死んだ女との交信を

求める男の想いが見えてくる。恋死《こいじ》にされた男の物語に配されたことで、「ゆく蛍」歌は、季節の景物である蛍や雁の恋のイメージとともに、死んだ娘との交信を望む男の悲恋歌として立ち上がってくるのである（❸）。

第二首「暮れがたき」歌は、一首としては夏の長い日中を憂う晩夏の歌であり、やはり季節の歌である。夏の遅々として進まぬ時間を実感する裏には、秋の到来を望む心が潜んでいよう。だが従来、この歌にも女を失った男の悲しみが読み取られている。

男はなかなか暮れてゆかない一日中ずっと、あれこれと物思いに耽り、物悲しくなった。「そのこととなく」は「とくに理由もなく」と解せるが、「その」は聞き手のそばにある事物や、前に話題にのぼった事柄を示す指示語である。ここでは死んだ娘に関することであり、娘の死そのものだけでなく、いまわの際に交わした言葉やその時の娘の様子、この詠歌時に行われているかもしれない葬送をも含み込むだろう。男にとっては、いま、悲しみの原因はどれかひとつではない。全てが悲しみの理由なのである（❸）。

『伊勢物語』には、本章段のように二首が地の文を挟まず並列される例は他になく、ここに漢詩の対句表現の影響を見る論もある。その場合、第一首の「蛍」の対になるものとして、第二首の「ひぐらし」に「蜩」を掛詞として読み取る。「蜩」は晩夏から秋にかけて生息するもので、

黙《もだ》もあらむ時も鳴かなむひぐらしの物思ふ時に鳴きつつもとな　（『万葉集』10・一九六四）

（何の屈託もないような時にでも鳴いてほしい。蜩が（私の）物思いをしている時にやたらに鳴き続けることよ。）

ひぐらしは時と鳴けども恋しくにたわやめ我《あれ》は定まらず泣く　（『万葉集』10・一九八二）

（蜩はいまがその時と思って鳴くけれども、あなたのことが恋しいせいか、心弱い私は、時を定めず泣き続けている。）

のように、苦しい恋をする者の物思いを掻き立てるものとして詠まれた。また既出の『古今集』五四三番歌では、蟬は聴覚的に、蛍は聴覚的に恋の思いを表現して対句的である。第二首の「ひぐらし」に恋の景物としての「蜩」を読み取るならば、第二首は、夏の一日中、蜩の声を聞きながら、死んだ女を思って鬱々とする男の想いを詠んだものと解釈でき、男の詠んだ二首は、季節や時間の推移のなかに、自分のせいで死んだ娘の死を悲しむ心を託した歌ということになる❸。

◆◇探究のために◇◆

▼季節の推移を表す景物と歌の配列　秋の歌のみを集めた『是貞親王家歌合《これさだのみこのいえのうたあわせ》』（八九二年頃成立）にはこんな二首がある。

としごとにあきくることのうれしきはかりにつけてもきみやとふとぞ　（『是貞親王家歌合』十六）

（毎年、秋が来る事が嬉しいのは、雁につけてあなたが便りをよこしてくれるかと思うからですよ）

ひぐらしのなくあき山をこえくればことぞともなくものぞかなしき　（『是貞親王家歌合』十七）

（蜩の鳴く秋山を越えてくると、とくにそのことが、というわけではないけれど、なんだか物悲しい気持ちになってくる）

当該歌合において二首は番《つがい》になる歌ではないが（十五番が雁の歌、十八番が秋の野の歌）、十六番歌では雁は恋の使者として、十七番歌では蜩が悲しみを掻き立てるものとして存在している。この歌合は在原業平の死後十数年のうちに行われた。『伊勢物語』との影響関係はここでは論じないが、雁と蜩が隣り合わせである点、蜩の歌に「ものぞかなしき」が詠み込まれている点が四十五段の二首と酷似することには注目したい。歌合歌《うたあわせうた》が雁から蜩という配列で秋の季節感を作るように、四十五段の二首も、雁と蜩によって、晩夏から秋へ移行する季節感を作ろうとする。雁と蜩の配列は、『古今集』においても、

ひぐらしの鳴く山里の夕暮れは風よりほかにとふ人もなし　（『古今集』秋歌上・二〇五）

（蜩が鳴きしきる山里の夕暮時には、風以外はただ一人の人さえ私を訪ねてくれない）

待つ人にあらぬものから初雁のけさ鳴く声のめづらしきかな　（『古今集』秋歌上・二〇六）

（雁などというものは、別に私の待ち人でもないのだが、今朝聞こえてくる初雁の声は、何と清新な響きをもたらしてくれることだろう）

のように秋の季節のなかにあるのであった。

▼亡妻挽歌《ぼうさいばんか》の系譜　和歌には、漢詩から影響を受けた、亡き妻を思って詠む挽歌（それを総称してここでは〈亡妻挽歌〉と呼ぶことにする）の系譜がある。それは六朝の潘岳《はんがく》「悼亡詩《とうぼうし》」（資料C）以降、一つの形式として作られ続けた。三詩から成る潘岳のそれは、季節の移り変わりのなかで感じる妻の不在（一）、秋の夜寒に独り寝する孤独と悲しみ（二）、一周忌を迎えても癒えない悲しみ（三）を詠む。季節の推移や月日の流れに妻の死を感じ、その悲しみを表していくこの方法は、柿本人麻呂「泣血哀慟歌《きゅうけつあいどうか》」（『万葉集』2・二〇七～二一六）、山上憶良「日本挽歌《にっぽんばんか》」（『万葉集』5・七九四～七九九）、大伴旅人「亡妻挽歌」（『万葉集』3・四三八～四四〇・四四六～四五三）、そして大伴家持「亡妾挽歌」に引き継がれた。ここでは、なかでも「秋風」に注目した家持の「亡妾挽歌」に注目したい。十三首から成るその挽歌の、冒頭四首は次のとおりである。

十一年己卯《きぼう》夏六月大伴宿禰家持《おほとものすくねやかもち》が亡《す》ぎにし妾《をみなめ》を悲傷して作る歌一首

今よりは秋風寒く吹きなむをいかにかひとり長き夜《よ》を宿《ね》む　（『万葉集』3・四六二）

弟《おとひと》　大伴宿禰書持《おほとものすくねふみもち》の即《すなは》ち和《こた》ふる歌一首

長き夜《よ》をひとりや宿《ね》むと君が言へば過ぎにし人の思ほゆらくに　（『万葉集』3・四六三）

また家持《やかもち》、砌《みぎり》の上《うへ》の瞿麦《なでしこ》が花を見て作る歌一首

秋さらば見つつ偲《しの》へと妹《いも》が植ゑしやどのなでしこ咲きにけるかも　（『万葉集』3・四六四）

朔《つきたち》　移りて後に秋風を悲嘆して家持の作る歌一首

うつせみの世は常《つね》なしと知るものを秋風寒み偲《しの》ひつるかも　（『万葉集』3・四六五）

家持は、晩夏にそろそろ秋風が吹くことを予期して独り寝の寂しさを詠み（四六二）、秋が来て瞿麦《なでしこ》が咲くのを見てまた不在の妻を思う（四六四）。そして「朔《つきたち》」（翌七月だろう）、この世の無常を感じながら秋風の寒さゆえにまた妻を偲ぶ（四六五）。晩夏から秋への季節の推移が、妻の不在を際立たせ、悲しみを掻き立てる。時間は悲しみを癒さない。

▼季節の推移に託された哀傷の想い　さて四十五段に目を戻してみたい。二首は、雁と蜩によって、晩夏から秋へ推移する季節感を作っていた。そして第一首は秋の到来を予期する歌、第二首は長い夏の一日中、進まぬ時間のなかで悲しみに浸ることを詠んだ歌であった。季節の推移に亡き女性《ひと》を思うのは〈亡妻挽歌〉の型である。この二首はその点において〈亡妻挽歌〉の系譜上にある。そのように見たとき、第一首の「秋風吹く」には、死んだ娘のために味わう孤独や悲しみの予感を読み取ることができる。つまりこの二首は、娘への哀傷歌だということだ。その季節が「秋」であるのは、これも漢詩のテーマのひとつである「悲秋」に、亡き妻の悲しみを収斂させていこうとしているのであろう。思えば物語においても秋は人の死ぬ季節であり、晩夏にあえて秋の到来を詠む四十五段にも、死の悲し

みを盛り上げていこうとする物語性がある。

▼『源氏物語』への影響　本章段末に並べられた二首は、死に関する表現を持たないために、一見、哀傷歌とは判じがたい。ほんの一瞬の関わりであったがゆえに、男は、娘の死を悼むための言葉を十分に持たなかった。だから、それでも抱えてしまう悲しみを、歌の型に乗せて表現したのである。この男の姿は、『源氏物語』「幻」において、最愛の妻・紫の上を亡くした光源氏のそれとして改めて語り直されてゆく。季節が推移するごとに紫の上の不在を実感し、悲しみを新たにしてゆく光源氏の姿が描かれるのである（**資料D**）。

（咲本英恵）

【資料】

A　**白楽天「長恨歌」**

夕殿《でん》に蛍《ほたる》飛《と》びて思《おも》ひ悄然《せうぜん》　孤灯《ことう》挑《かか》げ尽《つ》くして未《いま》だ眠《ねむ》りを成《な》さず、
遅遅《ちち》たる鐘鼓《しようこ》初《はじ》めて長《なが》き夜《よ》　耿耿《かうかう》たる星河《せいか》　曙《あ》けんと欲《ほつ》する天《てん》。

（現代語訳：夕方の御殿の外に蛍が飛ぶのを見ると、気持ちはうちしおれる。灯心を掻き立ててつくしても、まだ眠りに就けないでいる。鐘や太鼓の音も遅々として時を刻まず、秋の長い夜は始まったばかり。ほの白く夜空に輝く天の川を見ていると、ようやく空の端が明るみ始める。）

B　**『漢書』巻五十四・李廣蘇建傳第二十四**

昭帝、即位すること数年にして、匈奴、漢と和親す。漢、武等《ら》を求むるも、匈奴詭《いつは》りて「武死せり」と言ふ。後《のち》に漢の使《つかひ》、復《ま》た匈奴に至るに、常恵《じやうけい》、其《そ》の守者に請ひて、倶《とも》に、夜、漢の使に見《まみ》え、具《つぶさ》に自《みずか》ら陳《の》べ道《い》ふを得。使者をして單于《ぜんう》に謂《い》はしむるに、「天子、上林《じやうりん》の中に射て雁を得。足に帛書《はくしよ》を係《か》くる有り、言はく、『武等は某《しかじか》の澤中《たくちゆう》に在《あ》り』」と。使者大いに喜び、恵の如く語り、以て單于を譲《せ》む。單于、左右を視《み》て驚き、漢の使に謝して曰はく「武等實《まこと》に在り」と。（中略）單于、武の官屬《かんぞく》を召會《しやうかい》す。前以《すで》に降《くだ》る、及び物故《ぶつこ》するあり。凡《およ》そ武に隨《したが》ひて還る者九人。

（現代語訳：昭帝が即位して数年後、匈奴は漢と和親した。漢は（匈奴に囚われている）蘇武らの帰還を求めたが、匈奴は嘘をついて「武は死んだ」と言った。のちに漢の使者が再び匈奴に行ったとき、（武の部下で、別の場所に拘留されていた）常恵は、その警備の者に頼んで、一緒に、夜、漢の使者と会い、詳しく自ら（武は生きているという）事情を話すことができた。使者から単于（匈奴の君主）に言わせる言葉として、「皇帝が上林苑で狩猟し雁を得たが、足に帛書を結んでいるものがあり、（その帛書には）『武たちは某という澤にいる』と書いてあった」と言った。使者は大変喜び、恵の言葉どおりに語って単于を責めた。単于は側近の者たちを見て驚き、使者に謝罪して言った。「武らは実は生きている」と。（中略）単于は武の部下たちを招集した。以前に降伏した者や既に死んだ者もいた。武とともに漢に帰還した者は九人だった。）

C　潘岳「悼亡詩三首」

・其の一

荏苒《じんぜん》として冬春《とうしゆん》謝《しや》し、寒暑《かんしよ》は忽《たちま》ち流易《りうえき》す。
之《こ》の子《こ》窮泉《きうせん》に帰《き》し、重壌《ちようじやう》は永く幽隔《いうかく》す。
私懐《しくわい》に誰《たれ》か克《よ》く従《したが》はしめん、淹留《えんりう》するも亦《ま》た何《なん》の益《えき》かあらん。
（以下略）

（現代語訳：時はしだいに進んで、冬が去り春が去り、寒さから暑さへと早くも移り変わった。亡き妻は地下深くの泉に帰ってゆき、幾重にも重なる土が永久に私と妻を離してしまった。妻を悼むこの情に誰がよく浸らせてくれるだろうか、このままここにいたとしても何の益もない。（以下略））

・其の二

皎皎《けうけう》たる窗中《そうちゆう》の月《つき》　我《わ》が室《しつ》の南端《なんたん》を照《て》らす
清商《せいしやう》は秋《あき》に応《おう》じて至《いた》り　溽暑《じよくしよ》は節《せつ》に随《したが》つて闌《おとろ》ふ
凛凛《りんりん》として涼風《りやうふう》升《のぼ》り　始《はじ》めて夏衾《かきん》の単《ひとへ》なるを覚《おぼ》ゆ（以下略）

（現代語訳：白く光る窓の中の月が、私の部屋の南端（の正門）を照らす。秋風は秋になると吹き、蒸し暑さは衰えた。身に染みるほどの涼しい風が吹き、今初めて夏の単衣の夜着に寒さを覚える。（以下略））

・其の三

曜霊《えうれい》は天機《てんき》に運《めぐ》り、四節《しせつ》は代《かは》るがはる遷逝《せんせい》す。
凄凄《せいせい》として朝露《てうろ》凝《こ》り、烈烈《れつれつ》として夕風《せきふう》励《はげ》し。
奈何《いかが》せん淑儷《しゆくれい》を悼《いた》むも、儀容《ぎよう》は永《なが》く潜翳《せんえい》す。
此《これ》を念《おも》ふに昨日《さくじつ》のごとくなるも、誰《たれ》か知《し》らん已《すで》に歳《とし》を卒《を》ふとは。
服《ふく》を改《あらた》めて朝政《てうせい》に従《したが》はんとするも、哀心《あいしん》は私制《しせい》に寄《よ》る。
茵幬《いんちう》を故房《こぼう》に張《は》り、朔望《さくぼう》に爾《なんぢ》に臨《のぞ》んで祭《まつ》る。
爾《なんぢ》が祭《まつ》り詎幾《いくばく》の時《とき》ぞ、朔望《さくぼう》は忽《たちま》ち復《ま》た尽《つ》く。
衾裳一《きんしやうひと》たび毀撤《きてつ》せば、千載《せんざい》復《ま》た引《つら》ねざらん。
亹亹《びび》として朞月《きげつ》は周《めぐ》り、戚戚《せきせき》として彌々《いよいよ》相愍《あひいた》む。
悲懐《ひくわい》は物《もの》に感《かん》じて来《き》たり、泣涕《きうてい》は情《じやう》に応《おう》じて隕《お》つ。（中略）
墟墓《きよぼ》の間《あひだ》を徘徊《はいくわい》し、去《さ》らんと欲するも復《ま》た忍《しの》びず。
徘徊《はいくわい》して去《さ》るに忍《しの》びず　徙倚《しい》して歩《ほ》して踟躕《ちちう》す。
落葉《らくえふ》は埏側《えんそく》に委《つも》り、枯荄《こがい》は墳隅《ふんぐう》を帯《めぐ》る。
孤魂《ここん》は獨《ひと》り茕茕《けいけい》たり　安《いづく》んぞ霊《れい》と无《む》とを知《し》らん（以下略）

（現代語訳：日は天の仕組みによって運《めぐ》り、春夏秋冬は次々に遷っってゆく。今や寒々として朝露は凍り、夕べの風は身に染みるように厳しい（秋となった）。どうしたものであろうか、優しかった妻の死を悲しみ悼むが、その姿は永久に潜み隠れたままで見ることができない。亡くなった時のことを思うと昨日のことのようなのに、誰が知ることができよう、既にあれから一年が経ったことを（いや誰にも知ることはできない）。喪服を官服に改め朝廷に勤めようとするけれど、なお悲しみの心は私的な妻の死に囚われている。茵《しとね》や幬《とばり》を妻のいない寝床に生前のごとくかけて、毎月朔日と十五日に妻を祀る。だがそれもいつまで続くこうか（いや続かない）。妻の喪が終われば、またその祭壇を設け連ねることは二度とできまい。しだいに月日は流れ一年が経つが、わが心はますます憂い悲しむ。悲しみの情は、秋の風物に接してはそそられ、つられて涙が落ちる。（中略）妻の墓のあたりをぐるぐる回り、去ろうと思っても去るに忍びず、さまよって、またさまよって先へ進まない。落葉は墓道につもり、枯草は墓のまわりをとりまく。私の独り残された魂は相変わらず憂いているが、どうして妻の霊があるのか無いのか知ることができようか。（以下略））

D　『源氏物語』「幻」

いと暑きころ、涼しき方にてながめたまふに、池の蓮の盛りなるを見たまふに、「いかに多かる」などまづ思し出でらるるに、ほれぼれしくて、つくづくとおはするほどに、日も暮れにけり。蜩の声はなやかなるに、御前の撫子の夕映えを独りのみ見たまふは、げにぞかひなかりける。

つれづれとわが泣きくらす夏の日をかごとがましき虫の声かな

蛍のいと多う飛びかふも、「夕殿に蛍飛んで」と、例の、古言もかかる筋にのみ口馴れたまへり。

夜を知る蛍を見てもかなしきは時ぞともなき思ひなりけり

（現代語訳：たいそう暑い頃、（光源氏は）涼しいお部屋で物思いに耽っていらっしゃったが、池の蓮の花が盛りを迎えているのをご覧になって、「いかに多かる」など、まっさきに（亡き紫の上が）思い出されてきて、放心したように、しみじみと物思いに耽っていらっしゃるうちに、日も暮れてしまったのだった。蜩の声がにぎやかに聞こえる頃に、お庭の撫子が夕日に照り映えているのを独りでご覧になるのは、実に甲斐の無いことであった。

所在無く、一日中、私が泣き暮らしている夏の日を、まるで私のせいであるかのように鳴き暮らす蜩の声であるよ。

蛍がたいそう多く飛び交うのも、「夕殿に蛍飛んで」と、例によって、古詩もこのような筋ばかり口馴れていらっしゃるのであった。

夜を知って光を放つ蛍を見るにつけても悲しいのは、夜昼の区別なく亡き紫の上を恋い忍ぶ思いの火に焦がれる私なのであった。）

昨夜ホントにお逢いしたのかしら

狩りの使ひ・六十九段

むかし、男ありけり。その男、伊勢《いせ》の国に①狩《かり》の使《つかひ》に行《い》きけるに、かの伊勢《いせ》の②斎宮《さいくう》なりける人の親、「常《つね》の使《つかひ》よりは、この人よくいたはれ」と言ひやれりければ、親の言《こと》なりければ、いとねむごろにいたはりけり。朝《あした》には狩《かり》に出《い》だしたててやり、夕《ゆふ》さりは帰りつつ、そこに来《こ》させけり。かくて、ねむごろに③いたづきけり。二日《ふつか》といふ夜《よ》、男、④われて「あはむ」と言ふ。女も⑤はた、いとあはじとも思へらず。されど、人目しげければ、えあはず。⑥使《つかひ》ざねとある人なれば、遠くも宿さず、女のねや近くありければ、女、人をしづめて、⑦子一《ねひと》つばかりに、男のもとに来たりけり。男はた、寝《ね》られざりければ、外《と》の方《かた》を見いだしてふせるに、月のおぼろなるに、小さき⑧童《わらは》をさきに立てて、人立てり。男、いとうれしくて、わが寝《ぬ》る所に率《ゐ》て入りて、子一《ねひと》つより⑨丑三《うしみ》つまであるに、まだなにごとも⑩語らはぬに帰りにけり。男、いとかなしくて、寝《ね》ずなりにけり。

つとめて、⑪いぶかしけれど、わが人をやるべきにしあらねば、いと⑫心もとなくて待ちをれば、明けはなれてしばしあるに、女のもとより、詞《ことば》はなくて、

君や来《こ》しわれや行《ゆ》きけむおもほえず夢かうつつか寝《ね》てか覚めてか

男、いといたう泣きてよめる、

かきくらす心の闇《やみ》にまどひにき夢うつつとは今宵《こよひ》定めよ

とよみてやりて、狩《かり》にいでぬ。

野にありけど、心はそらにて、今宵《こよひ》だに人しづめて、いととくあはむと思ふに、国の守《かみ》、斎《いつき》の宮《みや》の頭《かみ》かけたる、狩《かり》の使《つかひ》ありと聞きて、夜一夜《よひとよ》、酒飲みしければ、⑬もはらあひごともえせで、明けば尾張《をはり》の国へ立ちなむとすれば、男も人知れず⑭血の涙を流せど、えあはず。夜《よ》やうやう明けなむとするほどに、女方《おむながた》よりいだす盃《さかづき》の皿《さら》に、歌を書きていだしたり。取りて見れば、

⑮かち人の渡れど濡《ぬ》れぬ⑯えにしあれば

と書きて、末はなし。その盃《さかづき》の皿《さら》に⑰続松《ついまつ》の炭して、歌の末を書きつく。

また逢坂《あふさか》の関は越えなむ

とて、明くれば尾張《をはり》の国へ越えにけり。

斎宮《さいくう》は、⑱水《みづ》の尾《を》の御時、文徳《もんとく》天皇の御むすめ、惟喬《これたか》の親王《みこ》の妹《いもうと》。

【現代語訳】

昔、男がいた。その男が、伊勢の国に狩の使に行ったとき、あの伊勢の斎宮であった人の親が、「いつもの使よりは、この人を大事にねぎらいなさい」と言ってやったので、（斎宮は）親の言葉だったので、たいそう丁重にねぎらったのであった。朝には狩に支度をして送り出してやり、夕方には帰ってくるとすぐに、そこ（自分の御所）に来させるのであった。こうして丁重にねぎらったのであった。

二日目という夜、男は心が砕けるような思いで、「逢おう」と言う。女も男と同じ思いで、それほど強く、逢うまいと思っているわ

けではない。けれども、人目が多いので、逢うことはできない。（男は）正使という立場なので、遠く離れた所には泊めていない。女の閨はすぐ近くにあったので、女は人々が寝静まるのを待ってから、子の一刻のころに、男のもとにやってきたのだった。男もまた、（女を思って）寝られなかったので、外の方をぼんやり眺めて横になっていると、月の光がおぼろな中に、小さな童を先に立てて、人が立っている。男はたいそううれしくて、自分の寝所に連れて入り、子の一刻から丑の三刻まで一緒にいるが、まだ何事も語らうこともないうちに、（女は）帰ってしまったのだった。男はたいそう悲しくて、そのまま寝ずじまいになってしまった。

その翌朝、不思議に思うけれども、こちらから使の者を遣ることなどできないので、たいそう心も落ち着かずに待っていると、夜がすっかり明けきってからしばらくして、女のもとから、（手紙の）言葉はなくて、

　あなたが来たのでしょうか。私が行ったのでしょうか。はっきりわかりません。夢だったのでしょうか、現実だったのでしょうか、寝ていたのでしょうか、目覚めていたのでしょうか。

男は、たいそうひどく泣いて、詠んだ（歌）、

　目の前が真っ暗になるような心の闇の中で（私も）迷ってしまいました。（あの逢瀬が）夢だったのか、現実だったのかは、今宵決めてください。

と詠んでやって、狩に出発した。

野に狩してまわるが、心はうつろで、せめて今宵だけでも人々が寝静まってから、もう、すぐにでも逢おう、と思ったのだが、伊勢の国の守で、斎宮寮の長官をしている人が、狩の使が来ていると聞いて、一晩中、酒宴を催したものだから、まったく逢うこともできないで、夜が明けたら尾張の国へ出発してしまおうとするので、男も人知れず血の涙を流すが、逢うことはできない。夜がしだいに明けようとするころ、女の方から差し出す盃の皿に、歌を書いて出した。手に取って見ると、

　（江は徒歩で渡れば裾が濡れるものですが）徒歩の人が渡っても濡れることのない浅いご縁でしたので、

と書いて、下の句はない。（男は）その盃の皿に、たいまつの炭で、歌の下の句を書きつける。

　またもう一度、逢坂の関を越えて逢いましょう。

と詠んで、夜が明けたので、尾張の国へと越えていってしまった。

斎宮というのは、水の尾（清和天皇）の御世、文徳天皇の御娘で、惟喬親王の妹。

【語注】

①狩の使…平安朝初期、勅命により諸国に遣わされ、鷹狩によって天皇の食材としての鳥獣を狩る使い。そもそも天皇の狩は地方の服属の確認の意味を持っていた。

②斎宮…斎宮は、天皇の即位に伴って、伊勢神宮に奉仕する未婚の内親王または女王。本章段末尾の記事によれば、斎宮は文徳天皇の女《むすめ》の恬子《やすこ》内親王、親（母親）は紀名虎《きのなとら》の女《むすめ》の静子、業平の妻の叔母ということになる。**探究のために**参照（**付録：系図**参照）。

③いたづきけり…「いたづく」は直前の「いたはる」と同じく、ね

ぎらうこと。
④われて…この「われて」を、「無理に」の意の副詞と解して、「われて、あはむ」を「無理にでも逢おう」という会話文とする説と、「心が砕けて」の意と解して地の文とする説とがある。**鑑賞**参照。
⑤女もはた…「はた」は、「一方」、「それはそれとして」。ここでは、「女も男と同様に」の意で用いられている。「いと」は「おもへらず」と呼応し、「それほど（逢いたくない）とは思っていない」の意。**鑑賞**参照。
⑥使ざね…正使。「ざね」はその中心となるものをいう接尾語。
⑦子一つ…「子」の刻は午前零時から二時までの約二時間（一説に前日の午後十一時からの二時間）。その刻を四分割し「一つ」「二つ」「三つ」と言ったもの。「子一つ」は、午前零時から零時半まで（一説では前日の午後十一時から十一時半）。
⑧童…女の召し使う、「女《め》の童《わらは》」。
⑨丑三つ…丑の刻は午前二時から四時（一説に一時から三時）。「丑三つ」は午前三時から三時半（一説では二時から二時半）となる。斎宮は三時間以上も男の寝所にいた。
⑩語らはぬに…「語らふ」は、動詞「語る」に継続・反復の助動詞「ふ」がついたもの。「親しく話す」、「親しく交際する」、さらに「情交する」などの意がある。
⑪いぶかしけれど…「いぶかし」は様子がわからず、不思議に思ったり、気がかりに思うこと。
⑫心もとなくて…「心もとなし」は、不審なことや、自分の思いがかなえられないことなどに対し、心が落ち着かず、待ち遠しく思う意。
⑬あひごと…当時の文献には他に用例がない。独り言の対で、二人で語り合うこととする説と、男女が情交する意とする説がある。
⑭血の涙…痛切な涙。漢語「血涙」「紅涙」の翻訳語。
⑮かち人…「かち」は徒歩。歩いて江を渡る人。
⑯えにしあれば…「え」は「江」と「縁」の掛詞。徒歩で渡っても裾が濡れないほどの深さの江、その程度の浅い縁であったので。
⑰続松…松明を相次いで灯すので「継ぎ松」という。そのイ音便形。早朝だったので、松明の炭が残っていたのである。
⑱水の尾の御時…文徳天皇と良房の娘である明子の間に生まれた清和天皇の御代。**探究のために**参照（**付録：系図**参照）。

◆◇鑑賞のヒント◇◆

❶男をねんごろに世話する斎宮の具体的な描写は、何を伝えようとしているのだろうか。
❷二日目の夜、女に求婚する際の男の気持ちはどうだったのだろうか。
❸二日目の夜から、なぜ「斎宮」ではなく「女」に呼称が変わるのだろうか。
❹男に求婚された女の気持ちはどうだったのだろうか。
❺女が男を訪れる場面で、なぜ「女」ではなく「人」に呼称が変わるのだろうか。
❻「なにごとも語らはぬに」とはどういうことなのだろうか。
❼女の「君や来し」歌の表現上の特徴はどこにあるのだろうか。
❽男の「かきくらす」歌は女の気持ちをどう引き受けているのだろうか。
❾なぜ二人の逢瀬を邪魔する国守の酒宴が描かれたのだろうか。
❿出立の朝の連歌は、二人の想いをどう表現しているのだろうか。

◆◇鑑賞◇◆

本章段は、前半において狩の使いとして伊勢に赴いた昔男と、伊勢神宮に仕える斎宮との愛情の昂りや、はかない逢瀬を描き、後半において狩の使いという公務のために阻碍《そがい》されつつ、いかんともしがたい二人の愛情を描く。

狩の使として伊勢に赴いた男は、斎宮のねんごろな世話を受ける。物語は「いとねむごろにいたはりけり」、「いとねんごろにいたづきけり」と繰り返し強調するだけでなく、具体的に朝には狩に支度して出してやり、夕方には帰ってくるたびに、斎宮のいるところに来させたというように、かいがいしく妻のように世話をする斎宮を具体的に描写する。斎宮がこのような世話をしたのは、都にいる母の「常の使よりは、この人よくいたはれ」という指示によるが、斎宮はその指示の度を超して世話をしたのである。そのように世話をするなかで、親の言うことを素直に聞く、無垢な斎宮の心に、これまで経験したことのない感情が急激に膨らんでいく❶。

それは男にとっても同じであった。二日目の夜、男は「あはむ」と斎宮に告げる。「われて」を「無理に」、「強いて」の意の副詞に解して「われて、あはむ」（無理にでも逢おう）をひと続きの男の言葉とする説と、「われて」を「心が砕けて」「心が千々に乱れて」の意として地の文とする説とがあるが、前者の用例はない。後者は、

高山ゆ出で来る水の岩に触れ破《わ》れてそ思ふ妹に逢はぬ夜は　（『万葉集』11・二七一六）

（高山から流れ出てくる水が岩に触れて砕けるように、心が砕けてあなたを想っています。あなたに逢わない夜は。）

よひのまにいでて入りぬるみか月のわれて物思ふころにもあるかな」　（『古今集』誹諧歌・一〇五九）

（宵の間に出てすぐ入ってしまう三日月が割れているように、心が千々に砕けて物思いをするこの頃です。―三日月を満月が割れたものとみて、千々に砕けた心と掛けている―。）

のように用いられている。恋に思い乱れ、砕けてしまうような心を表した地の文と考えたい❷。

この思い乱れる心の状態を、斎宮との恋の禁忌性にのみ求める必要はないだろう。万葉歌（11・二七一六）も独り寝の苦しさを「われて思ふ」というのであり、恋心がどうしようもなく昂ってしまい、いかんともしがたい状態が「われて」なのである。むろん、侵してはならない斎宮に「あはむ」と告げることへの、つまり禁忌を破ることへの恐怖

心は働いていようが、そもそも恋そのものが、「われて」想うところから始まるのだ。そのどうしようもない恐怖心を物語として表現するために、斎宮との恋という設定が必要とされたと考えてよいだろう。

男の言葉に対して、それほど強く「あはじ」とは思っていないという女の心情が語られる。ここから物語は「斎宮」ではなく、「女」と描く点に注意したい。二人が既に互いに愛情を昂ぶらせた一対の男女になっていることが示されているのである❸。「はた」は、ある一面を述べながら、それとは別の一面について述べようとする場合に用い、「一方」「それはそれとして」の意。ここは、「女も男と同様に」の意。「いと」は「おもへらず」と呼応し、「それほど（逢うまい）とは思っていない」の意。女も今まで経験したことのない、恋に心が砕けてしまうような愛情の世界に引き込まれており、斎宮であるという立場を意識して「男と逢うまい」と自らを規制する気持ちを保てないでいる❹。しかし、人目が多いので男は女のもとを訪れることはできない。そして男は、女の閨近くにいる。お互いが昂っていく、息の詰まるような空気が流れている。それは、この部分が現在形で書かれていることとも関係していよう。

人々が寝静まるのを待って、子一つぐらいに、女が男のもとを訪れる。その様子は、女と同様に（ここでも「はた」が用いられており、男女が同様に気持ちを昂らせていくさまが表現されている）寝られぬ男が、外の方を見て横になっていると、朧月の淡い光のなか、小さな女童を先に立てて、「人」が立っていたと描かれる。「女」ではなく「人」と記されることに注意したい。男の眼前に立ったのは、具体的な生身の「女」ではなく、朧月の光に溶けてしまうような人影だったことが強調されている❺（**探究のために**参照）。

男は、とてもうれしくて、その人影を寝所に引き入れて、子一つから丑三つまで共に過ごす。しかし、その人影はまだ何も語らないのに帰って行ってしまう。男は悲しく、寝ることもできなかった。この「まだなにごとも語らはぬ」について、ここで実事があったのかなかったのかが議論されてもきたが、これは男の気持ちとしてそう感じたのであり、深く追及する必要はない。二人の逢瀬は生身の男女の、はっきりとしたものではなく、まるで魂だけが逢っているかのような、はかない幻影として描かれている❻（**探究のために**参照）。

翌朝、男は昨晩の人影との逢瀬を「いぶかし」（不思議だ）と思うが、それを確かめる術のないまま、心落ち着かず待っている。すると夜が明けきってから、女（ここから「人」ではなく「女」に戻る点に注意）のもとより、「君や来しわれや行きけむ……」の歌が届けられる。「君」と「われ」、「来」と「行く」の対表現は「おきもせずねもせでよるをあかしては」（恋三・六一六）、「月やあらぬ春や昔の春ならむ」（恋五・七四七）など『古今集』で業平作と確認できる歌の特徴であり、それが女の歌とされていることから、この章段そのものが業平の創作であるとする説もある（片桐洋一）。ただし、こうした対表現は、『万葉集』に、

うつつにか妹が来ませる夢にかも我か迷《まと》へる恋の繁きに　（『万葉集』12・二九一七）

とあるように、「夢の逢瀬」の類型的な表現でもある。相手が強く自分を思うとその姿が夢に見え、あるいは自分が強く相手を思うと魂が抜け出て相手の夢に見えるのである。「君や来しわれや行きけむ……」は、「あなたの魂がこちらに来たのか、私の魂があくがれ出たのか、夢の中で魂が逢ったのか、生身の身体をもって逢ったのか、それはわからないけれど、魂が逢ったという感覚だけは残っている」というのではないか❼（**探究のために**参照）。

女の歌を承けて、男はたいそう泣いて返歌する。「かきくらす」とは目の前が真っ暗になること。そのように心も真っ暗な中で迷ってしまったというのである。「心の闇」という歌語は後に、子を思う親の心情に特化されていく

が、その初出例であるこの歌においては、理性を越えて昂ぶり、どうにも制御のきかない愛情を表現している。女が「夢の逢瀬」のように曖昧模糊とした現実感のない逢瀬を疑うのに対して、男は、あれは現実だったのだ、あなたへの愛情の昂ぶりがそうさせたのだと力強く応じる。そして、あなたはそれを今夜確認してください、と、今宵の逢瀬を求める❽。「心の闇」に迷った状況を、直接的に、斎宮との禁忌の恋の侵犯への恐れとするのが通説だが、男女の愛情の昂りは常に、非日常世界に引き込まれるような恐れを感じるものであり、そうした恐れあるいは心の昂りを表現するために、斎宮との逢瀬という設定がなされているのである。

さて、男は狩のために野に出るが、心はうつろなままで、はやく女と逢いたいとばかり思っている。しかし、斎宮の頭を兼任する国司が朝まで酒宴を開いた。「いととくあはむ」という強い思いがじりじりと胸のなかで燃えるが女に逢うことは叶わず、男は血の涙を流す。その思いは女も同様であったことが、「男も人知れず血の涙を流せど」の「も」によって示される。本章段は「女もはた、いとあはじと思へらず」、「男はた、寝られざりければ」の「はた」、ここの「も」によって、男女の心が同じように昂っていることが示されている。恬子内親王が伊勢にいた期間（八六一年〜八七六年）に、狩の使の記事はない。従って、この斎宮の頭が朝まで酒宴を開いたというのも、むろん、史実ではなく、二人が逢おうと思いつつ逢えない焦燥感を際立たせるための物語的な設定である❾。

夜が明け初め酒宴も終わるころ、女の側から「かち人の渡れど濡れぬえにしあれば」という、歌の上の句だけが、盃の皿に記されて届けられる。

旅に出る男を見送るために、出立の宴で女性が別れの悲しみを歌うのは、『万葉集』以来の伝統的パターンである。『万葉集』には、たとえば、

藤井連《ふじゐのむらじ》、任を遷されて京に上る時に、娘子《をとめ》の贈る歌一首
明日よりは我は恋ひむな名欲山《なほりやま》岩踏み平《なら》し君が越え去《い》なば
（『万葉集』９・一七七八）
藤井連が和《こた》ふる歌一首
命《いのち》をしま幸《さき》くもがも名欲山岩踏み平しまたまたも来む
（『万葉集』９・一七七九）

といった贈答がある。出立の宴において、女性が、「明日から私は恋に苦しむでしょう。名欲山の岩を踏みしめてあなたが越えて行ってしまったら」と、別れの悲しみを歌うのに対して、男は「命をこそ大切に、無事でいてほしい。名欲山の岩を踏み分けて何度も何度もやってくるから」と、再び戻ってくることを約束する。『伊勢物語』のこの別れの酒宴において、女方から出された盃の皿に書かれた上の句は、こうした出立の宴における伝統的な贈答歌のパターンを想起させる。しかし、「かち人の渡れど濡れぬえにしあれば」には、別れの悲しみだけではなく、相手との縁の浅さを嘆き、約束の夜に逢うことのなかった男を非難するような口吻がある。男女間の恋の贈答には、女は男の不実をあげつらい、非難するような切り返しをするという特徴がある（**探究のために**参照）が、この女の歌には、逢えなくなる悲しみだけではなく、女の男を思う気持ちがあふれ出てしまっている（**探究のために**参照）。これが一首の和歌でないことによって、かろうじてその思いはカモフラージュされている。

受け取った男は、やはり『万葉集』以来の出立の宴での、再び戻ってくることを約束する歌のパターンに則りつつ、女のあふれ出てしまった思いを引き受ける。「（あなたは私との縁が浅いから、もう逢えないなどというが、そんなことはない。）またきっと逢坂の関を越えてあなたに逢おう」。出立の宴での儀礼的な和歌の贈答からあふれ出てしまった思いが、出立の宴での贈答歌のパターンを装いつつ、二人にしかわからない思いを重ねることによって掬い取られるの

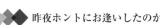

である❿。

狩の使、斎宮、国守、彼らは現実の制度に縛られて生きている。斎宮は狩の使と逢うことは許されないし、狩の使は国守の酒宴に出て、さらに次の土地へ赴かねばならない。『伊勢物語』はそういう制度をはみ出してしまうさまざまな愛情を主題とし、そこに普遍性をもつ恋愛心情のあり方を描こうとする。逆にいえば、斎宮との逢瀬や国守の酒宴は、それを描くための設定なのである。

最終行で、斎宮が惟高親王の妹、恬子《やすこ》内親王であったことが明かされるが、この伝承は史実そのものではない（**探究のために**参照）。「昔」という過去の伝承が、「歴史」に連結されるわけだが、ここには、この伝承をそのように読んでほしいという、いわば語り手の解釈が入り込んでいる。こうした解釈は、二条の后をめぐる三段「ひじき藻」、六段（46ページ）、七段「いとどしく」などにも見られるところである。

◆◇ 探究のために ◇◆

▼**『伊勢物語』という書名と本章段の関係**　そもそもこの物語がなぜ『伊勢物語』と呼ばれるのか。藤原清輔『袋草子』（平安時代末）は次のように述べる。

またその名目に二義あり。密事有るの故、僻事と称せんとするの由にて、伊勢物語と号す。諺に伊勢は僻と云ふ故なり。一は、斎宮の事を詮となすが故に伊勢と号す。これ正義か。泉式部本は、斎宮の事をもつて最先に書く。

すなわち、伊勢物語の名称には二通りの解釈がある。一つは本章段に見られる斎宮との密会を、実事ではなく、嘘であり虚構であると主張するために、「いせ」すなわち「似非《えせ》」の物語の意で、『伊勢物語』と名付けたという説、もう一つは、本章段がこの物語の中心であるので『伊勢物語』とされたという説で、和泉式部の娘、小式部の内侍の書写した本は、本章段から始まるものであったというのである。両説は現在にまで引き継がれ、完全に解決されたわけではないが、いずれにせよ、本章段と書名が強く結びついているという点では大方の一致をみている。

なお、『袋草子』のいう、本章段を冒頭に据えた本が実際にあったのかどうかはわからない。本章段の冒頭は「昔、男ありけり。その男、伊勢の国に……」となっているが、この「昔、男ありけり。その男……」という形式は、第九段「東下り」（56ページ）の冒頭「昔、男ありけり。その男、身をえうなきものに思ひなして……」にのみ用いられていることから、この二章段が『伊勢物語』の根幹をなしているとする説が大方に認められている。

▼**『伊勢物語』と『源氏物語』**　この物語が『伊勢物語』と呼ばれた最も早い記録が、『源氏物語』「絵合」にある。冷泉帝の後宮に入内した斎宮の女御と弘徽殿の女御とのあいだで、中宮（藤壺）を交えて物語絵合（左方と右方が、物語を題材に描かれた絵を対決させ、勝敗を決する競技）が行われた。『伊勢物語』は、『正三位』（現在は失われてしまった物語。女主人公「兵衛の大君」が帝の寵愛を得て、正三位に叙せられるという話と推測される）と比べられる。

まず『伊勢物語』を推す斎宮方の平内侍が、

伊勢の海の深き心をたどらずてふりにしあとと波や消つべき

（伊勢物語の深い内容を理解しようともせず、古めかしい物語として波が打ち消すように忘れ去ってしまってよいものだろうか。）

と詠み、「世の常のあだごとのひきつくろひ飾れるにおされて、業平が名を朽たすべき」と口火をきる。これに対し

て『正三位』を推す弘徽殿方の大弐内侍のすけが、

雲の上に思ひのぼれるこころにはちひろの底もはるかにぞ見る

（帝に召されて宮中に登った正三位（兵衛の大君）の高い志に比べれば、（伊勢の海の）千尋の底、即ち『伊勢物語』ははるかに低く見えます。）

と応戦する。ここで中宮が「兵衛の大君の心高さはげに捨てがたけれど、在五中将（業平）の名をばえ朽たさじ」とおっしゃって、

みるめこそうらふりぬらめ年へにし伊勢をの海人の名をや沈めむ

（一見古めかしくは見えるが、年を経た伊勢の海人、つまり長年読み継がれてきた『伊勢物語』の名を沈めてしまってよいものだろうか、いやそうではないはずだ。）

と『伊勢物語』に加担する。

『源氏物語』における『伊勢物語』の評価の焦点は、『正三位』の「世の常のあだごと」に対する、「ふかきこころをたどる」ことにある（室伏信助）。この場面で『伊勢物語』が斎宮の女御方から出されたことも本章段を意識してのことだろうし、また中宮藤壺が『伊勢物語』に加担したのも、本章段の斎宮と男の禁断の逢瀬が、藤壺自らと光源氏とのそれを想起させ、そこに「ふかきこころ」が辿られるからだろう（田中徳定）。

『源氏物語』「若紫」には、藤壺と光源氏の密通の場面が描かれている。光源氏は宮中から退出している藤壺に逢いたくて「心もあくがれまどひて」（心がさまよい出るほどに惑い）、ついに王命婦の手引きで密会することになる。光源氏は「いとわりなくて見たてまつるほどさへ、現とはおぼえぬぞわびしきや。」（無理を通してお逢いになったのだが、その

逢瀬の間さえ、それが夢であって現実ではないようにしか感じられない）と感じる。さらに、藤壺に思いを伝えられない様子が、「何ごとをかは聞こえつくしたまはむ、（中略）あやにくなる短夜にて、あさましうなかなかなり。」（申し上げたい思いをどうして申し上げつくすことができよう。（中略）あいにくの短夜で、なまじ逢わぬほうがましなくらいである）などと記される。また二人の和歌の贈答においても、

見てもまたあふよまれなる夢の中《うち》にやがてまぎるるわが身ともかな（光源氏）

世がたりに人や伝へんたぐひなくうき身を醒めぬ夢になしても（藤壺）

と、光源氏は、「またお逢いできないならばこの夢の中に消えてしまいたい」と歌い、藤壺は、「世の語り草になるくらいなら、いっそ醒めぬ夢の中にいたい」と、この逢瀬を夢と描く。

藤壺への思いが抑えられない光源氏の心情「わりなくて」と、本章段の「われて」、二人が逢っている際の光源氏の心情「現とはおぼえぬ」、この逢瀬を夢と感じる二人の和歌中の「夢の中に」、「夢になしても」、と本章段の「夢」「現」、また、光源氏の、思いを十分に語りつくせない「何ごとをかは聞こえつくしたまはむ」と、本章段の「まだなにごとも語らはぬ」といった表現上の対応は、むろん、世間の目や噂を極度に意識して光源氏を拒絶する藤壺と、それを理解できない光源氏という設定と本章段の斎宮と狩の使という設定の違いはおくにしても（そこに両作品の主題がかかわっているはずではあるが）、あきらかに『源氏物語』のこの場面が、本章段を踏まえていることを示している。

▼密通の虚構性　藤原行成の日記『権記』の寛弘八年（一〇一一）五月二十七日条に、業平と斎宮恬子内親王の密通によって高階師尚が生まれたと記されており、『江家次第』巻第十四（大江匡房・平安時代後期）にも同様の記事とともに、そのため高階氏は伊勢に参詣することがないのだと記されている。業平が没して百年ほど後には、二人の密通は

事実であると考えられていたようだ。（ただし、それらが後世（鎌倉期）の書入れであり信憑性をもたないとの説もある）。室町期の注釈書もまた、二人の密通を事実として捉えている。江戸時代になると、荷田春満『伊勢物語童子問』が、そのような密通があれば斎宮は解任されるはずだが恬子内親王は解任されていないことを根拠に、また契沖『勢語臆断』は仏教を厚く信仰した清和天皇の時代に狩の使いは行われなかったことを根拠に、二人の密通は虚構であることを主張した。近年の研究においても、「君や来し」の歌の特徴が業平の和歌の特徴に近く、この物語は業平作の虚構物語であるという説、また以下に述べるように、本章段前半部の構成が中国唐代の伝奇小説を翻案しつつ創作されたものであるという説など、さまざまな視点からその虚構性が追及されている。

▼唐代の伝奇小説とのかかわり　女が男のもとを訪れ、話をしないまま帰るという構成が、唐代の伝奇小説、元稹の『鶯鶯伝』と類似していることから、本章段を『鶯鶯伝』の翻案とする説が有力になっている。張生という書生が、ある日蒲州に遊びに行き、普救寺という寺に泊まったおり、遠縁の叔母にあたる崔氏の未亡人がその娘鶯鶯を連れて同じ寺に泊まっていた。張生は鶯鶯に求婚するが、何度となく断られる。ところが「二三日後（数夕《すうせき》）、張生が独り寝をしていると、」（張生は軒《けん》に臨んで独り寝ぬ）、「十八日の傾きかけた月は冴え、そのきらめく光が寝床の半ばをぼうっと照らしている」（是の夕《ゆふべ》、旬有八日《じゆんいう》也。斜月晶瑩《しやげつしやうけい》にして、幽輝半牀《いうきはんしやう》）なかを、「侍女の紅娘に支えられながら鶯鶯がやってきた（俄《には》かにして紅娘《こうぢやう》崔氏を捧げて至る）。」「二人は終夜言葉を交わさず（終夕一言《しうせきいちごん》無し）」、「翌朝、張生は物の色が見分けられるようになってから起き、昨夜の逢瀬を夢かと疑う」（張生、色を弁じて興《お》き、自《みづか》ら疑って曰《いは》く、豈《あ》に其《そ》れ夢ならんか、と）。この部分は二日目の夜、男が外を眺めて臥していると、月のおぼろに照っている中、童を先に立てて女がやってくる。翌朝、男はあれは夢だったのかと疑うという本章段の構成と非常に近く、物語が創作される際に、『鶯鶯

伝』が翻案され、利用されたことは十分に考えられる。ただし、鶯鶯との一夜の逢瀬の後、一か月近く西廂で逢瀬を重ねた張成は、科挙試験のために鶯鶯を捨て、彼女は「尤物」（人を不幸にする美人。傾城）であったと自らを正当化する。これは当時の士大夫層の考え方を反映しているが、本章段は別れた後も互いを求めあい、またの逢瀬を願う男女を描こうとするという違いがあり、本章段は『鶯鶯伝』の単なる翻案ではない。

鑑賞では、本章段の逢瀬の場面は、女が「女」ではなく、「人」と描かれるように、さらに仄かな、『万葉集』以来の「夢の逢瀬」つまり、夢のなかでの魂の逢瀬のイメージがあることを述べた。この仄かな人影・魂との逢瀬のありさまには、反魂香《はんごんこう》に立ち現れ、話もせず、すぐに消えていってしまい、それが現実だったのか否かを疑うという、白居易「李夫人」（『白氏文集』巻四）のイメージも看取されるところである。

美人として名高い李夫人を亡くした漢の武帝は、夫人への恩愛を断ち切れずに、彼女の肖像画を甘泉殿に置く。しかし、ものも言わず、微笑みもしない絵はかえって武帝を悲しませた。次に武帝は道士に反魂香という死者の魂を呼び戻す霊薬を作らせ、夫人の魂を呼んだ。すると、「美しい帳の中、夜が静かに更けるころ、夫人の魂は香の煙に導かれて降りてくる」（九華《きうか》帳中《ちやうちゆう》、夜悄悄《せうせう》。反魂香《はんこんかう》は降《くだ》す夫人の魂《こん》。夫人の魂、何許《いづこ》にか在る。香煙《かうえん》引きて到る焚香《ふんかう》の処）。ところが、「それははるかかなたにぼうっとかすんで消えていってしまった。消え去ることのなんと早いことか」（既に来《きた》る何を苦しみてか須臾《しゆゆ》せざる。縹緲《へうべう》悠揚《いうやう》として還《ま》た滅《めつ》し去る。去ること何《なん》ぞ速《すみ》やかに来《きた》ること何ぞ遅き）。「その姿はあの人だったのだろうか、そうではなかったのか」（是《ぜ》か非か両《ふたつ》ながら知らず）。「灯火を背に、帳を隔てて、語り合うこともできず」（灯《とう》に背《そむ》き帳《ちやう》を隔てて語るを得ず）、わずかの間やってきてもすぐに帰ってしまう（安《いづ》くんぞ暫《しばら》く来《きた》りて還《ま》た違《さ》らるるを用ゐん）。二人の逢瀬は、話すことも、それが現実であったのかどうかさえおぼろな、魂の逢瀬であった。

本章段前半部は、唐代の伝奇小説や漢詩のある一場面を、その主題とは関係なく切り取って、和歌の詠まれる心情や場を創造しているのだろう。

▼恋の贈答における女歌の特徴　恋の贈答における女の歌は、相手の不実をあげつらい、非難するという特徴をもつ。『伊勢物語』百七段（214ページ）はそれをよく表している。藤原敏行が在原業平の家にいる女のもとに歌を詠み送ったのに対し、その女に代って業平が歌を返した。

つれづれのながめにまさる涙川袖のみひちてあふよしもなし（敏行）

浅みこそ袖はひつらめ涙川身さへ流ると聞かば頼まむ（業平）

敏行の歌は、「長雨のために川の水かさもふえますが、この私もあなたを恋い慕ってぼんやり物思いにふけっていますと、涙がとめどなく流れます。その涙は、河となって流れ、袖が濡れるばかりで、あなたにお逢いする手立てがありません」と、逢えない悲しみを訴える。これに対して、業平は、「あなたの愛情が薄く涙の川が浅いので、袖だけが濡れてしまうのでしょう。袖どころか身体までもが流されると聞いたのなら、あなたを頼りにしましょう」と答える。男が、あなたを切実に思って流す涙川のために袖が濡れるばかりだと訴えるのに対して、女は、その「涙川」を引き取って、それほど私を想っていないから涙川は浅く、袖だけが濡れるのでしょうと切り返すのである。

本章段の「かち人の渡れど濡れぬえにしあれば」という女の歌は、出立の宴で女が悲しみの情を訴えるという、『万葉集』以来の旅の歌の伝統に則りつつも、それを越えて男を非難するような、恋の贈答における女歌の特徴が見られる。

▼『古今集』の歌との違い　本章段前半部は、『古今集』恋三・六四五〜六四六に次のように掲載されている。

業平朝臣の伊勢のくににまかりたりける時、斎宮なりける人に、いとみそかにあひて、又のあしたに、人やるすべなくて、思ひをりけるあひだに、女のもとよりおこせたりける

よみ人しらず

きみやこし我や行きけむおもほえず夢かうつつかねてかさめてか

返し

業平朝臣

かきくらす心のやみに迷ひにき夢うつつとは世人さだめよ

最も異なるのは、男の歌の結句が、本章段では「こよひ定めよ」であるのに対し、『古今集』の業平歌では「世人さだめよ」となっている点である。『伊勢物語』でも『古今集』でも「世人さだめよ」という伝本の方が、古い本文を伝えているとされる。女への返歌の途中で、「（あれが夢であったのか現実であったのか、）世間のみなさん、どうかよろしくご判断ください。」というのは、和歌としてはおかしい。そこで、「世人」を、世間一般の人々というのではなく、今、この話を聞いたあなた方と解し、「夢のように経験してしまった、私自身、夢であったのか、現実であったのか、判断もつかない。読者の皆様、どうかご判断ください」と解して、これを物語作者（業平）の「虚構の方法を示す挨拶」と捉える説（鈴木日出夫）もある。

（遠藤耕太郎）

「ちはやぶる」歌の謎に迫る

昔男と目されている在原業平の歌で一番有名なのは、『百人一首』（一七番歌）の「ちはやぶる」歌であろう。この歌は、もともと『伊勢物語』や『古今集』に採られており、ここに興味深い最初の謎がある。

・『伊勢物語』百六段「龍田川の紅葉」

むかし、男、親王《みこ》たちの逍遥《せうえう》し給ふ所にまうでて、龍《たつ》田川《たがは》のほとりにて、

ちはやぶる神代も聞かず龍田川からくれなゐに水くくるとは

（昔、男が、親王たちが遠出なさる所に参上して、龍田川のほとりで

ちはやぶる神の時代も聞いたことがない。龍田川を大陸風の鮮やかな紅色にくくり染めにするとは。）

・『古今集』秋下・二九四

二条《にでう》の后の、春宮《とうぐう》の御息所と申しける時に、御屏風に龍田川に紅葉流れたる形《かた》を書けりけるを題にてよめる　　在原業平朝臣

ちはやぶる神代も聞かず龍田川からくれなゐに水くくるとは

（二条の后が、まだ皇太子の御息所と申し上げていた時に、御屏風に龍田川に紅葉が流れている絵が描いてあったのを題として詠んだ（歌）（歌訳略））

『伊勢物語』では親王たちのお供として龍田川に臨んで詠んでいるが、『古今集』では二条后のもとでの屏風歌となっている。不思議なことに歌の場が異なっているのだ。これについては、次のような考え方がある。

一つ目は、異伝である。どちらが歴史的事実（に近い）か確かめようもないが、歌が作られた事情について、異なる二つの話が伝わっており、それがそれぞれの作品に収められた、という考え方である。

二つ目は、どちらも歴史的事実という考え方である。つまり、業平は同じ歌を二つの異なる歌の場で披露した、というのである。古代では、古い歌でも、歌の場にふさわしいものであれば再利用した。一度評判になった自作を再び使う可能性は考えてよい。しかも同じ龍田川でも、実際の現場と屏風絵、つまりノンフィクションとフィクションの違いがある。勅撰集には、フィクションのものは採らないという原則がある。第一勅撰集である『古今集』においてその原則がどれほど徹底されていたかは詳らかでないが、おそらく収録した事情を歴史的事実として考えていたのだろう。

さて、この歌は有名な古典落語にもなっているが、意味がわかりにくいからこそ、滑稽な物語にこじつけたのだろう。落語の題としては「ちはやふる」が一般的で、最近人気の漫画も『ちはやふる』である。このように濁音と清音のどちらが正しいのかという謎もある。落語では、花魁の「ちはや」が相撲取りの「龍田川」を「振る」のだし、漫画の主人公は「千早」である。確かに、中世や近世には、「千早振る」という当て字による文字遣いからきた清音もあったが、語源としては、神の威光を表す「(い)ち」に激しい意味の「はや(疾)」がついて、接尾語「ぶ」によって動詞化した「ちはやぶ」の連体形と考えられていて、濁音である。日本語の表記に濁点がなかった時代は、日常生活で使わない枕詞の清音と濁音を区別することは難しかったのだろう。

さらには、「水くくる」も、現在の通説は「くくり染め」、つまり絞り染めだが、『百人一首』の時代は「水くぐる」、つまり「紅葉が水をくぐる」と理解されていた。ここにも濁点の問題がある。

これほど有名な歌でも、知られていない謎がある。複数の資料を提示して、このような謎を発見させるところから授業に取り組んでも面白いのではないだろうか。

(中島輝賢)

酔狂な仲間たち！その本音は？

渚の院・八十二段

むかし、①惟喬《これたか》の親王《みこ》と申す親王《みこ》おはしましけり。②山崎《やまさき》のあなたに、③水無瀬《みなせ》といふ所に、宮ありけり。年ごとの桜の花ざかりには、その宮へなむおはしましける。その時、④右《みぎ》の馬《むま》の頭《かみ》なりける人を、常に率《ゐ》ておはしましけり。時世経《ときよへ》て久しくなりにければ、その人の名忘れにけり。⑤狩《かり》はねむごろにもせで、酒をのみ飲みつつ、やまと歌にかかれりけり。今狩《かり》する⑥交野《かたの》の渚《なぎさ》の家、その⑦院《ゐん》の桜ことにおもしろし。その木のもとにおりゐて、枝を折りて、⑧かざしにさして、上《かみ》、中《なか》、下《しも》、みな歌よみけり。馬《むま》の頭《かみ》なりける人のよめる、

　世の中にたえて桜のなかりせば春の心はのどけからまし

となむよみたりける。また人の歌、

　散ればこそいとど桜はめでたけれ憂《う》き世になにか久しかるべき

とて、その木のもとは立ちて帰るに、日暮《ひぐ》れになりぬ。

御供《とも》なる人、酒を持たせて、野より出《い》で来たり。この酒を飲みてむとて、よき所を求め行《ゆ》くに、⑨天の川といふ所にいたりぬ。親王《みこ》に、馬《むま》の頭《かみ》、⑩大御酒《おほみき》まゐる。親王《みこ》ののたまひける、「交野《かたの》を狩《か》りて、天《あま》の川《がは》のほとりにいたるを題にて、歌よみて、盃《さかづき》はさせ」とのたまうければ、かの馬《むま》の頭《かみ》、よみて奉《たてまつ》りける、

狩《か》り暮らし⑪たなばたつめに宿からむ天《あま》の川原《かはら》にわれは来にけり

親王《みこ》、歌をかへすがへす⑫誦《ず》じたまうて、返しえしたまはず。⑬紀《き》の有常《ありつね》、御供《とも》に仕《つか》うまつれり。それが返し、

一年《ひととせ》にひとたび来ます君待てば宿かす人もあらじとぞ思ふ

帰りて、宮に入らせ給ひぬ。夜《よ》ふくるまで酒飲み、物語《ものがたり》して、あるじの親王《みこ》、酔《ゑ》ひて入りたまひなむとす。⑭十一日の月も隠れなむとすれば、かの馬《むま》の頭《かみ》のよめる、

飽かなくにまだきも月の隠るるか山の端《は》逃げて入れずもあらなむ

親王《みこ》にかはり奉《たてまつ》りて、紀《き》の有常《ありつね》、

おしなべて峰も平らになりななむ山の端《は》なくは月も入らじを

【現代語訳】

昔、惟喬親王と申し上げる親王がいらっしゃった。山崎の向こうに、水無瀬という所に、宮があった。年ごとの桜の花ざかりには、その宮へお出かけになった。そのときは、右の馬の頭であった人を、常に連れてお出かけになった。――（そのころから）時代を経て長い年月がたってしまったので、その人の名は（今は）忘れてしまった。――狩は熱心にもしないで、酒ばかり飲んでは、和歌に熱中しているのだった。今、狩をしている交野の渚の家、その邸宅の桜が格別に趣がある。（そこで、一行は）その木の下に（馬から）おりて座って、枝を折って、髪かざりにさして、（身分の）上の者、中ほどの者、下の者、みんなが歌を詠んだ。馬の頭であった人が詠んだ（歌）、

もし世の中にまったく桜がなかったならば、春のころの人々の心はのどかであっただろうに。

と詠んだのであった。別の人の歌、

散るからこそいっそう桜はすばらしいのだ。つらい世の中にいったい何が変わらずにいられるだろうか。

と詠んで、その木の下を立って帰るうちに、日暮れになった。（そのとき）お供の人が、（従者に）酒を持たせて、野原の中から出てきた。この酒を飲んでしまおうということで、よい所を求めて行くと、天の川という所に至った。親王に、馬の頭がお酒を差し上げる。（そのとき）親王がおっしゃったことには、「『交野で狩をし

て、天の川のほとりに至る』というのを題にして、歌を詠んで、酒は勧めよ」とおっしゃったので、あの馬の頭が、詠んで差し上げた（歌）、

狩をして一日を過ごし、（今夜は）織り姫に宿を借りることにしよう。（気がついたら、その名も）天の川という川原に私は来てしまったことだよ。

親王は、歌をくりかえしくりかえしお口ずさみになって、返歌をすることがおできにならない。（そのとき）紀の有常が、お供としてお仕え申し上げていた。その有常の返歌、

（織り姫は）一年に一度だけおいでになるお方を待っているのだから、（この天の川には）宿を借す人もあるまいと思うことだ。

帰って、（水無瀬の）宮におはいりになった。夜のふけるまで酒を飲み、いろいろ話をして、主人である親王が、酔って（寝室に）おはいりになろうとする。十一日の月も隠れてしまおうとするので、あの馬の頭が詠んだ（歌）、

十分に満足していないのに、早くも月が隠れるのか。山の稜線が逃げて入れないでもいてほしい。

親王に代わり申し上げて、紀の有常（の歌）、

どの峰もみな平らになってしまってほしい。山の稜線がなかったら月もそこに入るまいに。

【語注】

①惟喬の親王…文徳天皇の第一皇子。八四四～八九七。母は紀静子。大宰師、弾正尹などを歴任した。藤原良房の女明子に第四皇子として生まれた惟仁親王（後の清和天皇）が、八五〇年三月に皇太子となり、皇位継承の機会を失った。八七二年に病気のため出家。通称・小野宮。法名・素覚（**付録：系図**参照）。

②山崎…山城国の地名。淀川の西岸にあり、摂津・河内両国との国境に位置する。現在の京都府乙訓郡大山崎町あたり。平安時代の初期には、天皇がしばしば山崎の離宮（河陽《かや》宮）に行幸し、淀川対岸の河内国交野（⑥参照）に出向いて鷹狩を行った。

③水無瀬…摂津国の景勝地。京からみれば山崎の向こうに位置する。現在の大阪府三島郡島本町あたり。

④右の馬の頭…「右の馬」は右馬寮《うまりょう》で、「頭」はその長官。身分の高い貴族の子息が任命された。右馬寮は諸国から貢上される馬の飼養・調教に当たる官司。惟喬親王が出家する前後は、在原業平が「右の馬の頭」であった。

⑤狩…交野（⑥参照）が天皇の狩り場であったことから、鷹狩りと解釈する。なお、桜の花をめでまわる桜狩りの意とする説もある。

⑥交野…河内国の地名。天皇の狩り場で一般人の狩猟は禁止されていた。現在の大阪府枚方市あたり。

⑦院…周囲に垣をめぐらした大邸宅。

⑧かざし…季節の花や枝を折り取って髪や冠にさしたもの。

⑨天の川…交野を通って淀川に注ぎこむ現実の川の名。現在も天野

川と言う。
⑩大御酒…貴人が飲む酒の尊敬語。本来は神や天皇などに差し上げる酒を指す。
⑪たなばたつめ（棚機つ女）…七夕伝説のおりひめ。元々は機を織る女の意であるが、やがて織女星を指すようになった。
⑫誦ず…「じゆす」に同じ。歌や詩などを声を出して読む。
⑬紀の有常…惟喬親王のおじ。在原業平の義父。八一五〜八七七。十六段**語注**参照（**付録：系図**参照）。
⑭十一日の月…旧暦二月十一日の月。十日余りの月は比較的明るい。月の入りは午前二時半ごろ。

◆◇鑑賞のヒント◇◆

❶本章段の場面は、何によって、いくつに分けられるだろうか。
❷物語の冒頭部分から、どのようなことがわかるか。
❸桜の歌二首「世の中に」「散ればこそ」は、それぞれどのような気持ちを詠んでいるか。
❹馬の頭は何を意図して「狩り暮らし」歌を歌ったか。
❺「一年に」歌の「君」は誰のことを指しているか。
❻親王に代わって有常が返歌する場面を設けているのはなぜか。
❼「飽かなくに」歌を宴で詠んだ目的は何か。
❽「おしなべて」歌で物語が終わってしまう結末に、どのような印象を、なぜ抱いたか。
❾登場人物が実際に生きていた時代背景や、想定される語り手の意図をふまえると、本章段の物語的特徴としてどのようなことが言えるだろうか。

◆◇鑑賞◇◆

『伊勢物語』の章段はひとまとまりの短いものが多いが、ここは複数の場面からなる比較的長い章段である。このような章段は、いくつかに場面を区切って読み進めていけばよい。この章段では登場人物が移動しているので、場所の変化は場面を区切る際のポイントとなる。また、歌物語は和歌を中心とする物語だから、和歌が何を詠んでいるか（和歌のテーマ）もポイントとなろう。本章段は両者がぴたりと一致している。登場人物が「交野の渚の家」→「天の川」→「（水無瀬の）宮」と移動するのに合わせて、和歌のテーマも「桜の花ざかり」→「天の川のほとりに至る」→「月も隠れなむ」と変化するのである❶。

では、和歌のテーマに沿ってそれぞれの場面を詳しくみていこう。第一場面は「桜の花ざかり」である。しかし、その前に章段全体のシチュエーション《場面設定》が語られていることに気づくだろう。シチュエーションは物語を読み進めていく上で重要な事柄をたくさん示しているので、**語注**などを参照しながら丁寧に読む必要がある。そのあらましは以下の通り。文徳天皇の第一皇子であった惟喬親王は、桜の花盛りの季節になると、（平安京から見て）山崎の先にある水無瀬の宮に毎年出かけた（出てくる地名の位置関係を**地図**で確かめてほしい）。そこはかつて天皇が鷹狩りをする際に出かけたところでもあった。親王は右の馬の頭という官職に就いていた人をいつも連れて行った。それからずいぶん時間が経ったので、その時に馬の頭であった人の名前は忘れた。以上が本章段のシチュエーションのあらましである❷。

ところで、忘れたと言っているのは誰かというと、もちろんこの物語を語っている人物、すなわち語り手である。語り手が物語の本文中に顔を出しているのだ。だから、この章段を読んでいく際には、登場人物だけでなく語り手にも気を配る必要がある。ちなみに、王朝物語ではこのように語り手が介入してくることが時々あるので、気をつけよう。さて、その当時の右の馬の頭が在原業平であったことは、**語注**④で述べたとおり史実である。そして、平安貴族社会のなかで業平はいわばスターのような存在だったから、平安時代の読者はそのことをだれでも知っていた。もちろん語り手も知っていたはずだ。にもかかわらず、わざと知らないふりをしてとぼけているのである。語り手がこのように韜晦的な語り方をする理由については後ほど考えよう。

シチュエーションの次に本題の花ざかりの場面が語られる。満開の桜の木のもと、みんなで歌を詠み合った。酒も入っているから、まさに花見の宴である。文人貴族の風流な催しといったところだ。そこで花の美しさをめでたのがこの二首、ということになる。だが、桜の花が満開の景色を詠んでいるにしては、「世の中にたえて桜のなかりせば」（満開の桜を前にして、この世の中にまったく桜のなかったならばと事実に反することを仮定する＝反実仮想「まし」に注意）、「散ればこそいとど桜はめでたけれ」（同じく満開の桜を見て、散るからこそめでたいのだと強調する＝強意の係助詞「こそ」による係り結びに注意）などずいぶん屈折した歌い方をしている。しかも二首目は「憂き世になにか久しかるべき」とつらい世の無常感にさえ言い及ぶ。花盛りの景色と屈折した歌の表現とがずれていてどうもスッキリしない。どこか引っかかる。そう思って親王一行の行動を始めから読みなお

【渚の院地図】

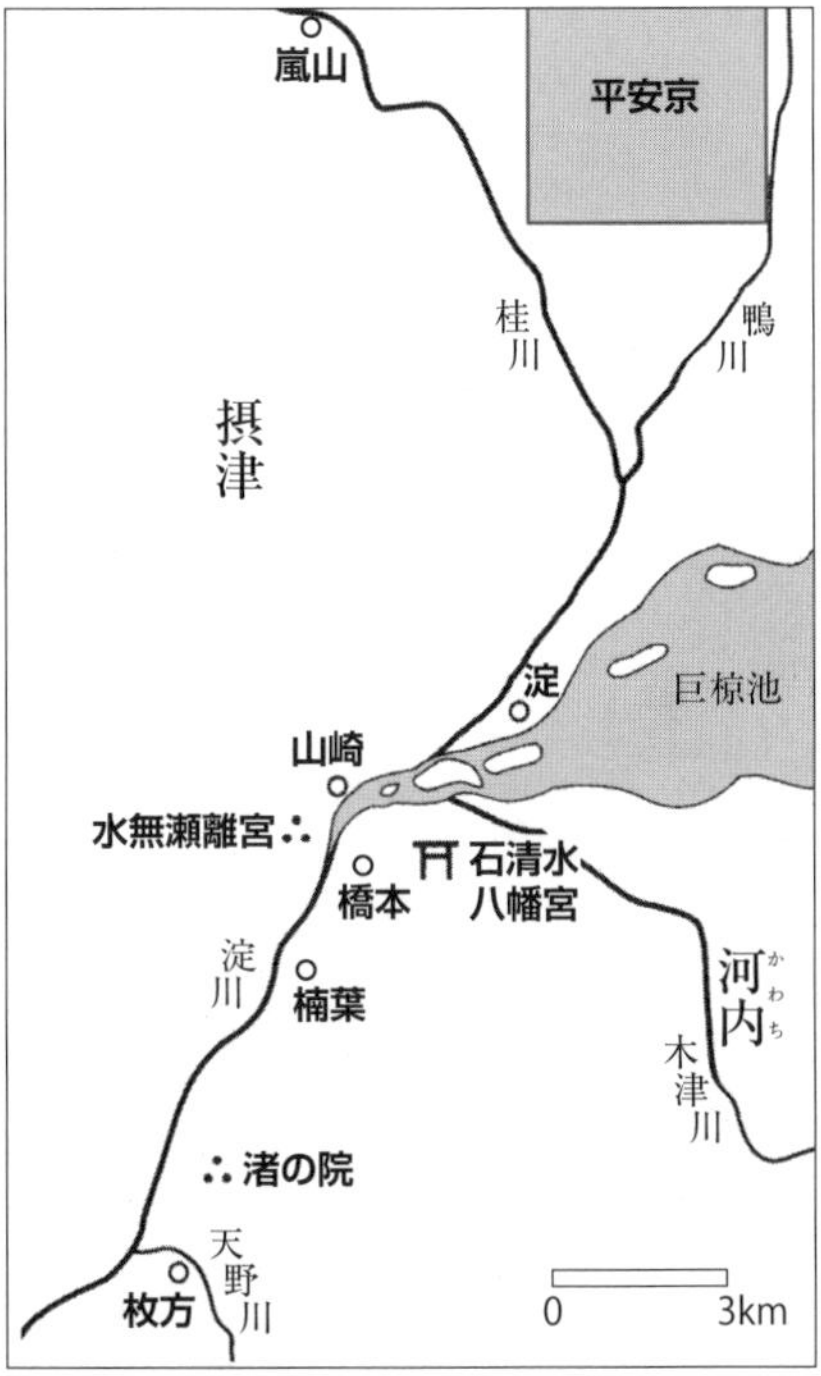

すと、狩は「ねむごろに」（熱心に、心を込めて）もしないで酒を飲み和歌に熱中してとある。まるで狩という本来の目的から逸脱しているかのような書きぶりだ。どうやら親王一行には、本来の目的に熱中したり満ち足りた景色を素直にめでたりすることのできない、何か複雑な思いが入り交じっているようである❸。

第二場面は「天の川のほとりにいたる」。日が暮れて花見の宴もお開きとなり、さあ帰ろうというちょうどそのとき、親王のお供が酒を持って野原から出てきた。酒宴はまだまだ終わりませんぞというように。場面転換がずいぶん唐突であるが、その点はしばらく置いておこう（**探究のために**参照）。この酒飲み集団はよい飲み場所を求めて天の川というところにやってくる。おそらく日も沈んで辺りは暗くなっていただろう。二次会は宴もたけなわといったころであろうか、一行の主人である親王が、「交野を狩りて、天の川のほとりにいたる」という題で和歌を詠めと命じた。このように事前に題を出して和歌を詠むことを題詠と言う。題詠の場合、詠み手は題意に合わせて歌を詠まなければならない。その制約のなかで馬の頭が詠み奉った「狩り暮らし」の歌は、題意をそのまま三十一文字にふくらましたような歌であった。新しく加えられた「たなばたつめに宿からむ」も、天の川という地名から七夕伝説を介して織り姫を引っ張り出しただけで、発想としては陳腐である。和歌の名手業平と想定される馬の頭は、題詠の制約に縛られてやっとのことでこの陳腐な歌をこしらえたのか。まさかそうではあるまい。この歌には別の仕掛けがあったはずだ。それを見抜くためには、当時伝わっていた七夕伝説の内容について知る必要がある。七夕伝説は中国大陸から七夕の行事とともに伝わったもので、牽牛（彦星）と織女（織り姫）が年に一度の七月七日に逢うというのが定番だろうが、実は漢土にはちょっと変わった話があった。伝説の詳細については**資料A**の『荊楚歳時記』に譲るが、簡単に要約すれば、黄河をどんどん遡って行った人間が、ついに天の川にまで至って織り姫や彦星と出逢ったという内容である。この場面では、目の前を流れる「天の川」を天上の「天の川」と見なし、この不思議な伝説をふまえて、私は「天の川」に至ったのだから今宵は織り姫と共寝をしようかと戯れているのである。「われは来にけり」と過去の事実に初めて気づいた驚きを示す詠嘆の「けり」で結んでいるところに、「あの「天の川」に来たんだ！」という実感がこもっていよう。そして、折しも季節は春だ。七夕にしか彦星と逢えない織り姫は、きっと独りで寂しい思いをしているはず……。ところで、和歌は貴族社会におけるコミュニケーションの道具であり、折に触れて恋人や友人に贈ることで、時節の挨拶の機能も果たしていた。そういう場合には、その時節にふさわしい和歌を詠み贈るのが習わしであった。だから、春に七夕の歌を詠むこの場合はかなり変則的なのである。だが、ここでは変則であることこそがミソだ。彦星の訪れる秋なら織り姫は他の男になど目もくれまい。でも、独り身でいる春の今なら、もしかしたら泊めてくれるのではないか――そんなあわい期待を抱いているのである。この七夕伝説をふまえた歌は春に詠んでこそ意味がある❹。

さて、親王はなぜかこの歌に返歌することができなかった。代わって答えたのが有常の「一年に」歌で、織り姫は年に一度逢いにやってくるあのお方を待っているのだから、あなたの望みはかなえられまいと言う。あのお方とはもちろん彦星で、織り姫はあなたが考えているような浮気女《うかれめ》ではないよと応じたのだろう。だが、この解釈はどうもつまらない。彦星と織り姫の逢瀬は七月七日の一度きりなどわかりきったことだし、馬の頭の歌はそのことを前提にして、春なら泊めてもらえるだろうとわざと艶《なま》めかして笑いを誘っているからである。有常の歌には裏の意味がありそうだ。そう思ってもう一度読み返してみると、「一年《ひととせ》にひとたび来ます君」がもう一人いた。そう、惟喬親王である。親王は「年ごとの桜の花ざかりに」水無瀬の宮に来ていた。織り姫が一年に一度の逢瀬を待ち望んでいるのは彦星だけではない。桜の花盛りには親王さまが毎年いらっしゃるのだ。だから、今が春でもあなたなんか相手にされませんよと戯れ返しているのである❺。

そうであれば、親王が返歌できなかったことについても、少しひねって考えた方がよいかもしれない。親王はなぜ返歌できなかったのかと問うて、このときの親王の心情をあれこれ想像するのも悪くはないが、解釈の決め手となる箇所はなかなか見つからない。もしかしたら、親王の内面は曖昧にしておいて、むしろ、有常が代わって返歌することに着目させようとしているのではないか。有常は親王に仕える直属の臣下である。しかも、惟喬親王のおじであったことは周知のことだ。つまり、近親の臣下による返歌なのである。有常の歌は、織り姫の意中の男を表では彦星としつつも、裏では惟喬親王が実はそうであったとほのめかす。そうほのめかすことで、親王は天女である織り姫にも愛されるべき天人の如き存在であるという讃意をこっそりしのばせたのである。なかなか巧妙な親王讃歌だ。このような親王讃歌を当の本人に歌わせるわけにはいくまい。そんなことをすれば、物語の面白さが台無しになってしまうだろう。親王から有常への歌い手の交代は、戯れのやり取りの中に親王讃美を挿入するための、語り手による巧みな仕掛けであった。と同時に、惟喬親王の心中は謎に包まれる❻。

第三場面は「月も隠れなむ」。宿を借す人もあるまいという有常の歌を承けてかどうかはわからないが、結局一行は水無瀬の宮に帰ることとなった。しかし、宮に帰還しても酒飲みたちの集いはまだまだ続く。ころは十一日の夜、満月とまではいかないが、比較的まるく明るい月が遅くまで空にかかっている時節。こんな折りに月見の宴をしなければ風流人の名が廃るというものだ。平安貴族たちは折りを大切にして生きていたのである。一同は夜が更けるまで大いに酒を飲み語り合った。ちょうど深夜をまわったころ、さすがの親王も泥酔したのか寝所に入ろうとする。西の山を見れば月も稜線の向こうに沈もうとしている。歓楽を極めた一日の終わり、名残は尽きないがそろそろお開きとしなければならない。そこで馬の頭が歌う。まだ満足していないのにもう月は隠れるのかと。「山の端逃げて入れず」のようなあり得ないことを「なむ」と願望せずにはいられないところに、月への強い愛着がうかがえる。月が隠れるのを惜しむと同時に親王の退出を惜しんでいることは、容易に想像がつくであろう。宴の主催者の退出に触れるのは、宴の終わりが近づいていたからである。終宴に対する名残惜しさを歌うことで、主催者に対する感謝の気持ちを示しているのである。したがって、この歌は終宴の際に客人側が主人側に贈った挨拶歌と言ってもよいだろう❼。

繰り返すが、和歌は貴族社会のコミュニケーション・ツールでもあった。だから今度は主人側がお開きの挨拶を歌う番だ。しかし、肝心の親王は泥酔してさっさと寝所に入ってしまった。そこで親王に代わってお供の有常が歌でもって答える。いっそのこと峰も平らになっておくれ、そうしたら月も隠れることができまいにと。「平らにならなむ」ではなく「平らになりななむ」と強意の助動詞「ぬ」を加えるところに、より強い願望が表れている。月が隠れることを何としても阻止したいと祈るような強い思いが読み取れるのである。しかし、これではお開きの挨拶歌にならない。楽しかった月見の宴を収めようとする意識がまったく感じられないのだ。月が隠れる（＝親王が寝所に入る）のを惜しむ気持ちの表明は、客人による主催者への挨拶であった。にもかかわらず、有常はそれを真に受け、さらに極端な言い方で強めてしまっている。そこには、隠れゆく月を何としても留めたいというある種の執着心すら感じられる。そのせいか、この結末からは「こうして宴は無事に終わりました、めでたしめでたし」という終結感がどうにも得られない。文字通り宴は開いたままなのである。この結末らしからぬ結末は何だろうか。そして、有常の執着心にも似た強い思いはいったいどこから来ているのだろうか。物語の結末はそんな謎を問いかけてくる❽。

見てきたように、本章段は、交野に狩に出かけるものの、狩はそっちのけで酒を飲み歌を詠む惟喬親王一行の風流な遊びを語るものであった。遊びの主催者は惟喬親王で、馬の頭は連れ人の代表として第一場面から登場し、第二場面からはお供の紀有常も親王の代作者として登場する。場所を換え酒を飲みつつ満開の花を見、天女との共寝を妄想し、夜更けまで月を愛でる。親王を主人とする一団が様々な酔狂に明け暮れる一日を、三つの場面と、二首一組の歌からなる三つのテーマによって整然とバランスよく語っている。王朝貴族の風流を見事に描いた章段と言えよう。しかし、一見華やかな風流の遊びを描いているようではあるが、花の愛《め》でかたは屈折しており、親王讃美の仕方は迂遠であり、結末はどことなく歯切れが悪い。そもそも遊びの主人である親王が歌を一つも詠んでいない。歌で心を開くことをためらい、何か思いを抱え込んでいるようですらある。その一方で、和歌においては、親王を月に重ねたり、織り姫の思い人に見なしたりと親王が隠喩的・暗示的に詠み込まれる。親王は歌を詠む主体ではなく、詠まれる対象として物語の中に存在しているかのようだ。

ところで、惟喬親王と紀有常は、いずれも実在の人物である。馬の頭が業平を指すことはいうまでもない。三人の関係について巻末の**系図**で確認してほしい。作品に実在の人物が出てくる場合、その歴史的背景を考慮に入れて解釈するのは必須である。もちろん、物語はあくまでもフィクションだから、歴史的事実がそのまま語られているのではなく、物語的に虚構化されて語られていると見るべきである。物語的に虚構化された歴史を考える際には、事実の断片を拾い集め、想像をめぐらせてそれらを関連付ける作業が不可欠だ。ここでは次の七つの断片を取り上げたい。

1　惟喬は文徳天皇と紀静子の間に生まれた親王である。
2　文徳天皇は摂政藤原良房の女《むすめ》明子との間に惟仁親王（後の清和天皇）をもうけている。

3　惟喬は兄で惟仁は弟である（ただし、異母兄弟）。
4　有常は静子の兄弟、惟喬のおじである。
5　業平は有常の娘婿である。
6　文徳天皇は惟仁を皇太子とした。
7　惟喬は後に出家した。

以上の断片的事実をつなげて大胆に想像すれば、惟喬と惟仁は文徳の次の皇位継承をめぐってライバル関係にあり、姻戚筋の有常や業平は年上の惟喬が立太子されるのを願っていたものの、摂政良房の権力により年下の惟仁が立太子され、即位への望みを絶たれた惟喬は失意のために出家してしまった、というストーリーが浮かび上がってくる。歴史学においては、惟仁の立太子と惟喬の出家が時期的にかなり離れていることなどから、両者に因果関係はないと見るのが一般的である。しかし、当時のことをよく知らない後の世代の人々が、惟喬は皇位継承争いに敗れた失意で出家したと勝手に解釈して歴史のストーリーを作り上げることは大いにあり得る。本章段もそうして物語化された歴史を背景として語られているのであろう。そもそもこの章段の語り手自身が、ずいぶん昔の時代のことなので馬の頭が誰だか忘れてしまったと言っているではないか。本章段も、事実としての歴史ではなくて、物語化された歴史を背景において読むことが求められる。問題は〝物語化された歴史を背景として語る〟と言うときの、〈歴史〉と語り手との距離である。本章段の語り手の韜晦した口ぶりは、惟仁の立太子と惟喬の出家が関係ないことを知っている者の発言のように見える。つまり、事実とは異なるストーリーを語っていると自覚している者の口調であり、いわば確信犯的に騙っていると思われるのである。本章段の語り手こそ、今まさに〈歴史〉を物語っている張本人なのだ❾。

◆◇探究のために◇◆

▼**他の章段とも比較しつつ、本章段の主題を総合的に読み解く**　登場人物の関係とその物語化された歴史的背景、及び語り手の韜晦的性格を以上のように想定すれば、この物語の主題が見えてくるだろう。すなわち、本章段は惟喬親王の悲劇を物語っているのである。ただし、暗示的に……。表面上はあくまでも惟喬親王に集う人々の酔狂な遊びと強烈な風流心を描いている。その描き方は批判的ではなく共感的であると言ってよい。初段の「初冠」（12ページ）と比べるとそれがわかる。「初冠」は、昔男が平安の都を離れ古京の奈良へ狩をしに出かけ、そこで「なまめいたる女はらから」を見初めて激しい恋歌を贈るという話であるが、主人公が狩を目的に京外へ出かけながらも、狩などそっちのけで別のことに夢中になっていくという点で、本章段と状況設定を同じくする。同じようなタイプのキャラクターを描こうとしていることは明らかだろう。さらに、「初冠」の段の語り手は「昔人は、かくいちはやきみやびをなむしける」と昔人に対して共感的コメントを発する。本章段に登場人物への批判的評言はないのだから、本章段の語り手も「初冠」段のそれと同様に共感的だったにちがいない。同じ作者が両章段を創作したとまでは言えないが、語り手の立ち位置が一致することは明白であろう。つまり、いずれの章段も「いちはやきみやび」を体現した昔人に共感する者が語った物語なのである。ただし、本章段の語り手はそこに一つの仕掛けを施した。昔人を共感的に描きつつも、所々に影のようなものを埋め込んだのである。これまで指摘してきたこと——満開の桜を目の前にして桜の非在や無常感を歌うこと、一座の中心にいる親王がなぜか歌を歌わず（あるいは歌えず）、しかも隠れ去る月に喩えられること——がそれである。それらは、親王になんらかの不幸があり、また、内心を明らかにすることのできない複雑な事情があったことを暗示する。そこに惟喬・業平・有常に関する断片的事実を背景に重ねてみれば、先述したよ

うな政治的敗北者たちの不遇な人生の物語が浮かび上がってこよう。そのように読み深めていけば、非在・無常の桜も、どことなく親王の不幸さを象徴しているように読めてくるではないか。

本章段の語り手は、昔人の「いちはやきみやび」に共感している。惟喬・業平・有常らの昔人は、都を離れて狩に出かけ、狩などそっちのけで花に酔い、女に酔い、月に酔って、風流を極め尽くす。「いちはやし」は難解な古語であるが、程度の甚だしい言動や状態を意味することばと考えられる。「みやび」は「京風の」が原義で、風流の意でも用いられる。極め尽くしの風流はまさに「いちはやきみやび」なのだ。だが、語り手はこの酔狂な仲間たちの言動にある種の影を付与する。彼らは歌で思いを述べてはいるが、その真意はどうも曖昧である。一見華やかに見える裏には語ることのできない闇があるのではないか。その闇こそが「いちはやきみやび」を生み出す原動力となっていたのではないか。そう問いかけてくるのだ。風流＝みやびをめぐるこうした光と闇の関係は逆説的であると言えよう。華やかな風流の世界を政治的敗北者の悲劇の物語と解釈するゆえんである。

▼東アジア文化の文脈で読む　第二場面における和歌のやり取りは大陸伝来の七夕伝説をふまえてなされていた。七夕伝説は日本だけでなく現在の東アジア地域に広く伝わっている。七夕に留まらず、東アジア地域は漢土発祥の先進的な文化を貪欲に吸収し、土着の風習と融合したり反発したりしながら自らの文化を築いていった。その歴史的過程において、大陸の漢文学は東アジア地域の古典となっていった。ここでは、本章段を、東アジア共有の古典である漢詩文を利用した文学的営みの一例として読んでみたい。

鑑賞で触れたように、第二場面は、親王のお供が何の脈絡もなく酒を持って野原から出くるところからストーリーが展開する。実はここは**資料B**にあげた陶潜（字は淵明）の故事を典拠とするとの指摘がなされている。故事の内容は、九月九日の重陽の節句は菊酒を飲む風習があるのに、陶潜宅には酒がなくて、しかたなく自宅先の菊花を摘んで座っていたところ、タイミング良く王弘が酒を送ってきたので、それを飲んで酔ったというもの。こちらの故事は重陽、本章段は七夕と異なっているが、どちらも漢土伝来の節句の折りのタイムリーな出来事という点で共通する。陶潜の故事を意識して語られていることは間違いないだろう。では、作者はなぜ脈絡上の唐突さを押してまで、陶潜の故事を持ち込んだのだろうか。おそらくそれは、陶潜という人物のイメージを利用して、惟喬親王一行の人物形象に厚みを加えようとしたからであろう。陶潜は、彭沢県《ほうたくけん》の令《れい》（長官）を辞職して郷里の農村に帰り、隠居生活の中で多くの詩を詠んだため、隠逸詩人として知られていた。また、酒をこよなく愛した。その作品**資料C**は高校国語教科書にも出てくる有名な詩で、そこからは、喧噪から離れた自宅で酒を飲みつつ悠然とした趣きにひたっている詩人の姿がうかがえる。花を愛で酒を愛した陶潜を意識し、その人物像を重ね合わせることで、惟喬親王一行の隠逸的で酔狂な性格をより際立たせることに成功していると言えよう。

（井実充史）

【資料】

A『**荊楚歳時記**』

漢の武帝、張騫《ちやうけん》をして大夏《たいか》に使し河源を尋ねしむ。槎《いかだ》に乗り月を経て一処に至る。城郭の官府のごときを見る。室内に一女ありて織る。又た一丈夫の牛を牽《ひ》いて河に飲むを見る。騫問いて曰く、此れは是《こ》れ何処《いづこ》と。答へて曰く、厳君平《げんくんへい》に問ふべしと。織り姫、機《はた》を榰《ささ》へる石を取りて騫に与《あた》ふ。而《しか》して還《かへ》りて後、蜀《しよく》に至り君平に問ふ。君平曰く、某《なにがし》の年月日、客星牛女を犯すと。得る所の機を榰へる石を、東方朔《とうはうさく》に示す。朔曰く、此の石は是れ天上の織り姫の機を支える石なり。何ぞ此に至れるやと。

（現代語訳：漢の武帝が、張騫を中央アジアの大夏国に派遣して黄河の源流を探させた。張騫はいかだに乗って一ヶ月間も黄河をさかのぼり、ある場所に至った。そこは城壁に囲まれた官庁のようなところであった。その御殿の一室に一人の女がいて機を織っていた。また、一人の立派な男が牛を引いて黄河で水を飲ませていた。張騫は彼に「ここはどこですか」と尋ねると、彼は「賢者の厳君平に尋ねるのがよいでしょう」と答えた。さらに、機織り姫が機織り器を支える石を取って張騫にわたした。張騫は使いから帰ると、蜀に赴いて先の不思議な出来事について厳君平にたずねた。すると、厳君平は「ある年ある月ある日に、彗星が彦星と織り姫星の間に入り込むということがあった」と言った。今度は、機織り姫にもらった石を賢者の東方朔に見せると、東方朔は「この石は天上の織り姫が使っている機織り器を支える石である。それがなぜここにあるのか！」と言った。）

B　『続晋陽秋』（『芸文類聚』巻四「歳時中―九月九日」所引）

陶潜、嘗《かつ》て九月九日に酒無く、宅辺の菊叢の中より菊を摘《つ》みて把《は》に盈《みた》し、其の側《かたはら》に坐すること久し。白衣の至るを望見するに、乃ち王《わう》弘《こう》酒を送るなり。即便《すなは》ち就《つ》きて酌《く》み、酔ひて而《しか》る後に帰る。

（現代語訳：むかし、陶潜が、九月九日（重陽の節句であり、菊酒を飲む風習があった）なのに酒がなく、住まいの近くに生えていた菊の草むらのなかから菊の花を一握りほど摘んで、その側に長い間座っていた。そこへ白い服を着た者がやってくるのが目に入った。それは友人の王弘から送られた酒を持ってくる者であった。その者は陶潜に酌をし、酔っ払った後に帰っていった。）

C　陶潜「飲酒二十首（其の五）」

廬《いほり》を結びて人境に在り、而《しか》も車馬の喧《かまびす》しき無し。君に問ふ、何ぞ能《よ》く爾《しか》ると、心遠ければ地自《おのづか》ら偏なり。菊を采《と》る東籬《り》の下《もと》、悠然として南山を見る。山気日夕に佳《よ》く、飛鳥相与《あひとも》に還《かへ》る。此《こ》の中《うち》に真意有り、弁ぜんと欲して已《すで》に言を忘る。

（現代語訳：私は粗末な家を構えて人里に住んでいる。それなのに、家を訪れる馬車や馬のうるささはここにはない。君に聞く、「どうしてそのように静かに暮らすことができるのか。」と。（私は答える）「心が俗世間を離れているために、それにつれて住んでいる所が町の中心を外れた片田舎になっているからだ。」と。私は東側の生け垣の辺りで、菊の花を摘み取り、ゆったりとした気持ちで、南山をはるかに見やる。すると山の趣は、日暮れ時にあたってことに麗しく、空飛ぶ鳥も、連れだって山の巣へと帰って行く。この（鳥の帰る姿の）中にこそ、宇宙と人間の真実がある。そのことを言葉で説明しようと思うと、その瞬間にもう言葉を忘れてしまった。）

渚の院跡の桜と歌碑（大阪府枚方市）

ずっとあなたにお仕えしたいけど

小野の雪・八十三段

むかし、①水無瀬《みなせ》に通ひ給ひし②惟喬《これたか》の親王《みこ》、③例の狩《かり》しにおはします供《とも》に、④馬《むま》の頭《かみ》なる⑤翁《おきな》仕《つか》うまつれり。日ごろ経《へ》て、⑥宮に帰りたまうけり。御おくりして、とくいなむと思ふに、大御酒《おほみき》たまひ、禄《ろく》たまはむとて、つかはさざりけり。この馬《うま》の頭《かみ》、心もとながりて、

⑦枕とて草ひきむすぶこともせじ秋の夜《よ》とだに頼まれなくに

とよみける。時は弥生《やよひ》のつごもりなりけり。親王《みこ》、おほとのごもらで明かし給うてけり。かくしつつまうで仕《つか》うまつりけるを、思ひのほかに、御髪《ぐし》おろしたまうてけり。⑧睦月《むつき》にをがみ奉《たてまつ》らむとて、⑨小野《をの》にまうでたるに、⑩比叡《ひえ》の山のふもとなれば、雪いと高し。しひて⑪御室《みむろ》にまうでてをがみ奉《たてまつ》るに、つれづれといとものがなしくておはしましければ、やや久しくさぶらひて、いにしへのことなど思ひ出《い》で聞えけり。さてもさぶらひてしがなと思へど、おほやけごとどもありければ、えさぶらはで、夕暮《ゆふぐ》れに帰るとて、

⑫忘れては夢かとぞ思ふ思ひきや雪踏みわけて君を見むとは

とてなむ、泣く泣く来にける。

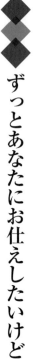

【現代語訳】

昔、水無瀬の離宮にお通いになっていた惟喬の親王が、いつものように遊猟にいらっしゃっていたお供に、馬の頭である翁がお仕え申し上げていた。数日を経て、京の宮にお帰りになった。馬の頭は親王をお送りして、すぐに帰ろうと思うが、親王はお酒を下さり、褒美を遣わそうと言って、馬の頭をお放しにならなかった。この馬の頭はじれったくて

旅の仮寝のために枕として草を結ぶ、ではないけれど、親王のお邸で眠ることなどはいたしますまい。あの長いという「秋の夜」でさえ頼みにならないのですから（ましてこの春の短夜ではなおさら頼みにならないので早く帰ります）。

と詠んだ。時は三月末であった。親王はお休みにならず、一晩お明かしなさったのだった。くりかえしこのようなことをしてお仕え申し上げていたのだが、親王は意外にもご出家あそばされたのだった。正月に、年賀の御挨拶に拝謁し申し上げようとして、小野に参上したところ、比叡山の麓なので、雪がたいそう高く降り積もっている。無理をして御室に参上しお姿を拝謁し申し上げると、所在無くたいそう物悲しいご様子でいらっしゃったので、やや長くおそばにお仕えして、過去のことなどを思い出し、お話し申し上げたのだった。「そのようにお仕えしていたい」と思うけれど、公事もあるので、お仕えすることはできず、夕暮れに帰京するといって、

（親王が出家したという現実を）忘れてはそのたびに、（その現実こそが）夢なのではないかと思うのです。かつて私は思ったでしょうか、雪を踏み分けてあなた様にお目にかかるような自分がいようとは（いいえ、思いもしませんでした）。

と詠んで、泣く泣く帰って来たのだった。

【語注】

①水無瀬…現在の大阪府三島郡島本町広瀬。桓武天皇・嵯峨天皇をはじめとする天皇の行幸・遊猟の地。河陽院などの離宮が置かれた郊外の別荘地。

②惟喬の親王…八十二段**語注**参照。

③例の…親王一行は、水無瀬の離宮を拠点に遊猟を行っていた（八十二段参照）。

④馬の頭…右馬寮《みぎのめりょう》の長官。従五位下。御牧《みまき》等の管理、諸国から貢進された馬の飼育・調教などを行った。平安中期には左右近衛府《このえふ》と連動し、治安・警察などの軍事的活動をするほか、天皇に近侍し、行事の際には舞を舞うなど芸能者としても活動した。

⑤翁…当時は四十歳以上になると「翁」「嫗」と認識された。本章段の馬の頭のモデルとされる在原業平は、四十〜五十二歳のとき右馬頭、従四位下。

⑥宮…京都にある親王の邸宅。親王（＝宮）の邸宅を「宮」と呼ぶ。

⑦「枕とて」歌…第二句までは「草枕」（＝旅の最中、野宿するために草を結んで枕にすること）を表す。「草枕」は本来「旅」を導く枕詞で、『万葉集』では全てその用法、『古今集』（一例のみ）では旅そのものを示す。「秋の夜」は『万葉集』以来、長いものとされる（**探究のために**参照）。「だに」は、「〜でさえ……、まして……」の意味。程度の軽いものを例示して、程度の重いものを類推させる。秋の夜でさえ短いのに、まして春の夜は

なおさら短い、ということ。第四句以降、倒置。

⑧睦月…正月。一日に朝拝（天皇への拝礼儀式）、元日の節会、二日に中宮・皇太子への拝礼、三日に朝覲行幸（天皇が上皇や母后の御所に赴き拝礼）、七日に白馬節会、上の子の日には若菜（若菜を摘み邪気を祓い、それを食し長寿を祈る行事）、踏歌節会（足で地を踏み鳴らし拍子を取りながら歌う集団舞踏）など行事が多かった。

⑨小野…比叡山西麓にあたる大原・松が崎・高野・八瀬を含む地帯。大原三千院の東、来迎院のあたりを古くから小野と呼ぶ。惟喬親王の隠棲地や墓と伝わるものが残る。

⑩比叡の山…京都府と滋賀県の境界をなす山。七八五年、最澄が天台宗を開き、鎮護国家の霊山となる。親王はその山の麓に御室を構えた。

⑪御室…僧侶の庵室を「室」という。ここでは親王の住居のため「御」をつける。

⑫「忘れては」歌…「ては」は反復を表す。二句、三句切れ。「や」は反語。直接過去を意味する助動詞「き」を用い、雪を踏み分け小野の地で親王にお会いしようとは全く思ったことがなかったことを実体験として表し、意外性や驚きを強調する。三句と四・五句は倒置。「踏みわけて」は、「奥山にもみじ踏み分け鳴く鹿の声聞く時ぞ秋は悲しき」（『古今集』秋上・二一五）のように、「奥」をイメージさせ、小野が京から隔絶された場所にあることを表す。「む」は婉曲。

◆◇鑑賞のヒント◇◆

❶本章段の場面は、何によって、いくつに分けられるだろうか。
❷二首の歌は、馬の頭のどのような思いを表しているだろうか。
❸親王はなぜ夜を明かしたのだろうか。
❹馬の頭は「枕とて」歌を詠んだあと、その場を離れたのだろうか。
❺小野を訪問する馬の頭には、どのような思いがあるだろうか。
❻親王の出家前後を通して、親王と馬の頭の関係はどのように描かれているだろうか。

◆◇鑑賞◇◆

惟喬親王と、在原業平と目される馬の頭の、心の交流を描いた章段である。八十二段（162ページ）、八十五段（202ページ）と合わせ、惟喬親王の登場する段を「惟喬親王章段」などと呼ぶが、なかでも本章段は、馬の頭の二首の歌を通じて、主君と臣下の絆のありようを示している。

前段八十二段で語られた、三月上旬の水無瀬一帯での遊猟・宴を承けて本章段は始まる。三月末、いつものように水無瀬離宮を拠点に遊猟をくりかえした惟喬親王一行は、やっと京にある親王の邸宅へ帰ってきた。幾日もその供をした馬の頭は、親王を送り届けたあとすぐに帰ろうと思ったが、親王は酒宴を始め、酒や褒美を取らすといって馬の頭の翁を帰そうとしなかった。前段に見られるように、惟喬親王は臣下と酒を飲み、歌を詠み交わす、風雅を愛するひとである。酒を飲みながら、翁に歌でも詠ませようと思ったのにちがいない。

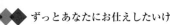

ここでは馬の頭が「翁」であると語られるところがポイントである。たとえば『伊勢物語』七十九段「貞数《さだかず》の親王」に、産養の祝宴の場で一族繁栄を予祝する歌を詠む「翁」が登場するように、『伊勢物語』において「翁」は場を寿ぎ宴を盛り上げる芸能者的な役割を担う人物として描かれることがある（資料A）。本章段で馬の頭がわざわざ「翁」と語られるのは、彼がそうした芸能者的役割を望まれているからであろう。だが一方で、老い人そのものとして、「翁」は親王の前から早く退出し、疲れ果てた身体を休ませたい。

第一首は、古注釈以来、大まかに分けて二通りに解釈されている。すなわち、「草を結んで枕としない」とする上の句を、Ⅰ旅寝はいたしません、宮に泊まらずにお暇《いとま》致します、の意とする説と、Ⅱ一晩中眠らずにお仕えいたします、の意とする説の、正反対の解釈が両立しているのである。主君が主催する宴の場で詠まれた一首と考えれば、短い春の夜を、主君と共に心行くまで楽しみたいという思いを表すⅡの意味で解釈したいところだが、物語はそうは読ませない。翁は「早く帰ろう」と思い、その思いに反して親王が宴を開いた時、「心もとながりて」すなわち「じれったくて」という心情になるのである。思いだけが先行して思い通りのことが実現せずじれったく思うことを表す「心もとながる」は、この文脈においては、帰りたくても帰れないジレンマを表す語と見なすのが自然である。つまり第一首は宴を辞するⅠの意味の歌なのであった❷。

だが親王は、その意を受けつけず、酒宴で一晩を明かす。それはその時が「弥生のつごもり」だったからである。惟喬親王は、この日が「弥生つごもり」すなわち「三月尽《さんがつじん》」であることに目をつけた。「三月尽」とは、詩を生み出すために苦心する詩人が、過ぎ去ってゆく春を惜しんで夜も眠られずにいると漢詩にうたわれる日（三月晦日）なのであった。賈島《かとう》（中唐）が春の終わる夜を友とともに惜しみ（**資料B**）、また、後代の人ではあるが、蘇軾（北宋）が春の夜を「値千金《あたひせんきん》」としたように（**資料C**）、風流を愛する親王は、馬の頭とともに「三月尽」の夜を惜しまずにはいられなかったのである❸。

だからわざと馬の頭の歌をⅡの意味にとりなした。馬の頭の真意を、本当は理解していたであろうけれど。そして、その退出する姿が描かれないことから、馬の頭はそうした親王の意を汲んで朝まで酒宴につきあったにちがいない❹。親王の強引さに内心ため息をつきながらも、彼は一方で、親王から必要とされることに幸せを感じていたのではなかったろうか。親王の意に背く内容の歌を披露する馬の頭と、その意を敢えて退ける親王とのあいだには、強い絆こそがあった。

だが突然、親王は出家してしまう。親王の意志に気づけなかったこと、親王がその心ひとつに出家を決めたことに茫然とする馬の頭の思いが、「思ひのほかに」に表れている。出家とは、いま所属する社会（俗界）を捨てて仏道修行に生きることである。主君の出家や死に際し、臣下自らも出家を遂げることがあった時代、親王の無言のうちの出家は、馬の頭に官人としての人生を捨てさせまいとする親王の配慮だったと考えられる。馬の頭はその意を汲んで、俗人として社会に生きることを選択したのであろう。ここで二人は生きる世界を別った。

【小野周辺地図】

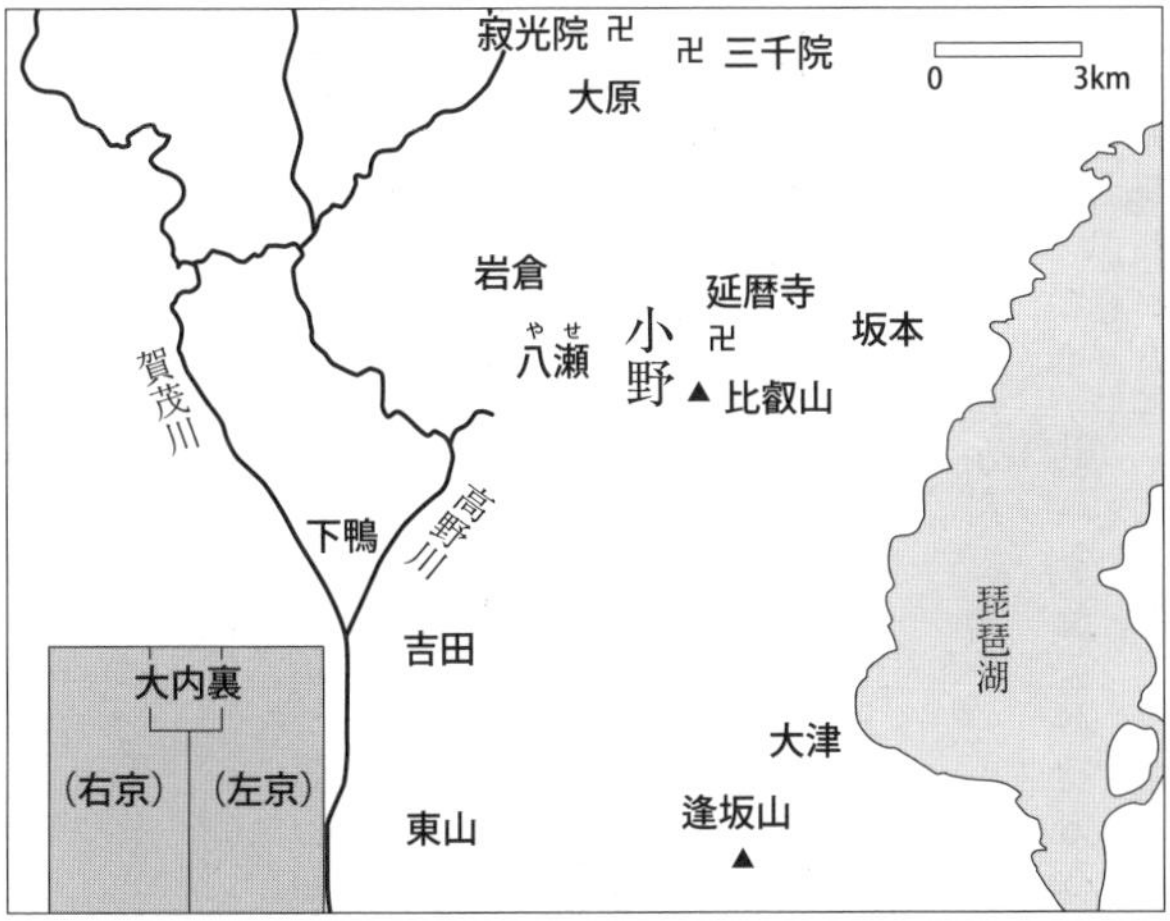

翌正月、馬の頭は正月の挨拶をするため親王のいる小野を訪れる。公務に多忙な正月、しかも雪という障害を押しのけての訪問に、親王を慕う馬の頭の強い想いが読み取れる❺。小野は天台宗総本山比叡山の麓である。高く積もる雪を強いて踏み分けて行くと、仏教的空間のなかに、たいそう所在無げで物悲しそうな様子の親王がいた。馬の頭は昔話でもして親王の心を慰めなければと思ったのだろう。すぐには帰らず、「いにしへ《往にし方》」を思い出して話をし出した。あの春の短夜のできごとも、当然話題にあがったことだろう。「いにしへ」とは決して戻ることも再現することもできない過去を指す。そのような過去と知りつつ、それでも馬の頭は、親王とともにいた過去そのままにそばにいたいと願うのだった。だが夕暮れが来れば、公務のために京に戻らなければならない。

第二首は、過去と現在との対比によって、現在のつらさを際立たせる歌である。初句の「ては」は動作の反復を意味する。初句・二句は、親王と話をしているあいだ、何度も親王が出家したという現実をふと忘れ、はっと我に返ると、そのたびにその現実のほうこそが夢なのではないかと思われてくる、ということである。その理由は、三句以降に説明される。馬の頭は雪を踏み分けて親王に拝謁するような自分がいようとは、かつて思ってもみなかったのである。つまり、馬の頭にとって現在は過去と断絶したものだ。ゆえにその現実は夢に思えてしまう。過去に思いを残す馬の頭の心は、現実についてゆけない。そういう、現実とずれる心を抱えて生きるのはつらいだろう❷。

八十三段は、親王出家前の晩春のできごとと、親王出家後の正月のできごとの二場面に分かれている❶。前半部で馬の頭は、親王と別れて家に帰りたいという歌を詠んだ。ともにいられる時間が永久にあると思えればこそ、そういう歌は可能であった。実際、馬の頭は「いつものように」親王と夜明けまで酒宴をし、風流を楽しんだと思われる。だが後半部では、馬の頭はそのような歌を詠むことはできない。親王の出家によって二人がともに居られる時間はほとんどなくなったからである。馬の頭は、そういう現実を夢すなわち非現実のものかと疑うことで、親王と永久にともに居たいという思いを表すのである。二つの和歌は、そこに託される心情や、詠歌時の親王と馬の頭の物理的距離において対象的である。だがどちらも、親王を慕う馬の頭の心が詠ませたものである。身分や立場が変わっても、二人の心のありようが変わることはない❻。

なお本章段には、晩春の短夜と正月の雪と、季節の大きく隔たった二首の歌が配された。ここには四段（24ページ）や四十五段（130ページ）と同じく、季節や月日の推移を描くことで悲しみや喪失感を表そうとする『伊勢物語』の試みが現れているだろう。時が推移しても親王を失った悲しみが癒されることはない。正月に馬の頭は、あらためて親王の不在を実感するのである。

◆◇探究のために◇◆

▼罷宴歌の型　酒宴で詠まれる儀礼歌に、宴を辞退する歌の型がある。なかでも次は、大宰少弐小野老《おののおゆ》の従五位上昇進を祝う宴における、山上憶良の罷宴歌《ひえんか》である。

憶良らは　今《いま》はまからむ　子泣くらむ　それその母も　吾を待たなむ

（『万葉集』3・三三七、山上憶良臣《やまのうえのおくらのおみ》、宴を罷る歌一首）

「子どもとその母親が待っているから帰るね」とのろけて宴を中座する歌であるが、この詠歌時、憶良はすでに七十歳前後の「翁」であり、泣く子や妻がいるような年齢ではとてもなかった。伊藤博によれば、この歌は実態から離れた歌で笑いを誘いつつ「同席した若い官人を含めての代表的心理でうた」った「愉しい宴の、お開きを告げる客側の挨拶」であるという。題詞にある「罷る」は貴人の所から許しを頂いて退出することを表すから、このあと憶良は和やかな雰囲気のなか、実際に宴から退出したと推察できる。

▼「秋の夜」の歌の型　このような罷宴歌の型を踏まえ、第一首を、第四・五句「秋の夜とだに頼まれなくに」に注目しながら改めて考えてみたい。第四・五句は「あの「秋の夜」でさえ頼みにならないのに……」という意味であり、そのような頼みにならない「秋の夜」とは、

秋の夜を長しと言へど積もりにし恋を尽くせば短かりけり

（『万葉集』10・二三〇三）

（秋の夜を長いと人は言うけれど、積もった恋の思いを果たし尽くそうとすると短いものであったなあ。）

秋の夜も名のみなりけり逢ふといへばことぞともなく明けぬるものを　(『古今集』恋三・六三五)

(長いと言われる秋の夜も名前ばかりであったことよ。いざ、思う人に逢うとなると、なんていうこともなくあっさりと明けてしまうものなのだから。)

などから理解できるように、どんなに時間があっても満足することのない、共寝する男女の感慨を表す歌ことばであった。

つまり第一首は、「あなたとずっと一緒にこの春の最後の夜を楽しんでいたいけれど、もう帰らなくちゃ、恋人が待っているから」と、のろけて座を中座しようとする歌なのである。「翁」という年齢からすればありうるはずもない女の存在をちらつかせることで、笑いを誘いながら宴を辞そうとするこの歌は、憶良の罷宴歌の型を踏んでいる。

惟喬親王は、和歌や風流を愛するひとであった。ゆえに必ずこのような馬の頭の歌の意図を理解していたであろう。にもかかわらず、その歌の型を無視してまで馬の頭を引き留めたのは、俗世での最後の晩春になるであろうその夜の風雅を、馬の頭とともに味わいたかったからなのではないだろうか。

(咲本英恵)

【資料】

A 『伊勢物語』七十九段「貞数の親王」

むかし、氏《うぢ》のなかに親王《みこ》生《う》まれ給へりけり。御産屋《うぶや》に、人々、歌よみけり。御祖父方《おほぢがた》なりける翁《おきな》のよめる、

わが門《かど》に千尋《ちひろ》あるかげを植ゑつれば夏冬誰《たれ》か隠れざるべき

これは貞数《さだかず》の親王《みこ》。時の人、中将《ちゆうじやう》の子となむ言ひける。兄の中納言《ちゆうなごん》行平《ゆきひら》のむすめの腹なり。

(現代語訳:昔、在原氏の一族の中に親王がお生まれになった。その御産養《うぶやしない》の祝いの席で、人々が歌を詠んだ。親王の祖父・行平方《がた》の人であった翁が詠んだ(歌)、

我が家に、千尋もの長さの大きな蔭をつくる木を植えたので、暑い夏も寒い冬も、誰かこの木の下に隠れないものがいるでしょうか――我々の一族に親王がお生まれになったので、一族の者たちは誰もがいつでもそのお蔭をこうむるにちがいありま

せん。

これは（清和天皇第八皇子）貞数の親王のことである。時の人は、（実は）中将（業平）の子だと噂したのだった。（業平の）兄の中納言行平の娘の腹である。）

※ほか、七十六段「大原や小塩の山」、七十七段「安祥寺」、八十一段「塩竈に」、九十七段「四十の賀」などにも、芸能者的役割を持つ翁が登場する。

B　賈島《かたう》「三月晦日《さんぐわつくわいじつ》、劉評示《りうひやうじ》に贈る」

三月　正に三十日に当る
風光　我に別る　苦吟の身
君と共に今夜は眠るを須いず
未だ暁鐘に到らざれば　猶ほ是れ春

（現代語訳：今日は三月のちょうど三十日にあたる。／春の景色は私に別れを告げ、思うような詩を作れず苦しんでいるわが身よ。／君と共に（詩を作り）、今夜は眠るまい。／まだ暁を告げる鐘がならないので、いまはなお、まだ春である。）

C　蘇軾「春夜」

春宵一刻《しゆんせういつこく》　直千金《あたひせんきん》
花に清香有り　月に陰有り
歌管《かくわん》　楼台　声　細細《さいさい》
鞦韆《しうせん》　院落《ゐんらく》　夜　沈沈《ちんちん》

（現代語訳：春の夜のひとときは、その値打ちが非常に高い（とても美しい）。／花には清らかな香りがただよい、月はおぼろにかすんでいる。／歌や音曲が高殿《たかどの》からかすかに流れてきて、／ぶらんこの揺れる屋敷の中庭に夜が静かに更けていく。）

今も湧き続ける清和井《せがい》の水（京都府京都市）p54参照

演じられる『伊勢物語』

ここでは、日本の演劇における『伊勢物語』の摂取のあり方を見ていきたい。

能の詞章である謡曲には、『伊勢物語』が数多く取り入れられている。例えば、金春禅竹《こんぱるぜんちく》かとされる『小《お》塩《しお》』は、七十六段などを典拠とし、大原野で業平の霊による二条后への思慕と懐旧の情を描く。金春禅竹作の可能性が高い『杜若』は九段を典拠とし、三河国八橋において主人公杜若の精が、業平は歌舞の菩薩であり、二条后を中心とした女人遍歴は女人の悟りを導くための方便であったと語る。世阿弥作『井筒』は、二十三段を中心に、四・十七・二十四段などをあわせて、紀有常の娘の、夫業平への一途な思慕と恋の追憶を描く。室町後期に改作された作者不明の現行曲『雲林院』は、六・九・十二段などを典拠とし業平と二条后の逃避行を描くが、世阿弥自筆本では、業平らを基経が鬼神姿で追うというスペクタルなものである。これらは、現在の人間から見ると理解を超えるようなストーリーのものもあるが、それは中世における『伊勢物語』理解をもとにつくられたためである。当時『伊勢物語』は業平の一代記的歌道の聖典として尊重され、注釈が発展した『古今集』の世界と絡み合いながら受容されていた。なお、『井筒』は、明治から昭和前期には上演頻度も低く、特別評価が高かった形跡もない。しかし現在、能の代表曲の一つという評価が定着している。その理由は、観世寿夫の名演によると指摘されている（以上、梅原猛・観世清和監修『能を読む①〜③』角川学芸出版、二〇一三年、伊藤正義「伊勢物語と謡曲」『鑑賞日本古典文学　第六巻　伊勢物語・大和物語』角川書店、一九七五年、参考）。

歌舞伎では、二十三段を題材とした近松門左衛門作の義太夫狂言『井筒業平河内通《いづつなりひらかわちがよい》』は、惟喬親王の出家の背景に皇位争いがあったとする中世的『伊勢物語』理解によったものである。これは惟喬・惟仁両親王の皇位争いを背景に、業平に対する生駒姫と井筒姫の恋争いを描いている。また、奈河亀輔《ながわかめすけ》作『競《はでくらべ》伊勢《いせ》物語《ものがたり》』は、『井筒業平河内通』の影響を受けながらも、行平や融に関する説話も取り込んで惟喬・惟仁両親王の皇位争いを描いたものである。これは、『伊勢物語』本文とその中世的理解から飛躍し、歴史的事件の中に『伊勢物語』を位置づけ、近世的封建社会に相応しい解釈を加えたものといえよう。なお、『井筒業平河内通』は、歌舞伎において一九六九年以来上演がなく、『競伊勢物語』は、二〇〇三年国立劇場の公演まで四〇年近く上演がなかったが、その後二〇一五年に秀山祭九月大歌舞伎で初代吉右衛門に因み紀有常生誕一二〇〇年を記念して上演された。ちなみに、文楽『競伊勢物語』は、現在でも上演されている（以上、安田徳子「『伊勢物語』の摂取—能から近世演劇へ、二三段を中心に—」『日本文学』二〇〇七年七月、参考）。

宝塚歌劇では、四・六・九・六十九段などに取材し、高子との恋愛を核とした業平を描く柴田侑宏作、尾上菊之丞演出振付『新春王朝ロマン　花の業平〜忍の乱れ〜』がある。これは二〇〇一〜二年に宝塚・東京・名古屋で上演され、ビデオやDVDになった。柴田侑宏は、宝塚歌劇団専属の劇作家・演出家であり、田辺聖子などの原作作品だけでなく、オリジナルでも多数日本の歴史ものを執筆している。この作品は、貴族の末裔である梅若を中心とした市井の人々に慕われる業平を描くことによって、身分に関係なく多くの人から慕われる貴公子が、巨大な政治権力によって愛する人と引き裂かれるという悲劇性を高めているのが特徴である。

さらに近年、オペラとして能『小塩』をもとに笠谷和比古詞章・台本、山本登朗監修の『業平』という新作が上演された。

このように、『伊勢物語』はそれぞれの時代にあわせて摂取され、新たな演劇作品が生み出されているのである。

（岩田久美加）

お母さん、寂しいのはわかってる！

さらぬ別れ・八十四段

むかし、男ありけり。①身はいやしながら、②母なむ宮なりける。その母、③長岡《ながをか》といふ所に住み給ひけり。子は京《きやう》に宮仕《みやづか》へしければ、まうづとしけれど、しばしばえまうでず。④一《ひと》つ子《ご》にさへありければ、いとかなしうし給ひけり。⑤さるに、師走《しはす》ばかりに、とみのこととて御文《ふみ》あり。おどろきて見れば、歌あり。

老いぬれば⑥さらぬ別れのありといへばいよいよ見まくほしき君かな

かの子、いたううち泣きてよめる、

世の中にさらぬ別れのなくもがな⑦千代《ちよ》もと祈る人の子のため

【現代語訳】

昔、男がいた。官位は低いままであったが、母は内親王であった。その母は、長岡という所に住みなさっていた。息子は平安京で宮仕えをしていたので、（母のもとへ）参上しようとしたけれど、そうたびたびは参上できない。一人っ子でさえあったので、母はたいそういとしくかわいがっていらっしゃった。そうこうしているうちに、十二月のころに、「急のこと」といって（母から）手紙が届く。驚いて見ると、歌が書いてある。

老いてしまうと避けられない別れ（死別）があるといいますので、（この年の瀬にそのことを思いますと、普段より）ますます会いたいあなたです。

その子はひどく泣いて、詠んだ（歌）、

（無常な世とはわかってはいますが）この世の中に避けられない別れがなければよいと思います。（親に）千年も生きていてほしいと祈る（この世のすべての）人の子のために。

【語注】

①身はいやしながら…「ながら」は、そういう状態のままで、の意。ここでは次の「母なむ宮なりける」との関係から、官位は低いままであったが、と、逆接の意が添う。

②母なむ宮なりける…在原業平の母は、桓武天皇の皇女、伊都内親王（**付録：系図**参照）。八六一年九月十九日の薨去。京に家屋を領有していたが、物語では長岡に住んだことになっている。

③長岡といふ所…平安遷都前、七八四年から七九四年までの桓武天皇の都。現在の京都府向日市・長岡京市のあたり。

④一つ子にさへありければ…「一つ子」は一人っ子（**鑑賞**参照）。「さへ」は添加の副助詞。「親にとって子はかわいいものであるが、その上」といった前提をふまえて用いられている。

⑤さるに…そうこうしているうちに。そうしていたところ。ここを「ところが」と逆接にすると意が通じない。**探究のために**参照。

⑥さらぬ別れ…どうしても避けることのできない別れ、死別。**鑑賞、探究のために**参照。

⑦もがな…文末にあって、ある状態の実現を希望する意の助詞「もが」に終助詞「な」の添うたもの。

◆◇鑑賞のヒント◇◆

❶「身はいやしながら」（官位は低いままで）、「宮仕へ」（公の宮中での仕事）をするという設定は、物語でどのような働きをしているのだろうか。

❷「一つ子」（一人っ子）という設定は、物語でどのような働きをしているのだろうか。

❸母はどうして師走に「とみのこと」（急ぎの事）として息子に手紙を送ったのだろうか。

❹母の手紙を開ける時、また母の歌を見た時、息子は何を思ったのだろうか。

❺母の歌に比べて、息子の歌に切実感がないと言われるが、あなたはどう思うか。

◆◇鑑賞◇◆

在原業平の和歌を中心に、さまざまな男女の愛情のあり方を描く『伊勢物語』にあって、本章段は老いた母と子の愛情を描く。十六段（78ページ）に男同士の友情が、また、本章段のすぐ前の八十二段（162ページ）、八十三段（178ページ）に君臣の情が描かれるように、『伊勢物語』は男女の愛情を中心にしつつも、さまざまな人間同士の愛情を物語る。また、『古今集』には本章段の物語と極めて近い詞書を伴って、業平とその母（伊都内親王）の二首の和歌が採録されており、本章段は順次成立していった『伊勢物語』のなかでも、早くに成立した章段の一つであると考えられている。

物語は、息子と母の境遇を端的に述べるところから始まる。母は長岡という古都に暮らしている。息子は平安京で官位は低いままで宮仕えをしており、なかなか母のもとを訪れられない。その状態は母から見ればかわいそうな状態である。ここに「宮仕へ」は、人間の私的で個別的な愛情を阻碍《がい》するという本章段の主題が見られる。この主題は、前段（八十三段）の「おほやけごと」や後段（八十五段、202ページ）の「おほやけの宮仕へ」、八十六段「おのがさまざま」の「宮仕へ」でも一貫している❶。

しかも、この息子は「一つ子」、つまり一人っ子であり、母はことのほかいとしく思い、かわいがってきたのであった。「一つ子」に関するこの一文は『古今集』の詞書にはない。記録（『本朝皇胤紹運録《こういんじょううんろく》』・十五世紀前半）によれば、業平と兄の行平の母はともに伊都内親王とされている。とすれば、この「一つ子」の部分は『伊勢物語』の創作によるものということになる。ただし、二人の父である阿保親王は薬子の変に連座し八一〇年から八二四年まで大宰権帥として大宰府に左遷されていた。行平は八一八年生まれであり、退去中に内親王が大宰府に下ったとは考えられず、業平は実際には一人っ子であったとの説もある。**探究のために**で述べるように、『万葉集』には、遣唐使として派遣される一人っ子を思う母の歌があり、また、『うつほ物語』にも一人っ子を遣唐使として旅立たせねばならない親の悲しみが描かれる。公の仕事に向かう子に対する、親の私的な悲しみを表す歌語の伝統が、本章段の「一つ子」や『うつほ物語』の地の文に生きているようだ。歴史的事実として業平が一人っ子であったかどうかよりも、公に対する親の私的な悲しみの情を際立たせるためにこの一文が挿入されたのだとみたい❷。

そのように子をいとしくかわいがってきた母のもとから、「師走」ほどに（この部分、別の写本では「師走のつごもり」とある）、「とみのこと」として手紙が届く。開けてみると、「老いぬれば」の歌だけが記されていた。母はなぜ「師走」に、「とみのこと」として「老いぬれば」の歌を送ってきたのだろうか。「とみのこと」とは急の用事。これを具体的な病気や体調不良とする説もあるが、ここは「師走ばかりに」に注目すべきである。当時は数え年であり、正月が来るということが年をとるということであり、次の母の歌、「老いぬれば」と連動するからである。師走が終わればもう一つ年を取ることを強く意識し、かわいがってきた子に思いを馳《は》せ、急に会いたくなった。普通の手紙では伝わらないその思いを、「とみのこと」という言葉で伝えようとしたのである❸。

一方、急の用事といってもたらされた手紙を開ける時、また「老いぬれば」の歌を見た時の、息子の気持ちはどうだろうか。息子は、母の死を強く意識し、また「とみのこと」と言わざるを得なかった母の気持ち、なかなか母を訪ねることができないような、官位の低い自分のふがいなさ、そういう親子関係の中によくある普遍的な感情を感じ取ったのだろう。そういう感情は今の私たちにも想像できる❹。

『枕草子』「また、業平の中将のもとに」に、また、業平の中将のもとに、母の皇女の、「いよいよ見まく」と、のたまへる、いとあはれにをかし。ひきあけて見たりけむこそ、思ひやらるれ（それをひきあけて見た時の業平の気持ちに思いが馳《は》せられることだ）。

とある。清少納言も今の私たちのように、その時の息子の気持ちに思いを馳《は》せたのである。それは『伊勢物語』が散文部で登場人物の気持ちをすべて書ききってしまわないという手法をとるからである。『古今集』の詞書には、母の「老いぬれば」の歌の後は、ただ、「返し」とのみ書かれ、業平の「世の中に」の歌が示されるだけである。その行間の気持ちを想像するなかで、『伊勢物語』本文は「いたううち泣きてよめる」とその心情を「泣く」という動作によって記そうとし、また『伊勢物語』の別の本では、

これを見て、馬にも乗りあへず、参るとて、道すがら思ひける（塗籠本）

それを見て、馬にも乗りあへず、いといたううち泣きて詠める（真名本）

のように、その気持ちを心が乱れて馬にも乗れないほどであったと記している。『伊勢物語』が享受されるなかで、その気持ちがさまざまに想像され、別の本文が生み出されていく様相が見られる。

さて、息子を思う母の気持ち、母を思う息子の気持ちを、正面から担うのは、「さらぬ別れ」をめぐる二首の歌である。「避けられない別れ」という意味での「さらぬ別れ」は、『古今集』及び当該歌を初出とし、この歌を踏まえた本歌取りや引き歌の用例があるのみである。「避けられない別れ」というように不可避を表すのであれば、「え避らぬ別れ」が普通であり問題を残す。この点は、**探究のために**で触れることとし、ひとまず、避けられない死別を意味するとしておく。

「老いぬればさらぬ別れのあり」ということばは、生きている限り老いや死を免れることはできないという仏教的

観念である。こうした観念は、**探究のために**で述べるように、五世紀の仏教経典にも記され、また業平よりも二百二、三十年早い『万葉集』の歌人、山上憶良も繰り返し嘆いてきたところである。

母はそういう仏教的観念の中に、老い、やがて死ぬ存在である自らを見て、「いよいよ見まくほしき君かな」と息子への愛情を吐露する。いとしくかわいがってきた息子に会いたいと望む母の歌は、切実感に満ちているが、その切実感は、『万葉集』や『うつほ物語』の父母が一人っ子を遣唐使という公の仕事に行かせなくてはならない時に感じた公に対する私的で個別的な感情に根ざしている。

そういう母の切実な歌を見て、息子は歌を詠むのだが、従来、この歌はあまり評判がよくない。俵万智『恋する伊勢物語』は、この歌は「なんとなく迫力に欠ける」、とくに、「なくもがな」が「願望でとどまっているところ」に、「あきらめのようなものを感じさせる」と述べている。注釈書においても『新潮日本古典集成』が「贈歌の実感に答歌が追いつけないでいる感じが強い。息子に会いたくてたまらない母親と仕事に忙しい息子との、食い違いがあるように見える」と評している。

また、母の歌は息子に贈られたものだが、息子の和歌は母への答歌として構想されているのではなく、「親の長寿を祈念する子の一般的な思い」を独詠歌として詠んだもので、「物語は母宮の和歌によって頂点に達して」おり、息子は「母宮が感じ取っている切迫感を充分に受け切れていない」のだとする説（西一夫）もある。

一方で、「さらぬ別れのなくもがな」には、息子の「運命をみつめる醒めて透徹した目」、つまり息子の母を思う気持ちや涙に偽りはないし、その「祈り」も真率なものであるが、「しかしそれでも「別れ」はいつか必ず来るのであり、男には確実にやってくる母の死という運命がよく見えて」いるのだと解釈する説（内藤明）もある。息子の歌をどう解釈したらよいのだろうか。

母が仏教的観念の中に自らを位置づけ、息子に会いたいと個別の感情を表出したのに対して、息子は、「世の中にさらぬ別れのなくもがな」と、母の提示した仏教的観念そのものを否定しようとする。相手の歌の言葉の一部を引き取って、それを否定的に切り返すというのは、和歌を贈答する際の一つのパターンである。

「世の中」というのは、「人は必ず老いて死ぬ無常の世の中」という意味の仏典語であり、**探究のために**で触れるが、先ほどの山上憶良もそれを歌語として何度も使っている。息子は、それが「世の中」に生きる人間にとって無理であることは承知の上で、「さらぬ別れのなくもがな」と、仏教的観念を否定しようとする。だから「なくもがな」という願望には、「あきらめのようなもの」が感じられるのだ。しかし、その上でなお、仏教的観念を否定したいという思いを、その思いは自分一人の私的で個別的な感情ではなく、親への愛情を抱えたすべての「人の子」のものなのだからと訴えるところに、この歌の強さがある❺。**探究のために**で述べるが、「人の子」とは、親の長寿を祈る全世界の、すべての子の意である。

母が無常な世を生きざるをえない自らの身に視点を置き、そこから自らの個別の情を表出するのに対して、息子は、その立場からふっと飛躍し、全世界の親を思う子を俯瞰《ふかん》するような視点から、彼ら彼女らの、仏教的観念を越えてしまうほどの強い親への愛情を歌うのである。本章段は、母と息子の「食い違い」を描くのではなく、母の個別的で切実な想いを表出した歌と、その想いを受けとめつつ、人は死ぬものだという仏教的観念そのものを否定してしまいたいと歌う息子の歌によって、親子の愛情の交流を描くのである。

◆◇探究のために◇◆

▼「一つ子」という設定　「一つ子」は一人っ子のこと。『万葉集』には、遣唐使として難波から唐に渡る一人っ子の無事を祈る母親の歌がある。

天平五年癸酉《きゆう》、遣唐使の船、難波《なには》を発《た》ちて海に入りし時に、親母《はは》の、子に贈れる歌一首
秋萩を　妻問ふ鹿こそ　独子《ひとりご》に　子持てりといへ　鹿子《かこ》じもの　我が独子の　草枕　旅にし行けば　竹珠《たかたま》を　しじに貫《ぬ》き垂《た》れ　斎瓮《いはひべ》に　木綿《ゆふ》取り垂《し》でて　斎《いは》ひつつ　わが思《も》ふ子吾子《あこ》　真幸《まさき》くありこそ　（『万葉集』9・一七九〇）

鹿は五月六月ころに、一匹ずつ子を産む。そういう鹿の生態を序として自らの独子《ひとりご》（一人っ子）が導き出され、その子の無事を祈る母の想いが歌われている。遣唐使という公の役目によって引き裂かれる親子の愛情が、母の視点から一人っ子への愛情として表現されている。本章段の「一つ子」も、公の「宮仕へ」によって引き裂かれる親子の情愛が、母の視点から描かれ、さらに『伊勢物語』に遅れる『うつほ物語』にも、遣唐使として一人っ子を出発させる際の親の悲しみが、次のように記されている。

俊蔭《としかげ》がかたちのきよらに、才《ざへ》のかしこきこと、さらに譬《たと》ふべきかたなし。（中略）俊蔭十六歳になる年、唐土舟《もろこしぶね》いだしたてらる。（中略）父母かなしむこと、さらに譬ふべきかたなし。一生に、ひとりある子なり。

▼「さるに」の働き　「さるに」について、『全訳読解古語辞典』第四版（三省堂）に、「（前に述べたことを逆接的に次の文に続けて）それなのに。しかし。ところが。」の用例として当該部分を引く。が、その場合、前文までの何が逆接になっているのかは明らかではない。『例解古語辞典』第三版（三省堂）は「次の例［84段］は、「さるほどに」という伝本があり、その方がわかりやすい。」としている。『日本国語大辞典』は「さるに」を接続詞とし、「①先行の事柄

を受けて、後続の事柄が起こることを示す。すると。そうこうするうちに。さるほどに。②先行の事柄に対し、後続の事柄が反対、対立の関係にあることを示す。ところが。しかし。」と規定し、当該部分を①の用例として掲載する。注釈書では、森野宗明が、「通説は、接続詞として、ところが、と訳すが、〈さる（間）にの意〉とみる」とする。『日本国語大辞典』、森野宗明に従う。

▼**「さらぬ別れ」の解釈**　「さらぬ」に不可避の意を込める用例は、韻文では当該歌とその本歌取り、引き歌に限られ、散文では「えさらぬ馬道の戸をさしこめ」（『源氏物語』「桐壺」）というように、「えさらぬ」とされるのが普通である。ただし、『竹取物語』には「この月の十五日に、かのもとの国より、迎へに人々まうで来むず。さらず、まかりぬべければ、おぼし嘆かむが悲しきことを、この春より、思ひ嘆き侍るなり」とある。月の都から迎えが来たら、「どうにも避けられず」、月の都へ行かねばならない、と不可避にとることも可能だが、ここを「拒まず、逃げ隠れせず」と解する説もある。

注釈書でも、「さらぬ」を不可避とするのが通説。その上で、『日本古典文学大系　古今和歌集』は、「今は勝手に避けないのではなく、避けることができないので、結果的に避けないので、避けられない意になる」と説く。また、慶野政次は、「「えさらぬ別れ」の「え」が、音数の制約で省略されたもの」とする。また、竹岡正夫は、「表現どおりに「別れ」の方が私を避けない」と解し、「年をとっていくと、その果てに、こちらを避けない「別れ」が待ち構えているという認識のしかた」とする。一方で、「さあらぬ別れ」（そうでない別れ、普通でない別れ）説もあるが、指示語「さ」がどのような別れを指すのかは明確でない。

なお、竹岡正夫は、『白氏文集』「送春」の「唯《た》だ老いのありて到り来る、人間《じんかん》に避くる処無し」（ただ老いだけがあってこちらにやってくる。しかしこの人の世にそれを避けるところはない）がふまえられていると指摘する。あるいは、五世紀に編述された『正法念処経』という仏教経典には、「堅強にして避くべからず。是《か》くの故に名づけて死と為す」（手ごわく絶対に避けられない。そのためこれを死というのである）などと記されており、本章段の「さらぬ別れ」も、仏教的観念をふまえた表現かと思われる。

▼「世の中」という歌語　『伊勢物語』七十七段「安祥寺」、七十八段「山科の禅師の親王」では葬儀や追善法要が行われており、当時仏教的観念は広く行き渡っていた。すでに『万葉集』には「生きている限り老いや死を免れることはできないという仏教的観念」としての「世の中」が、柿本人麻呂（『万葉集』2・二一〇）に見え、特に山上憶良はこの仏典語由来の歌語を多用した。以下、「世間《よのなか》の住《とど》り難《がた》きを哀《かな》しびたる歌」の一節を引いておく。年月は流れるように過ぎ去り、次々と追いかけてくるものは生老病死とさまざまに形を変えて迫ってくる。世の中はそういう無常なものだ。命は惜しいけれど、いかんともできない、といった意。

世間《よのなか》の住《とどま》り難《がた》きを哀《かな》しびたる歌
世間《よのなか》の　術《すべ》なきものは　年月は　流るるごとし　取り続き　追ひ来るものは　百種《ももくさ》に　迫め寄り来る（中略）世の中や常にありける　たまきはる　命惜しけど　せむ術も無し　（『万葉集』5・八〇四）

▼「人の子」の解釈　現行の注釈書の多くは、「千年もと祈る子のために」（竹岡正夫）、「千年も生きてくださるようにと祈る子の、私のために」（『新編日本古典文学全集　伊勢物語』）というように、「人の子」を「子である私」とする。こういう解釈は本居宣長『古今集遠鏡《とをかがみ》』（一七九七年刊）が、横井千秋説を引き、「人の子」とは自分のことであるとし（**資料A**）、それを継承した藤井高尚『伊勢物語新釈』（一八一八年刊）が「人の子」の「人の」は軽く見るべきだとした

（**資料B**）ことに始まる。それ以前は、賀茂真淵『古今集打聴《うちぎき》』（一七八九年刊）が、「人の子」とは広く世の中の、親を思う子に私が含まれていると理解しつつも、このような時、広く世の中の子にまで考えをめぐらすだろうかとの疑問を提示し、ただ自分のことを「人の子」といったのではないかと付記するに留まっていた（**資料C**）。

さらに古い室町期の注釈書では、牡丹花肖柏『伊勢物語肖聞抄』（十五世紀末）が、宗祇講義の聞き書きとして、「人の子」とは自分のことを言うのではなく「一切の人の子の心」であり、そのなかに、自分も含まれるのだと解釈しており（**資料D**）、それは、清原宣賢『伊勢物語惟清抄』（十六世紀半ば）が三条西実隆講義の聞き書きとして、「世の中に生死の別れがなければよい。一切衆生の子であるもののために。」と記す（**資料E**）のように、かなり仏教的な解釈であった。

鑑賞では、「世の中」や「さらぬ別れ」に仏教的観念を見出すとともに、「人の子」にも室町期の注釈書に示される「一切衆生の人の子の心」という仏教的観念を読み取り、そこに母の歌と息子の歌の視点の違いを見た。（遠藤耕太郎）

【資料】

A　本居宣長『古今集遠鏡《とをかがみ》』

千秋云、人の子と云は、親にむかへて、たゞ子といふこと也。人のおやといふも、たゞ親也。これ古語の例也。

（現代語訳：横井千秋が言うには、「人の子」というのは、親に対して、ただ子ということだ。「人の親」というのも、ただ親である。これは古語ではよくあることだ。）

B　藤井高尚『伊勢物語新釈』

人の子とはたゞ子と云意にて、こゝはわが事也。人のと云はかろく見るべし

（現代語訳：「人の子」とはただ「子」という意味で、ここは自分のことである。「人の」というのは軽く見るべきだ。）

C　賀茂真淵『古今集打聴《うちぎき》』

人の子とは、広く世の中をいひて、さて我事はこもれり。され

ど、か﹅る時、他の事までもおもひめぐらすべからず。ただ我を人の子と云るなるべし。

（現代語訳：「人の子」とは広く世の中の親子関係における子をいうのであり、自分のこともそこに含まれている。しかし、このような時に、世の中一般の親子の関係に思いをめぐらすことがあるだろうか。やはり、ただ自分を、「人の子」といったのだろう。）

D　牡丹花肖柏『伊勢物語肖聞抄』

我上をば言はず、一切の人の子の心をよめる也。されば「世の中にさらぬ別れのなくもがな」といへる也。かくいふうちに我心はこもるべし。

（現代語訳：自分自身のことは言わず、一切の人の子の心を詠んでいるのだ。だから「世の中にさらぬ別れのなくもがな」というのである。その中に自身の心も籠っているのだ。）

E　清原宣賢『伊勢物語惟清抄』

我身一ツノ上ヘハ、カケズシテ、世間ヘカケテ云也。世ニ生死ノナクモアレカシ。一切衆生ノ子タルモノ、タメニ、ヨカラント云リ、此内ニ我モ即チコモレリ。

（現代語訳：自分自身のこととしてではなく、世間のこととして詠んでいる。世の中に生死の別れがなければよい。一切衆生の子であるもののために、それがよいはずなのだ、ということだ。その中に自分自身も籠められているのである。）

惟喬親王の墓（京都府京都市）

お別れの歌…と見せかけて

目離れせぬ雪・八十五段

むかし、男ありけり。①童《わらは》より仕うまつりける君、②御髪《ぐし》おろしたまうてけり。睦月《むつき》にはかならずまうでけり。おほやけの宮仕《みやづか》へしければ、常《つね》にはえまうでず。されど、③もとの心うしなはでまうでけるになむありける。④むかし仕《つか》うまつりし人、俗《ぞく》なる、禅師《ぜんじ》なる、あまた参り集りて、睦月《むつき》なればことたつとて、大御酒《おほみき》たまひけり。雪こぼすがごと降りて、ひねもすにやまず。みな人酔《ゑ》ひて、⑤雪に降《ふ》りこめられたりといふを題にて、歌ありけり。

⑥思へども身をしわけねば目離《か》れせぬ雪の積るぞわが心なる

とよめりければ、親王《みこ》、いといたうあはれがりたまうて、⑦御衣《ぞ》ぬぎてたまへりけり。

【現代語訳】

むかし、男がいた。子どもの頃からお仕えしていた主君が、出家してしまわれたのだった。（しかし）正月には必ず参上していた。天皇家へのお仕えがあるので、常に（出家してしまわれた君のところへ）参ることはできない。それでも、もともと仕えていた頃の忠誠心をなくさずに、（正月には必ず）参っていたのだ。昔仕えていた人は、俗にある人も、僧になった人も、たくさん参り集まって、（親王は）正月なので特別だとして、大御酒を下さった。雪がこぼすように降って一日中やまない。集まった人みなが酔って、「雪がひどく降って外に出られなくなった」ということを題にして、歌があった。

（昔と変わらず君のことを）思っているけれども身を分けるこ

とができないので、もうおいとましなければなりませんが、しませんか。（親王から）おいとますることのない雪、その雪が積もっていることこそ私の心です（常に親王のおそばにあります。）

と詠んだので、親王はとてもひどく感嘆して、お召しになっている衣服を脱いで（褒美として）下さったのだった。

【語注】

①童より仕うまつりける君…子どもの頃からお仕えしていた主君。最終行に登場する親王のこと。男と親王が登場する本章段は、八十二段（162ページ）、八十三段（178ページ）とともに惟喬親王章段とされているが、史実では業平のほうが惟喬より十九歳年上で、本章段での男と親王の関係とは異なる。

②御髪おろしたまうてけり…出家してしまわれたのだった。「君」の出家を指す。

③もとの心…「君」が出家する前、もともと仕えていた頃と同じ忠誠心。

④むかし仕うまつりし人、俗なる、禅師なる…昔仕えていた人は、俗にある人も、僧になった人もみんな。「俗なる」は在俗の人、「禅師」は語義として禅定に達した高僧、僧の敬称でもあるが、一般に法師のことをこう呼ぶこともある。ここでは親王を追って出家した僧のこと。

⑤雪に降りこめられたりといふを題にて…雪がひどく降って外に出られなくなった、ということを題として。「られ」は受身の助動詞。「〜に…れる／られる」の形で用いられる助動詞だが、多くは「〜に」に当たる部分が人間またはそれに準じるもので、迷惑の感情を伴う。しかしここでは「雪に」とあって無生物が動作主となる、いわゆる非情の受身である。

⑥「思へども」歌…「目離れ」は目が離れること、疎遠になること。この歌の中では「目離れせぬ」は四句目の「雪」にもかかり、掛詞のように機能している。まず上の句の流れでは、「（君のことを昔と変わらず）思っているけれども身を二つに分けることができないので、もうおいとましなければなりませんが、しません」の意味を持つ。そして下の句「雪」にもかかって「（親王から）おいとますることのない雪、その雪が積もっていることこそ私の心です（常に親王のおそばにあります）」となる。本歌については**探究のために**参照。

⑦御衣ぬぎてたまへりけり…お召しになっている衣服を脱いで（褒美として）下さったのだった。「御衣」は衣服の敬称。

◆◇鑑賞のヒント◇◆

❶「男」と「君」の人物像は、それぞれどのようなものだろうか。
❷この章段の中で「雪」は、「男」や「君」にとってどのような存在なのだろうか。
❸題「雪に降りこめられたり」にはどのような意図があるのだろうか。
❹「男」が詠んだ和歌にはどのような思いが込められていたのだろうか。
❺詠まれた歌のどのような点が評価されたのだろうか。

◆◇鑑賞◇◆

「男」と「君」との君臣関係を描いた章段。出家した主君のもとへ、正月のあいさつに参った男の話である。物語はある男が幼い頃からお仕えしていた主君（親王）が出家してしまったところから始まる。出家表現には「頭おろす」や「御髪おろす」などが用いられるが、「御髪おろす」とされるのは天皇や后とされている。この章段では一貫して、「君」がかつてのような求心力を持つ人物として描かれ、その場の最大権力者としてふるまう。ここで用いられた「御髪おろす」という出家表現も、場の主として、親王が天皇に準じる存在だとして用いられている。この、出家してしまった主君のもとに正月には必ず参上していたのが、男だ。この男には普段は「おほやけ」の宮仕え、つまり天皇家へのお仕えという本来の仕事があって、頻繁に親王のもとに参上することはできない。しかし本来の仕事ではなくとも、もともと仕えていた頃と同じように親王への忠誠心を持つ自分の心情に沿って正月の拝賀は欠かさないのだ。誠実な男である。ただそれは男一人に限ったことではない。かつて親王のところに仕えていた人みなが、立場に関係なく、それも宮中行事の多くある「睦月」に、出家した親王のもとに集まるのだ。これは特殊なことで、それほど親王には求心力があるのだろう❶。

集まった人々と皆で酒を飲み、かつてのような時間を過ごす。雪は一日中やまないままである。そして「雪がひどく降って外に出られなくなった」という題が出され、歌が詠まれるのだった。この雪の描写は単なる風景ではなく、親王や男にとってそれぞれどのような存在なのかを読み取りたい。まず親王にとってこの深く積もる雪は、俗世と離れて暮らすこと、人の訪れが稀であることの象徴であり、なおかつこの状況においては宴が進み、おひらきの時間が近づくことも感じさせる、好ましくないものだった。雪に降りこめられたという題は、負のイメージが前提となっている。それに対して男が詠んだ和歌は、この負のイメージを反転させるものだ。歌は「思へども身をしわけねば」と始まり、別れの歌であることを予期させる（**探究のために**参照）。しかし三句目は「目離れせぬ（お別れしない）」となって聴衆の関心を引くのだ。「目離れせぬ」は四句目の「雪」にもかかり、降りやまない雪を擬人的に捉えることで、常に親王とともにあるものとし、そしてそれは自身の心と同じだ、という。男にとって雪は、親王を見守る存在という好意的なもので、自分自身とも重ねられる存在なのだと言って見せるのだ❷。

題を提示した親王にはどのような意図があったのだろうか。題の「雪がひどく降って外に出られなくなった」というのは、つまり「時間は過ぎた。そろそろおひらきにしようか、というところだが、外には出られないぞ。さぁここで一首」というものか。本文には「みな人酔ひて」とあって、酔っぱらったうえで題が出されたとある。実景として外に出られないほどの雪が降っている必要はなく、そう言いたくなるほどに一日中降ったこの雪を題に、みなが集まって楽しく過ごした時間もそろそろ終わりというこの場面で歌を詠めというのだ。親王の心には、おひらきにしなければと思いつつも、帰らせたくはない、かつてのような時をもっと一緒に過ごしたいという思いがあったはずだ❸。

このような題に対して男が詠んだ歌は巧みだ。もうおひらきの時間という意図を承けた別れの歌と思わせる詠み出しから、三句目でそれをしないと詠み、さらにこの疎ましくもある雪を好意的に捉えなおす。題どおりの、別れの歌を詠むと思わせつつ、親王の心のうちにあるであろう、みなを引きとどめておきたいという気持ちを掬い取り、おいとましない、雪とともに親王のおそばにあります、と詠んでみせるのだ❹。

親王は「あはれがりたまうて」、しみじみと、心から感動する。自分の心のうちまでも気遣われ、宴の場にふさわしい聴衆のハラハラドキドキを誘う歌が詠まれたのだ❺。褒美となったのは親王が着ていた衣服。「出家して僧の姿になった親王が「御衣脱ぎて、賜へりけり」というようなことをするのかどうか疑問」（片桐洋一）ともされ、僧の衣服が褒美にふさわしい代物かどうかという向きもあるが、ここは男と親王の君臣関係を表現する方法の一つとして解しておけばいいだろう。章段を通して場の主とされる親王が、着ていた衣服を脱いで褒美として与えるというのは、ここでは最大級の賛辞に値する。

◆◇探究のために◇◆

▼和歌の解釈　この章段で男が詠んだ和歌を解釈するためのポイントは、本歌の存在と、書いて贈られた歌という設定ではなく、その場で詠まれた歌として理解することだ。男が詠んだ「思へども」の歌は**資料A**に挙げた『古今集』

歌の上の句を用いており、それを改作したものとされている。資料A歌は「別れることは避けられず、身は供にできないので、心だけでも」というもの。皆が酔い、宴も終盤に差し掛かったところで求めに応じて詠まれた歌が「思へども身をしわけねば」と始まったら、聴衆は『古今集』歌のように別れの歌として聴きはじめる。身を分けることはできないので心だけ、という惜しみつつ別れる歌を想定するだろう。しかし男の歌は「目離れ、せぬ」と続けられ「お別れ、しない」となって聴衆の関心を引くのだ。ここがその場で詠まれた和歌ならではのおもしろさだろう。お別れしないでどうするのか。定番の流れではなくなり、次の展開に期待と不安が入り混じる。「目離れせぬ」は四句目の「雪」にもかかり、「目離れせぬ雪」、つまり降りやまない雪を擬人的に捉え、親王の籠るこの地で降りやまない雪は親王から離れることはない、見守る存在だとして好意的に捉えなおすのだ。そしてその雪が私の心だ、という。雪深いこの地で常に親王を見守る存在である雪に、自身の心が重ねられるのだ。素直にお別れをいうものかと思わせつつ、題の意図も「雪」のイメージをも反転させてみせる一首となり、親王の本心を掬い取った歌となったのだ。お別れしないためにお別れの歌を用いるのが、この男の歌だった。

▼題の問題　「題」という語は『伊勢物語』中、他に七十七段「安祥寺」、八十二段（162ページ）、百一段「あやしき藤の花」に用いられる。この章段と同様に文として、つまり場面が題とされたのは八十二段の「交野を狩りて、天の河のほとりにいたるを題にて」である。題を設定して詠むという方法は、上代から宴席などで行われはしていたものの、盛んになるのはまだ先で、この時代に「題」という語が用いられている例はそれほど多くない。『古今集』には四例見いだせるが、片桐洋一は「題」という語は「帝王・上皇・皇后などの貴権主催の歌の場において、召しに応じて和歌を奉る行為」と深く結びついていると指摘しており、それを承けて山本登朗は、『伊勢物語』で敬意の対象と

なった惟喬親王にも同様に用いられたと指摘している。この章段では題を提示したのが親王であると明確に書かれたわけではないが、状況から察するに、親王が示したものと考えていいだろう。

さて題の内容を考えてみると、問題となるのは雪をどのような素材として捉えたかだ。雪は冬の美であり、降雪を愛でることが行われてきた。『枕草子』冒頭「春はあけぼの」の「冬はつとめて。雪の降りたるは、言ふべきにもあらず」は当然思い起こされる。和歌に詠まれる雪は

春たてば花とや見らむ白雪のかかれる枝にうぐひすぞなく　（『古今集』春上・六）

とあるような、花に見立てるものがよく見られ、その方法は「時まどはせる花」、「春に知られぬ花」、「巌にも咲く花」など数多くある。

この章段で描かれる「雪」には、いくつかの捉え方がある。まず題を示した親王は雪を「道を閉ざすもの」としている。このような視点は

わがやどは雪ふりしきてみちもなしふみわけてとふ人しなければ　（『古今集』冬・三二二）
ゆきふりて人もかよはぬみちなれやあとはかもなく思ひきゆらむ　（『古今集』冬・三二九）

などの歌が参考になろうか。また、男は「雪」の景に詠者の心を重ねている。こう考えれば**資料B**に挙げた歌が参考になろう。古注釈や森本茂は、男の歌の下の句は**資料B**の歌を引いたとする。しかし男が詠んだ「雪」は、「目離れせぬ」もの、見守る存在である。この詠みぶりは当座においてのみ有効な見方で、「雪」を詠む歌としては珍しい視点だ。

また、「降りこめられ」たことを詠んだ歌の例を**資料C・D**に挙げた。「雨」に降りこめられた「こと法師」の歌

（**資料C**）は、深山で修行をする戒仙に会った法師が、雨と区別できないほどの感激の涙だと詠んだもので、降りしきる雨の景に自身の心情を重ねたもの。「雪」に降りこめられた能因の歌（**資料D**）は、かつて住んでいた地では時雨の季節であったのに、はやくも降りしきる北国の雪に驚いた、新たな発見を詠んだもの。これらの例はあるが、「降りこめられた」歌というのはあまり例がない。この章段で詠まれた和歌は、題の「雪に降りこめられた」という状況も、男が捉えた「雪」の視点も、この場に即してのもので、地の文と深く結びついた和歌である。

▼八十三段との共通要素、相違要素　この章段は八十二段、八十三段（178ページ）とともに惟喬親王章段として享受されている。ただしこの章段に「惟喬」の名はなく、冒頭も「むかし、男ありけり。」とあって他の多くの章段のように、ある男の話として語られる。しかし先の章段を読んだ者には、親王の出家、正月の拝賀、男には「おほやけ」の宮仕えがあること、雪深い地といった八十三段の後半部と共通要素が多く、惟喬親王と業平の物語を想起させるものとなっていることは否めない。ただこの共通要素も、記述のされ方やその意味するところは異なる。

		八十五段において	八十三段において
共通要素	親王の出家	単に出家したことが記される	突然の出家だったと記される
	正月の拝賀	正月には必ず参上していた	このときの参上が正月だった
	「おほやけ」の宮仕え	いつもは参上できない理由	拝賀ののちの辞去の理由
	降雪	滞在中の風景→題→親王を見守るもの	参上する道のりの困難さ
相違要素	主人公の男	男（匿名）	馬の頭なる翁（業平を暗示）
	親王のもとを訪れる人	かつて仕えていた人たくさん	馬の頭（業平）一人
	男が詠む和歌	題詠であり、宴の歌	辞去の歌

大きな相違もある。八十三段では親王のもとを訪れたのは業平一人のように描かれ、突然の出家を悲しみながら和歌を詠み、辞去する。それが八十五段では多くの人が集まり、詠まれる和歌は題詠で宴の場の歌である。「雪」は両章段に共通する景だが、八十三段では道のりの困難さとして描かれ、それは最後まで変わらない。八十五段では男が詠んだ和歌の中で人事（自分の心）と重ねられ、擬人化することで、親王を見守る存在という好意的なものに変わり、章段の雰囲気を正反対のものとさせるのだ。

▼匿名性　相違要素にも挙げたように、「男」は業平、「君」は惟喬親王を想起させるが、章段中では匿名である。章段の冒頭は「むかし、男ありけり。」とあって他の『伊勢物語』章段のように人物を特定しない書き方で始まる。「男」と「君」との関係も「童より仕うまつりける君」として史実とは異なる関係として説明する。この部分はかつて「惟喬親王が幼少の頃から、業平がお仕えしてきた」と解釈されたこともあるが（肖聞抄、宗長聞書、闕疑抄、拾穂抄。臆断でそれが否定される）それでは敬語の用法や文脈上に問題がある。ここは虚構表現として理解すべき箇所。

人物を匿名にすることは、八十三段を読んだ読者に、先の章段とは異なる結末を提示することを可能にする。既視感を覚えつつも、似て非なる展開をするこの章段を受け入れることができる設定だ。八十三段では業平と親王の二人の物語として、八十五段ではたくさんの人とともに過ごした宴の物語として、それぞれ独立させている。『伊勢物語』は「むかし、男ありけり。」として各章段が個々の独立したストーリーを形成しているように見せている。その題材は恋であったり、親子関係であったり、あるいは君臣関係であったり、多様な人生の側面を描く。この八十三段と八十五段の関係も、出家した主君のもとへ行くという共通の素材を、二つの側面から描いているのだ。（田原加奈子）

【資料】

A 『古今集』離別・三七三

あづまの方へまかりける人によみてつかはしける

いかごのあつゆき

おもへども身をしわけねばめに見えぬ心を君にたぐへてぞやる

(現代語訳：東国地方へ下った人に詠んで贈った歌

あなたのことを深く思っているのだけれど、身を二つに分けることはできないので、人の目には見えない私の心をあなたに連れ添わせて一緒に行ってもらいましょう。)

B 『古今集』雑下・九七八(躬恒)、九七九(宗岳大頼)

宗岳大頼がこしよりまうできたりける時に、雪のふりけるを見ておのがおもひはこのゆきのごとくなむつもれるといひけるをりによめる

君が思ひ雪とつもらばたのまれず春よりのちはあらじと思へば

返し

君をのみ思ひこしぢのしら山はいつかは雪のきゆる時ある

(現代語訳：宗岳大頼が北陸から上京してきた時に、雪が降ったのを見て、「(あなたに会いたい)私の思いはこの雪のように積っています」と(私に)向かって言った時に詠んだ歌

あなたの思いが雪となって積るのなら頼みにできません。春以後は雪も消えてなくなり、あなたも都にはいなくなるだろうと思われますから。

返し

あなただけを思ってはるばると越えてきた越路の白山では、いつ雪が消える時があるでしょうか。)

C 『後撰集』雑二・一一三三

戒仙がふかき山でらにこもり侍りけるに、こと法師まうできて、雨にふりこめられて侍りけるに

よみ人しらず

いづれをか雨ともわかむ山ぶしのおつる涙もふりにこそふれ

(現代語訳：戒仙が奥深い山寺に籠っていたときに、別の法師がやってきて、雨にふりこめられていたので(詠んだ歌)

よみ人しらず

どちらを雨だと区別することができるでしょうか、いえ、できません。山伏である私の、(深山で修行しているあなたの姿を拝見して感激のあまり)落ちる涙が降りに降っているので。)

D 『能因法師集』一一六

冬、雪ふりこめられて

千はやぶるかみな月ぞといひしより降りつむものは峰の白雪

(現代語訳：冬に、雪に降りこめられて(詠んだ歌)

(ちはやぶる)神無月となってからずっと、降り積もっているのは山の峰の白雪であるよ。)

現代文化における『伊勢物語』の受容

『伊勢物語』は、今でもなお人々に愛されている古典文学である。例えば、動画や画像の投稿サイトを「伊勢物語」で検索すると、さまざまな自作マンガやイラスト、アニメ作品が並んでいる。つまり、『伊勢物語』は、現代においても創作意欲を刺激する作品であると言えよう。ここでは、具体的な作品を見ていきたい。

文字作品としては、文筆家による現代語訳・小説化・エッセイに分類できよう。現代語訳としては、作家田辺聖子の『現代語訳　竹取物語・伊勢物語』（岩波現代文庫）は、抄出ながらかなりの章段を網羅している。歌人俵万智の「伊勢物語」（『21世紀版少年少女古典文学館第2巻　竹取物語・伊勢物語』講談社）は、子供向けの抄出ではあるが、和歌を全て三十一文字の現代短歌にし、地の文の創作度も高い意欲作である。両者は、エッセイ（田辺聖子『文車日記―私の古典散歩―』新潮文庫、俵万智『恋する伊勢物語』ちくま文庫）で、ともに『伊勢物語』を「恋の見本帳」「恋の見本市」と捉えている。近年刊行された作家川上弘美「伊勢物語」（『池澤夏樹＝個人編集日本文学全集03』河出書房新社）は、全訳であり、「昔、男ありけり」の「昔」を全て割愛し、改行が多く、和歌の主語・目的語などを明記するが、これはゆっくり味わって読むためのしかけであろう。川口松太郎『在五中将在原業平』（講談社）と三田誠広『なりひらの恋　在原業平ものがたり』（PHP研究所）は、『伊勢物語』をもとにした業平の一代記の小説であるが、両者の業平像には大きな開きがあり興味深い。日本古典文学を早い時期に少女小説に取り入れた倉本由布『きっと夢みてる―平安夢紀行―』（コバルト文庫）は、十三歳の主人公が平安時代にタイムスリップし、高子と業平の恋を見つめるというものである。野村美月「半熟作家と〝文学少女〟な編集者」（『同題』ファミ通文庫）は、初段や六十九段を作中に取り入れた小説である。

ところで、現在古典文学作品が数多くマンガ化されている。一口にマンガと言っても、作品内容を知るための学習参考書マンガ（例えば、平田喜信監修『くもんのまんが古典文学館伊勢物語』など）とエンターテインメントとしての商業誌マンガがある。前者は現代語訳的であり、後者は小説的と言えよう。紙幅の関係から、後者を中心に紹介したい。古典作品のマンガ化も多い木原敏江『伊勢物語』（クイーンズコミックス）は、二条后関連章段など有名章段以外にも、六十二段を含むのが貴重。細村誠「伊勢物語」（『NHKまんがで読む古典3　源氏物語・伊勢物語』ホーム社漫画文庫）は、一九九〇年NHK総合テレビ「まんがで読む古典・伊勢物語」を独自に脚色したもので、惟喬親王関連章段も含み『伊勢物語』の恋物語以外の側面も示している。永久保貴一原作・紅林直『超訳伊勢物語　月やあらぬ』（芳文社）は、『伊勢物語』に関する数少ない男性向けマンガである。なお、黒鉄ヒロシ『マンガ古典文学　伊勢物語』（小学館）は、「〝全段〟初漫画化」と銘打ってのものだが、百十五～百十八段などは、「それぞれに歌一首か二首。さほどに凄いとも思えない。」とまとめられており、注意が必要。読み切りマンガにおいては、歴史少女マンガを多数描く河村恵利の「野の宮」『時代ロマンシリーズ⑱平安怪盗伝』（プリンセス・コミックス）は、先触れの女童がいつの間にか斎宮に変化し、ともに夜を過ごすという解釈が斬新な斎宮関連章段の作品である。また、日本の古典文学を題材にした作品が多い長岡良子は「華麗なる愛の歴史絵巻シリーズ」（ボニータコミックス）で、「夜の真珠」『夢としりせば』、「蛍の森の…」『花散里の物語』、「梓弓」『うたかたの曜』で、それぞれ二十三段、四十五段、二十四段を典拠としたマンガを描いている。

以上、駆け足で見てきたが、その他にも『伊勢物語』をもとに作られた作品は多い。

（岩田久美加）

もらって嬉しいラブレターって？

涙川・百七段

むかし、①あてなる男ありけり。その男のもとなりける人を、②内記《ないき》にありける③藤原《ふぢはら》の敏行《としゆき》といふ人よばひけり。されど、若ければ、文《ふみ》も④をさをさしからず、ことばも言ひ知らず、いはむや歌はよまざりければ、かのあるじなる人、案《あん》を書きて、書かせてやりけり。めでまどひにけり。

さて、男のよめる、

つれづれのながめにまさる　⑤涙川袖《なみだがはそで》のみひちてあふよしもなし

返し、例の、男、女にかはりて、

浅みこそ袖《そで》はひつらめ涙川身さへ流ると聞かば頼まむ

と言へりければ、男いといたうめでて、今まで巻きて⑥文箱《ふばこ》に入れてありとなむいふなる。

男、文《ふみ》おこせたり。得《え》てのちのことなりけり。「雨の降《ふ》りぬべきになむ、見わづらひはべる。⑦身さいはひあらば、この雨は降《ふ》らじ」と言へりければ、例の、男、女にかはりてよみてやらす、

数々《かずかず》に思ひ思はず問ひがたみ⑧身を知る雨は降《ふ》りぞまされる

とよみてやりければ、蓑《みの》も笠《かさ》も取りあへで、しとどに濡《ぬ》れてまどひ来にけり。

【現代語訳】

昔、高貴な男がいた。その男のところにいた人を、内記であった藤原敏行という人が求婚した。けれども、（男のところにいた人は）若いので、手紙も一人前に書けず、ものの言い方も知らず、まして歌は詠めなかったので、その主人である人（高貴な男）が下書きを書いて、（それを女に）書かせて届けた。（敏行は）感激して舞い上がってしまった。

さて、男（敏行）の詠んだ歌は、

（長雨で水かさが増していくのを見ながら）あなたを思ってぼんやりしていると、私の涙も川になって袖がぬれるばかりで、会うこともできない。

返しの歌は、例によって、（主人の）男が女に代わって、

（あなたの私への思いが）浅いからこそ袖だけがぬれるのでしょう。その涙の川に袖だけでなくあなたの身まで流されると聞いたら信頼しましょう。

と言ったので、男（敏行）は、すっかり感激して、今まで（その手紙を）巻いて大切に文箱に保管してあるということだ。

男（敏行）が手紙をよこした。（この女を）手に入れた後のことだった。「雨が降りそうなので、（空模様を）見て悩んでおります。（私の）身に幸運があったら、この雨は降らないでしょう。」と言ったので、例によって、（主人の）男が、女に代わって詠んで届けさせる。

あれこれと（私のことを）思うのか思わないのか尋ねることも難しいので、（私の）身に幸運があるならば降らないという雨がますます降り、私の涙も流れます。

と詠んでやったところ、（敏行は）雨具を手に取ることもできずにびっしょり濡れて慌てふためいてやってきたのだった。

【語注】

①あてなる…高貴な。（参考）「母なむ、あてなる人に心つけたりける。」（十段「たのむの雁」）、「ひとりはいやしき男の貧しき、ひとりはあてなる男持たりけり。」（四十一段「緑衫の上の衣」）。

②内記…日本古代の律令制官職の一つ。中務省《なかつかさしょう》に所属し、詔勅や位階を授ける際の公文書などを作成するため、文筆の才があり字の上手な者が任命される。

③藤原の敏行…？〜九〇一。藤原南家の陸奥出羽按察使《あぜち》富士麻呂の長子、母は紀名虎《きのなとら》の女《むすめ》で、妻は在原業平の妻の妹（**付録：系図参照**）。八六六年に少内記となり、大内記、権中将、蔵人頭などを経て、従四位上右兵衛督となった。『古今集』には、「秋来《き》ぬと目にはさやかに見えねども風の音にぞおどろかれぬる」（立秋になったと目ではっきりは見えないが、風の音で気づかされる）（秋上・一六九）、「住の江の岸に寄る波夜《よる》さへや夢の通ひ路《かよひぢ》人目避《よ》くらむ」（住の江の岸に打ち寄せる波、そう、夜までも、夢の中の通い路で人目を避けているのだろうか。）（恋二・五五九）、「ちはやぶる賀茂《かも》の社《やしろ》の姫小松《ひめこまつ》万代《よろづよ》経《ふ》とも色は変らじ」（賀茂神社の姫小松は、万代を経ても色が変わることはないだろう。）（東歌・一一〇〇）、など十九首が採られ、後に三十六歌仙に数えられた。能書としても知られ（『江談抄』一―七、二―二十一）、京

都神護寺に鐘銘（国宝）が残る。『宇治拾遺物語』八－四には、女に触れて経を書いた説話が残り、系図（『尊卑分脈《そんぴぶんみやく》』）には「堕地獄人」と記される。

④をさをさし…長長し。立派で優れている。大人びている。整っている。

⑤涙川…涙が流れるのを川の流れにたとえた表現。涙を滝、泉、川などにたとえる表現は漢詩文にもあり、「涙川」は恋や哀傷の歌に多用された。

⑥文箱…書状や願文などを入れて保管したり持ち歩いたりするための箱。

⑦さいはひ…幸運。『源氏物語』などでは、女性が身分不相応な幸運を手にする時に使われることが多い。

⑧身を知る雨…（それによって）わが身のつたなさを知る雨。

◆◇鑑賞のヒント◇◆

❶恋の歌はどのように詠むのだろうか。
❷藤原敏行はどのような人物として描かれているだろうか。
❸雨の中を訪ねてきてくれる男性を、女性はどう思うのだろうか。
❹この話はどこがおもしろいのだろうか。

◆◇鑑賞◇◆

第一段落は、高貴な男、その男のもとにいる女、敏行という三人の、恋文をめぐる物語を概括する部分であり、第二段落、第三段落はその具体例とみることができる。

「つれづれの」歌は、長雨でかさが増していく川の情景に、女に会えないやりきれなさであふれる涙を重ね合わせて表現したもので、巧みである。「袖のみひちて」の「のみ」は強調の意味で、「袖が濡れるばかりで会えない」といっている。これに対する返歌では、それを「袖だけが濡れる」と、限定の意味にあえて取りなすことによって切り返している。かわいげがないようだが、受け身の状態を強いられがちであった当時の女は、このように歌で駆け引きをしながら相手の真意を確かめる必要があった。このように、「女歌」（女の立場で詠む歌）には男から贈られてきた歌の言葉尻を捉えて切り返すような返歌のしかたがあり、順徳院によって鎌倉時代に書かれた『八雲御抄《やくもみしょう》』（正義部・贈答）という歌学書には、贈答歌の手本としてこの一組があげられている（第四句—袖のみ濡れて）❶。

敏行は感激してこの歌の書かれた手紙を文箱に入れて保管し続けているという。これは、敏行の職掌である「内記」という国家の文書係としては当然とも言える行為だが、恋文にも同じ対応をとっていることを他人が語り伝えているような書き方は特殊であり、真面目人間として描かれていて、笑いを誘う❷（❹）。

次に、第三段落を見てみよう。当時は、大雨が降っている時は外出しないのが普通である。清少納言が、ひどい雨の中を通ってくる男がすばらしいという意見に対して、そんなときにだけ通ってくる男は信頼できないと述べているのが参考になる（資料A）❸。「雨の降りぬべき」は、雨が降るに違いない、今にも降り出しそうな空模様だということで、敏行は「（自分が）幸運ならば雨は降らないから会いに行けるが、雨が降ったら会いに行くことはできない」、「会いに行けなくても私のせいじゃないよ、天の神様の決めたことだからね」という、つまりは行けないことを見越した断りの手紙を届けた。歌も詠まずにこんな手紙を送ってくるあたり、女を手に入れた後の気安さと言ってよいだろう。

返事の歌はいつものように代作だが、「雨は私の涙だ、我が身のつたなさを思い知らせる雨だ」と言っている。敏行の手紙では「身さいはひあらば（私の身に幸いがあれば）」と述べているが、返事はここでも「（私の）身（のつたなさ）

を知る雨」と、「幸い」を敏行（または二人の）のものから女自身のものへと転じている。先ほどはまだ降っていなかった雨が、ここではすでに激しく降っており、この歌を受け取った敏行は、雨具を手にする間も惜しんで慌てふためいてずぶ濡れになって会いに来たのだった。

ちなみに、『古今集』の詞書（**資料B**）では「あめのふりける」とあって、初めから雨が降っていた。それならば、雨で訪ねていけないお詫びの挨拶ということもできる。しかし、『伊勢物語』では「降りぬべき」となっていて、まだ降っていない。つまり、雨が降ることを予想して女に会いに行けない弁解とし、雨に濡れてまで出かけるなどということはあり得ないことと決めつけていた敏行が、返事の手紙のすばらしさに矢も盾もたまらなくなってずぶ濡れになって女のもとに駆けつける物語となっている『伊勢物語』は、『古今集』と比べて、戯画化された敏行の姿を描いている（❷）。

しかも、恋の手紙が主題であるのにもかかわらず、女の影が薄い。女の気持ちや行動はほとんど描かれず、敏行はただ代作された歌に操られているかのように描かれ、明るい笑い話として読めるものとなっている❹。

◆◇探究のために◇◆

▼歌徳物語、しかし女の姿は見えず　当時の若い女性が歌を代作してもらうこと自体は特に不思議ではない。優れた歌に感動した男が女のもとへ来たり戻ってきたりするのも、『伊勢物語』にたびたび見られる「歌徳物語」の枠組みである（二十三段「筒井筒」（88ページ）の幼なじみの女、百二十三段「深草の女」（**資料C**）など）。しかし、この物語では、代作された、男による女歌のみによって物語が進行するのであり、『伊勢物語』のなかでも極めて特殊な設定である。

敏行は、女本人ではなく、代作された歌に翻弄されているのである。

▼業平と敏行　『古今集』では、「つれづれの」歌と「浅みこそ」歌の贈答が、わずかな異同はあるものの、巻十三（恋三）に載せられている（資料D）。また、「数々に」歌は巻十四（恋四）に載せられている（資料B）。そのため、『伊勢物語』の「あてなる男」が、敏行以上に有名な歌人、業平であることは明らかなのである。また、残された系図からは業平の妻の妹が敏行の妻であったことがわかっている。当時の読者もそうした知識を前提としてこの物語を読んでいたのであろう。そうだとすると、この物語の女に、業平の召人（身分が低く妻にはなれない女）などを想定する必要はなく、手紙も書けずものの言い方も歌の書きようも知らないというのも、いかにも不自然である。一方、あえて実名で記される敏行自身、優れた歌人で達筆、歌謡にも通じた明るい人柄だったようである。さらに、女に触れて経を書いたために地獄に落ちかけたという説話が残されていることからすると、女性関係も盛んだったと推測されようというものである。

このように考えれば、こんな物語はとても事実とは思われず、姻戚関係にあった業平と敏行との文芸的な遊びとして創作された物語ではないかと想像したくなる。それも、なかなか意味の深い遊びである。というのも、この物語は、理想的な恋歌の詠み方を追究する一方で、誰の歌か、どういう場合の歌かについての共通理解さえあれば、たとえ本人が不在であっても、歌（言葉）が現実の世界を離れた虚構の世界を創っていくことを示しているからである。

▼後の文学への影響　『伊勢物語』以降、「涙川」や「身を知る雨」は優れた歌の表現として記憶され、後の文学に大きな影響を与えていく。

たとえば、『うつほ物語』「菊の宴」では、あて宮が東宮に入内するという噂を聞いた求婚者たちがあて宮に次々に

歌を贈る。実忠《さねさだ》は、

言の葉も涙も今は尽き果ててただつれづれとながめをぞする

（今は言葉も涙もすっかり尽きてしまって、ただぼんやりとしています。）

仲忠《なかただ》は、

涙川浮きて流るる今さへやわれをば人の頼まざるらむ

（あなたを思う涙の川にわが身が浮いて流れるほどになった今になってさえも、あなたは私を頼みに思ってはくれないのでしょうか。）

と、ともに「涙川」の物語をふまえた歌で思いを伝えようとするが、この時は、返歌さえもらえない。二人は、大勢の求婚者たちの中でも有力な候補として登場したのだったが、彼らがどんな歌を詠もうとも、恋が実を結ぶことはない。

『落窪物語』（**資料E**）は、継母にいじめられていた落窪の姫君が少将道頼《みちより》と結婚し幸せになるシンデレラ・ストーリーである。二人の結婚が成立するかどうかという、まさに三日目の晩（コラム「昔男たちはどんな一生を送ったか」34ページ参照）に雨が降り、落窪の姫君や侍女のあこぎが悲しみに暮れているところへ道頼がやってくる、まさに〈幸い〉の象徴とも言える場面のもとになっているのが「涙川」の物語である。

一方、『源氏物語』「浮舟」の例では、浮舟が匂宮と薫の二人から文をもらい、入水に追い込まれていく極めて深刻な状況下で、浮舟が薫に次の歌をしたためる。

つれづれと身を知る雨のをやまねば袖さへいとどみかさまさりて

（所在なく我が身の上を思い知らされる雨がちっとも降り止まないので、私の涙の袖の濡れ具合も増して……。）

このように、『落窪物語』と「浮舟」は対極的な場面であるが、ともに、代作であることや笑い話であることを利用したのではなく、あくまでも恋の贈答歌の規範としてこの物語の歌を利用した。逆に言えば、「涙川」の物語は規範とされるような贈答歌ゆえに成り立つ物語であったのだと言える。

（宮谷聡美）

【資料】

A **『枕草子』「成信の中将は、入道兵部卿宮の御子にて」**

つとめて、例《れい》の廂《ひさし》に、人の物言ふを聞けば、「雨いみじう降るをりに来たる人なむ、あはれなる。日ごろおぼつかなく、つらき事もありとも、さて濡《ぬ》れて来たらむは、憂《う》き事もみな忘れぬべし」とは、などて言ふにかあらむ。さあらむを、昨夜《よべ》も、昨日《きのふ》の夜《よ》も、そがあなたの夜《よ》も、すべてこのごろ、うちしきり見ゆる人の、今宵《こよひ》いみじからむ雨にさはらで来たらむは、なほ一夜《ひとよ》もへだてじと思ふなめりと、あはれなりなむ。さらで、日ごろも見えず、おぼつかなくて過ぐさむ人の、かかるをりにしも来《こ》むは、さらに、心ざしのあるにはせじとこそおぼゆれ。

（現代語訳：その翌朝、いつもの小廂で、人が話をしているのを聞くと、「雨のひどく降る折にやって来た人は、しみじみとした感じがする。日ごろ、はっきりしなくて気がかりで、相手の薄情に苦しむこともあるとしても、そんなふうにして濡れてやって来るならば、辛いこともすっかり忘れてしまうにちがいない」とは、どうしてそんなふうに言うのであろうか。そうではあっても、ゆうべも、昨日の夜も、そのまた前日の夜も、総じてこのごろ頻繁に訪れる男が、今宵ひどい雨にめげないでやって来るような場合は、やはりその男は一晩も隔てないようにしようと思うようだと、しみじみと身に染みて感じるにちがいない。そうではなくて、日頃も訪れず、（女が）不安に思って過ごすような男が、こうした雨のひどく降る折などに限って来るとしたら、それはいっこうに、本当に志があるものとは認められないと思われるのだ。）

B **『古今集』恋四・七〇五**

藤原敏行朝臣の業平の朝臣の家なりける女をあひ知りて文つかはせりけることばに、今まうで来、雨の降りけるをなむ見わづらひ侍ると言へりけるをききて、かの女にかはりてよめりける　在原業平朝臣

数々に思ひ思はず問ひがたみ身を知る雨は降りぞまされる

C **『伊勢物語』百二十三段「深草の女」**

むかし、男ありけり。深草に住みける女を、やうやう飽きがたに

や思ひけむ、かかる歌をよみけり。

年を経て住み来し里をいでていなばいとど深草野とやなりなむ

女、返し、

野とならば鶉となりて鳴きをらむ狩にだにやは君は来ざらむ

とよめりけるにめでて、行かむと思ふ心なくなりにけり。

（現代語訳：昔、男がいた。深草に（一緒に）住んでいた女を、だんだん飽き気味に思うようになったのだろうか、こんな歌を詠んだのだった。

長年一緒に暮らしてきた里を（私が）出て行ったならば、もっと草深い野となってしまうだろうな。

女が、その返事として（詠んだ歌は）、

（そんな）野になったならば、（私は）鶉となってないていることにしましょう。（そうしたら）せめてちょっと、狩をするだけにでもあなたが来ないことがあるでしょうか。

と詠んだのに感心して、出て行こうと思う心がなくなったのだった。）

D『古今集』恋三・六一七、六一八

業平の朝臣の家に侍りける女のもとによみてつかはしける　敏行の朝臣

つれづれのながめにまさる涙川袖のみ濡れてあふよしもなし

かの女にかはりて返しによめる　業平の朝臣

あさみこそ袖はひつらめ涙河身さへ流ると聞かば頼まむ

E『落窪物語』巻一

あこぎ、かく出《い》で立ち給ふも知らで、いといみじと嘆く。かかるままに、「愛敬《あいきやう》なの雨や」と腹立《はらだ》てば、君《きみ》、恥づかしけれど、「などかくは言ふぞ」とのたまへば、「なほよろしう降《ふ》れかし。折憎《をりにく》くもおぼえはべるかな」と言へば、「降《ふ》りぞまされる」と忍びやかに言はれてぞ、いかに思ふらむと恥づかしうて、添《そ》ひ伏《ふ》したまへり。（中略）徒歩《かち》よりおはしたなめりと思ふに、めでたくあはれなること、二つなくて、「いかで、かくは濡《ぬ》れさせたまへるぞ」と聞こゆれば、「惟成が「勘当《かんどう》重し」とわびつるが苦しさに、括《くく》りを脛《はぎ》にあげて来《き》つるに、倒れて、土つきにたり」とて、脱ぎたまへば、「女君の御衣《ぞ》を取りて、着せたてまつりて、干《ほ》しはべらむ」と聞こゆれば、脱ぎたまひつ。女の臥《ふ》したまへる所に寄りたまひて、「「かくばかりあはれにて来たり」とて、ふとかき抱《いだ》きたまはばこそあらめ」とて、かいさぐりたまふに、袖《そで》の少し濡《ぬ》れたるを、男君、来《こ》ざりつるを思ひけるも、あはれにて、

何事《なにごと》を思へるさまの袖ならむ

とのたまへば、女君、

身を知る雨のしづくなるべし

とのたまへば、「今宵《こよひ》は、身を知るならば、いとかばかりにこそ」とて、臥《ふ》したまひぬ。

（現代語訳：あこぎは、少将がこのようにお出かけになることも知らず、とても情けないことだと嘆く。このようにしている間に、「憎らしい雨だな」と腹を立てると、女君は、恥ずかしいけれど、「どうして、そんなふうに言うの」とおっしゃるので、あこぎは

「やっぱり、ほどほどに降ってよ。ほんとうに間が悪いと思われますよねえ」と言うと、「降りぞまされる」と、小声でつい言ってしまって、あこぎがどう思うだろうかと恥ずかしくて、もたれかかるようにうつぶせになられた。（中略）「徒歩でいらっしゃったようだ」と思うとありがたく、すばらしいこと他に比べるものもなくて「どうして、こんなにお濡れになったのですか」と申し上げると、「惟成が「（あこぎから）たいそう責められる」と思い悩んでいる様子が気の毒で、指貫《さしぬき》の括《くく》りすねまで上げて歩いてきたのだが、途中で倒れて泥がついてしまった」と言ってお脱ぎになるので、（あこぎが）「女君のお着物を取ってお着せ申し上げて乾かしてさしあげましょう」と申し上げると、お脱ぎになった。女の寝ていらっしゃる所に寄り添いなさって、「「これほどいたわしい姿で、よくも大雨の中を来てくださった」と言って、突然抱きしめてくださったらなあ」と言って手探りなさると、女君の袖が少し濡れているのを、（男君は）女君が自分が来なかったことを思っていたのだとかわいそうで、

　どんなことを思って泣いた涙に濡れた袖なのでしょう。

とおっしゃると、女君は、

　きっと、あなたが来てくださらない、不幸なこの身を知る雨の
　雫でしょう。

とおっしゃるので、「今宵は「身を知る」というならば、これほどの「身」ですよね」と言って一緒にお休みになった。）

現代に受け継がれる姉歯の松（宮城県栗原市）p115、129参照

人生最期の時に何を思う？

つひに行く道・百二十五段

むかし、男、①わづらひて、②心地《ここち》死ぬべくおぼえければ、
③つひに行《ゆ》く道とは④かねて聞きしかど ⑤昨日今日《きのふけふ》とは思はざりしを

【現代語訳】

昔、男が、病気に長く苦しんでいて、その心持ちが、いよいよもう死ぬはずだと思われたので、

最後には誰もが行く道であるとは、以前から聞き知っていたことであるけれども、昨日から今日へとこんなふうに急に差し迫ってやってくるものとは、思わなかったことよ。

【語注】

①わづらひて…「わづらふ」は病気に苦しむ。とくに、長期にわたって続く病気にいう。
②心地…外からの刺激などに反応して起こる心の状態。心持ち。
③つひに…長い時間やさまざまな出来事を経て、最終的にある結果に達するさま。最後に。
④かねて…以前からずっとその状態を続けてきたという気持ちを表す。今までずっと。
⑤昨日今日…昨日から今日にかけて急に差し迫ってくるさま。

◆◇鑑賞のヒント◇◆

❶この段の歌の前に付された散文叙述はかなり短いものであるが、そこにはどのような意味や内容が込められているのだろうか。
❷この段の歌には、男のどのような心情が表されているのだろうか。
❸このような歌を詠んで死を迎える『伊勢物語』の主人公の人間像は、どのようなものと理解されるだろうか。
❹この章段が『伊勢物語』全章段の最後に置かれていることには、どのような意味があるのだろうか。

◆◇鑑賞◇◆

『伊勢物語』全百二十五章段の最後を飾る一段である。物語の主人公の、死に際しての心情がありのままに歌い上げられており、古来、数多く残されてきた辞世の詩歌などの中でもとりわけ名高いものである。しかしながらこの歌の解釈には、まだ問題が残されてもいる。また、歌の前の短い散文叙述については、従来、詳しい語釈や注釈が付けられることがなかったが、そこにもいろいろな問題が見出せるようである。この段の歌と散文叙述について、とくに古語の基本的な語義に注目しながら、鑑賞してみたい。

まず、歌の前の散文叙述についてみてみよう。「わづらひて」は、一般に「病気になって」（『新編日本古典文学全集』）のように訳されて、とくに詳しい語釈などが付けられることもなく済まされてきた。しかしこの語句は、単に病気になったことをのみ表すものではないのである。「わづらふ」の基本的な語義は、「まつわりついてくるような障害や病苦を相手に、長期にわたって対処に苦しむ意」（大野晋）であることに注意する必要がある。その語義をふまえると、この「わづらひて」からは、男が、流行病などの急な病気に襲われたのではなく、長期にわたって続く病状に苦しんでいたらしいことがわかるわけである（❶）。『伊勢物語』は、初段の元服から最終段の死の自覚にいたるまでの、男の一生を語る一代記的構成をもつ。そのことから、この最終段では、男がすでに晩年になっており、高齢期にありがちな、身体の衰えに由来する慢性的な病気にかかっていたことなどが想像されよう。

次に続く「心地」は、男が長く病気を患ってきて、現在の病状について感じている心持ちをいう。その心持ちとは、続く「死ぬべくおぼえければ」である。この語句中の「べく」は当然の意を表し、「おぼゆ」は自然にそう思われるの意である。したがって、この語句には、男の長く患っていた病気が悪化してしまい、死ぬことがもはや当然な状態となった、と自然に感じられたことが表されているわけである❶。この段の散文については従来とくに注目されてこなかったが、このように各語の基本的な語義をよくふまえて解釈してみると、短い散文ながら、そこには、男の病気の状態や死に直面した際の感覚などが、ある程度具体的に想像しうるように表現されていることが理解されるのである。

一方、この段の歌は『古今集』（哀傷・八六一）にも選ばれており、次のような詞書が付されている。

やまひして弱《よわ》くなりにける時、よめる　業平朝臣

そこでは「わづらひ」ではなく、「やまひ」の語が用いられているが、その基本的な語義は、「心身が何らかの外因に冒されているということが自分にも他人にも明瞭な場合に用いられる」（大野晋）である。したがって、「やまひして」は、たんに男の身体が病気に冒されていることの明瞭な状態にあることを表すものにすぎず、百二十五段のように、

男の病状を具体的に想像させるようなものではない。また、それに続く「弱くなりにける時」も、男がその後衰弱していったことを表すのみであり、やはり百二十五段のように、男の死に直面した際の感覚などを具体的に想像させるようなものではないのである。『古今集』は、最初の勅撰和歌集として、和歌の自立的な価値を主張しようとしており、詞書も一般に、和歌を理解するための必要最小限の内容や情報にとどめられている。この歌の場合も、男の病状や感覚などには具体的に触れようとはせず、あくまでも和歌に表現される心情の理解や鑑賞を目指すものとなっているようである。

それに対して百二十五段の場合は、散文が死に直面した男の状況を具体的に想像しうるものであるために、それに続く歌も、その状況をふまえた物語的な臨場感や実感をもって受けとめられることになる。歌物語である『伊勢物語』は、歌に表現される心情を、『古今集』とは異なり、散文に語り出される男の具体的な状況と一体のものとして、味わわせようとするのである。そしてこの歌の表現のあり方もまた、死に直面した際の自然な実感にあふれたものとして、高く評価されてきた。この歌の一語一語の含意するものを詳しく考察しながら、鑑賞をさらに深めてみたい。

まず冒頭の「つひに」は、語注にも述べたように、長い時間やさまざまな出来事を経て、最終的にある結果に達するさまを表す語である。したがって「つひにゆく道」とは、人が長い時間や出来事を経た末に最終的に行き着く道、ということで、死出の旅路のことを表す。たんに人の死ぬことを意味するものではなく、人が生まれてから死に至るまでの、長期間にわたる人生の経過を含意する表現なのである。そこには、人というものは、生まれてからそれぞれ異なる人生の道を歩んでいくものではあるけれども、最終的には結局、誰もが同じ死の道へといたることになるのだ、という人生の普遍的なあり方が表現されているわけなのである。この「つひにゆく道」という表現は、短い語句でありながらも、人生や死というものの普遍的なあり方を凝縮して表すきわめて巧みなものと感じられる。多くの和歌に用例（**資料A**など）がみられるが、この段の歌以前にはなく、業平が新たに創作したものらしい。

この「つひにゆく道」の表現する、人は結局最後には死に至るものであるという事実は、「かねて聞きしかど」と続けられているように、誰もが幼い頃に聞き知るものである。しかしまた、人はそれぞれの実生活を生きていくことに精一杯であり、いつしか死の訪れを意識の外に追いやって忘れがちになってしまうものであろう。また実生活では、死のことなど忘れていなければ、充実した人生を生きることなどできないのかもしれない。そのため、どうしても死を避けられない事態にいたり、いざ死とじかに向き合うことになる時には、死というものがいかにも唐突に現れたように感じられ、不意をつかれたように驚かされてしまうのである。それは、この段の男のように長く病気を患っていたとしても、やはりはっきりと死に直面するまでは、その実感を真に抱くことなどできないものなのであろう。そのような、誰もが感じる死に直面した際の驚きを、実感として巧みに表現するのが、下句「昨日今日とは思はざりしを」である。「昨日今日」は、急に差し迫ってくるさまを表し（**探究のために**参照）、末尾の「を」は驚きのこもった詠嘆を表す。つまり、この下句には、死がこんなふうに急に差し迫って訪れるものとはこれまで思いもしなかった、という死に直面した男の驚きの心情が表されている。なお、「思はざりしを」は、それを結句に用いた歌の例（**資料B**など）が数多くあり、驚きや意外性などを表現する類型化された用法となっている。この用法も、この歌以前とみられる確かな例はなく、やはり業平が最初に使い始めたものであるようだ。

死の訪れは、人によりそれぞれ異なるものであり、この段の男のように病気によるものか、あるいは事故によるものか、若い時か、老齢か、他殺か、自殺かなど、それこそ人の数だけ違いはあろう。しかし、いざ訪れてみると、多かれ少なかれ、唐突な、急に訪れたものとして驚きをもって感じられるのが、この世の人生を精一杯生きることを定められた人間の、自然な心情のあり方なのであろう❷。その時になってはじめて、これまでは気づかなかった生への愛執や悲傷など、さまざまな感慨が新たに、これまでとはまるで違った切実さや相貌をもってあふれ出てくることにもなるはずである。それは、本来、誰もが死に向き合った時に実感する心情でありながら、実は、この歌以前には誰もはっきりとは表現しえなかったものなのである（❷）。それを、繊細鋭敏な感性を働かせてありのままに捉え、新たに創作した表現などを駆使しながら普遍的な歌へと作り上げてみせた、作者の歌人としての卓抜な能力には驚嘆するほかはない。

この段の歌については、江戸時代の国学者契沖に有名な評言がある（**資料C**）。そこには、死を前にして、ともすると、世の無常を大げさに悲傷する歌を詠んでみたり、あるいは逆に、仏道に悟達して死にも動じないかのごとき心境を詠んでみたりして、自らの心のありのままの真実に素直に向き合えずに、偽り飾る言葉を残してしまう人々の多いことが批判されている。契沖は僧侶でもあっただけに、そのような偽りの実例をしばしば目にしていたのでもあろう。死を目前にした切実きわまりない時にこそ、その人の一生のありようが露わにされてしまうものなのであり、だからこそ、この歌には、業平が心の真実を偽らずに人生を誠実に生ききったこと、すなわちその「一生のまこと」が集約的に表されているのだ、という❸。現実の在原業平は、右近衛権中将として元慶四年（八八〇年）五十六歳の時に亡くなっており、歌人として著名であったことはよく知られるが、その人生の詳細は明らかではない。『伊勢物語』も、業平の事跡に基づきながら、そこに恋愛譚を中心とするさまざまな虚構や伝承などが加えられながら創作されたものである。しかし後世の人々は、その残された数々の名歌を『伊勢物語』や『古今集』などを通じて読み味わい、そこに、「一生のまこと」を恋や風雅の中に最後まで生き抜いた一つの理想的な人間像を見てとることになる（❸）❹（この章段が全章段の最後に位置する意味については**探究のために**も参照）。そして、『源氏物語』の光源氏のモデルの一人となるなど多くの文学作品に影響を与え、能や歌舞伎などの演劇に翻案され、さらには絵画や工芸品の題材ともなるなど、現代にいたるまで時代を越えて深い共感を生み出し続ける存在となっているのである。

◆◇探究のために◇◆

▼**「昨日今日」の表現**　「つひに行く」歌の「昨日今日」という表現の用法や解釈については、古来議論が多い。基本的な語義は三つに分かれ、「①昨日と今日。昨日または今日。前の日とその当日。②まだ日が浅いさまをたとえる。つい最近。近頃。昨今。③期日が身に迫り、猶予のないことをたとえる。時が切迫しているさま」（『日本国語大辞典』）とされ、一般に③がこの段の語義とされる。③の用例は、この段の歌以前にはみられず、やはり業平が創作した用法らしい。①②の用例は、①「昨日今日《きのふけふ》君《きみ》に逢《あ》はずてするすべのたどきを知《し》らに音《ね》のみしそ泣《な》く」（『万葉集』15・三七七七）など、②「昨日今日御門《みかど》ののたまはんことにつかん、人聞きやさし」（『竹取物語』）などが挙げられる。①は、昨日も今日もあなたに逢わないで、どうしたらよいかわからずにただ泣きに泣くばかりだ、②は、昨日や今日というような、つい最近御門がおっしゃったことに従うのは、人聞きが恥ずかしい、と訳されるが、それぞれとくに問題なく理解される用法であろう。それに対して、③のこの段の歌（昨日今日とは思はざりしを）の場合は、どうしても不自然さが感じられるとされるのである。というのも、死が間近に迫ったことを自覚した男が、死の訪れが「今日」と

は思わなかった、ということには問題はない。しかし、「昨日」とは思わなかった、というのでは、男はその時にはまだ生きているのだから矛盾が生じてしまう。それなのになぜ、「昨日今日とは」と、「昨日」という言葉を上に重ねて表現しているのか、という疑問が生じるからである。

それについて藤井高尚『伊勢物語新釈』（一八一八年刊）は、この表現は要するに、こんなに差し迫ったことだとは思わなかったと言いたいのであって、本当は「今日明日」ともいうべきところを、韻律をよくするための和歌特有の「詞のあや」（言葉の巧みな飾り方）として「昨日今日」と表現したのだから、その不自然さにあえて拘泥する必要はない、と解した。近年のテキスト・注釈類の多くも、とくにその不自然さにはこだわらず、おおむね藤井説の延長上で解釈されているようである。しかしなお、その不自然さが解消されてはいないことに違和感が残ることも確かであろう。

ここで注意したいのが、**鑑賞**に述べたように、この段の散文叙述には、長期の病気の結果として、男が死に直面したことが表現されているということである。そのような叙述をふまえるならば、長患いの末に衰弱していたであろう男は、すでに「昨日」の段階において死に直面していたのだ、と自然に類推することができるであろう。つまり男は、その病状が切迫するなどして、すでに「昨日」の段階において死を免れないと実感していたのであり、さらに「今日」となっては、もう確実に死に至るであろうとはっきりと自覚して歌を詠ずることになったのである。「昨日」からさらに引き続いて「今日」へと、死が急に差し迫ったことを実感することになった、ということなのであるが、それを、和歌の韻律に合わせながら、「昨日今日」という成句的な形で集約的に表現しているのである。業平の歌は、『古今集』仮名序に「心あまりてことばたらず」と評されてもいるように、短い語句に多くの内容を表そうとしてやや言葉足らずの感のある表現がしばしばみられるが、これもそのようなものなのであろう。しかし、『古今集』の詞書（**鑑賞**参照）の場合とは異なり、この物語の場合のように、男の状況を具体的に想像しうる散文叙述と対応させて類推するならば、この語句の表現の含意するところは自然に理解されるものとなるはずである。

▼全章段の最後に置かれていることの意味　全章段の締めくくりとなる百二十五段は、始発となる初段との対応関係など、『伊勢物語』全体の構成をどう捉えるかという重要な問題にもつながってくる。例えば、石田穣二（『角川ソフィア文庫』）は「主人公である男の終焉を描く一段で、初段の初冠と対応し、この物語の全体が男の一代記であることを示している。初段との対応は、初段「心地まどひにけり」と、この段の「心地死ぬべくおぼえければ」の間にも、認められるであろう」と指摘する。初冠を迎え青春期にさしかかった若き昔男は、やはり若々しく美しい「女はらから」に「しのぶのみだれかぎりしられず」と、その「心地」を恋情の中に無限に惑わせることによって、その後、数多くの恋愛関係を経験していくことになる（初段**鑑賞**参照）が、しかし晩年にいたって最後には、病気による身体の衰えから死を自覚する「心地」にいたるわけである。この「心地」の語の対応関係には、無限の情熱に夢中になりながらも、結局最後には、すべてを失う死の自覚へといたらざるをえないという、人間の一生のはかなさが自ずから浮かび上がってくるようである。しかしまた、**鑑賞**にも述べたように、百二十五段の歌において、ただありのままに「心のまこと」を詠じ上げて人生を終えている姿をみるならば、恋に友情にと情熱を燃やし続け、それをみやびな歌へと昇華しながら、思い残すことなく一途にその人生を生き抜いた男の、真に充実した心境を読みとりたいように思われる。

（吉見健夫）

【資料】

A 『山家集』九〇五

逃れなくつひにゆくべき道をさは知らではいかが過ぐべかりける

（現代語訳：逃れることなく誰もが最後には行かねばならない死の道を、そうとは知らないで、どうしてやり過ごすことなどできようか、いやできはしない。）

B 『拾遺集』雑春・一〇五七

年ごとに春のながめはせしかども身さへふるとも思はざりしを

（現代語訳：毎年、春の物思いはしたけれども、春の長雨が「降る」のみならず、我が身までが「古る」くなるとは思いもしなかったことよ。）

C 契沖『勢語臆断』

たれもその時にあたりて思ふべきことなり。これ、まことありて、人の教へにもよき歌なり。後々の人、死なんとするにいたりて、ことごとしき歌を詠み、あるいは道を悟れるよしなどを詠める、まことしからずしていとにくし。ただなる時こそ狂言綺語もまじらめ、今はとあらん時だに、心のまことにかへれかし。業平は、一生のまこと、この歌にあらはれ、後の人は、一生のいつはりをあらはすなり。

（現代語訳：誰もがその時にあたって思うはずのことである。これは、真実がこもっていて、人の教えにもよい歌である。後代の人は、いざ死ぬ時になると、大げさな歌を詠み、あるいは仏道の真理を悟ったことなどを詠んだりするが、真実がこもっているとは思えずとても不快である。普段の時にこそ、道理に合わない言葉や巧みに飾った言葉などが交じるのも仕方あるまいが、せめて死を迎える時くらいは、心の真実に立ち返るがよかろうに。業平は、その一生を真実に生きた証しが、この歌に集約的に表されており、後代の人は、一生の偽りを表しているのである。）

業平の墓（京都府京都市）

『源氏物語』に与えた影響

『伊勢物語』が『源氏物語』に与えた影響は、実に大きくまた深いものである。それは、物語の筋の展開や主題のあり方、人物造型、文章表現など、多岐にわたって指摘されてきた。その中で、とくに主人公光源氏の人生や造型に関わる主な影響をみてみよう。

まず初段では、初冠を済ませたばかりの男が、若く美しい姉妹を垣間見て激しく恋情を惑乱させる。男は、姉妹を「若紫」に喩える歌を詠ずるが、『源氏物語』「若紫」の巻名は、どうやらこの初段を意識して命名されたものらしい。若紫巻の若き源氏も、美しい少女紫の上を垣間見て、理想の女性藤壺とよく似た容貌に激しく恋情を惑乱させる。若紫巻の物語中に「若紫」という表現はみられないものの、その巻名は明らかに紫の上を象徴的に表しており、源氏もまた「若紫」に喩えられる女性に恋をするのである（「若紫」の比喩のもつ特有の意味については、19ページ参照）。そして、初段はその後に描かれる多くの恋物語の始発となるものであるが、若紫巻もまた、源氏とその生涯最愛の女性紫の上との出逢いを描き、源氏の人生の中核をなす物語がそこから始発する。源氏の人生の本格的な始発を描くにあたって、初段が少なからず意識されていたことは確かであろう。

若紫巻では、後の冷泉帝誕生へとつながる源氏と藤壺の密通事件も描かれている。源氏は幼い頃から藤壺を深く恋慕していたが、藤壺は源氏の父桐壺帝の后で、義理の母でもあって、密通はけっして許されるはずもない。密通の後、源氏はその逢瀬を「夢」に喩えてこの上ない惑乱の心情を歌う。一方、六十九段には、伊勢の斎宮と男との密通を思わせる物語が描かれている。伊勢神宮に祀られる皇祖神天照大神に仕える斎宮との密通もまた、もとより決して許されるはずもない行為である。斎宮と男は、その逢瀬をやはり「夢」に喩え、この上ない惑乱の心情を歌い合う（146ページ～参照）。藤壺は源氏にあくまでも拒否的な態度を取り続けるのに対して、六十九段の斎宮はむしろ男に積極的な態度を取っていることなど、相違点も多いが、現実社会では決して許されない密通をめぐる物語を描いて、その逢瀬をともに「夢」に喩えて歌に詠じていることなど、両者の関連性の深さが読みとられてきた。

七段から始まる男の突然の東国下向の物語は、その前の三段～六段までに語られた藤原高子（二条の后）との密通事件の影響によるものと考えられてきた。その影響関係について物語に直接的な言及はないものの、その章段の配置や、七段の冒頭に「京にありわびてあづまに行きけるに」と、都に居づらい事情が生じて東国に下ったとされることなどにおいて、示唆的に表現されているのである。源氏もまた、政敵であった右大臣の娘朧月夜との密通事件を引き起こし、それが露顕した影響などから自ら都を離れて須磨の地へと流離することになる。源氏はその途上、須磨の渚に寄せては返る波を見て、七段の歌「いとどしく過ぎゆく方の恋しきにうらやましくもかへる波かな（過ぎ去ってゆく都がますます恋しいのにつけても、うらやましくも立ち返る波であることよ。）」を引いて「うらやましくも」と口ずさみ、自身の運命を『伊勢物語』の主人公のそれになぞらえるのである。

最後に、『伊勢物語』は歌物語であり、六歌仙の在原業平をモデルにした男の和歌を焦点として物語が形成され、恋愛関係を中心に多様な人間関係が描かれている。源氏もまた、優れた歌人として二百二十一首もの和歌を詠出し、それによって多様な人間関係を作り出すさまが描かれている。もちろん『源氏物語』は長編物語であり、散文を主体としているが、そこではやはり和歌が物語の形成に大きな役割を果たすのである。『伊勢物語』の与えた影響は、主人公源氏の人物造型の本質にも関わる重要な意義を担っているのである。

（吉見健夫）

付録

◆参考文献　※文献末尾に掲出章段番号を付した。

青木賜鶴子「惟喬親王の史実と伊勢物語」（『伊勢物語―虚構の成立―』竹林舎、二〇〇八年）85

秋山虔「伊勢物語私論―民間伝承との関連についての断章―」（『文学』一九五六年一一月）23

圷美奈子「『伊勢物語』の手法―「夢」と「つれづれのながめ」をめぐって―」（『和洋国文研究』二〇一〇年三月）69

阿部俊子『伊勢物語（上）』（講談社、一九七九年）40

石田穣二『新版　伊勢物語　付現代語訳』（角川学芸出版、一九七九年）125

石田穣二『伊勢物語注釈稿』（竹林舎、二〇〇四年）23・40

市原愿「伊勢物語四十段の問題点」（『解釈』一九九二年六月）40

伊藤博『万葉集釋註 二』（集英社、二〇〇五年）83

井上孝志「「人しれぬ」考―『伊勢物語』五段について―」（『福岡教育大学国語科研究論集』二〇〇一年一月）5

上野理「伊勢物語「あづまくだり」考」（『文芸と批評』一九六八年三月）9

上野理「伊勢物語の藤と蛍」（『東洋文学研究』一九六九年三月）45

上野理「伊勢物語「狩の使」考」（『国文学研究』一九六九年一二月）69

上野理「つつゐづつ」（『古代研究』一九七二年三月）23

上野理「伊勢物語と海彼の文学」（『国文学 解釈と教材の研究』一九七九年一月）45・83

上野理「伊勢物語と和歌文学」（『一冊の講座　伊勢物語』有精堂出版、一九八三年）5

上野理「伊勢物語と漢文学」（『中古文学と漢文学Ⅱ』汲古書院、一九八七年）82

上野理「伊勢物語の叙事的な歌―「新玉の年の三年」「我にあふみ」「花橘」をめぐって―」（『王朝文学―資料と論考―』笠間書院、一九九二年）24

上野理「留京三首―留守歌の系譜と流離の歌枕」（『人麻呂の作歌活動』汲古書院、二〇〇〇年）23

宇都木敏郎『伊勢物語を読む』（未知谷、一九九七年）5

大井田晴彦「伊勢物語・惟喬親王章段の主題と方法」（『国語と国文学』二〇〇八年九月）85

大野晋編『古典基礎語辞典』（角川学芸出版、二〇一一年）125

折口信夫『折口信夫全集ノート編第十三巻　伊勢物語』（中央公論社、一九七〇年）初

折口信夫『古代研究Ⅱ民俗学篇2』（角川学芸出版、二〇一七年）40

片桐洋一編『鑑賞日本古典文学第五巻　伊勢物語・大和物語』（角川書店、一九七五年）23

片桐洋一「歌題、その形成と場―三代集の歌題―」（『論集〈題〉の和歌空間（和歌文学の世界）』笠間書院、一九九二年）85

片桐洋一『伊勢物語全読解』（和泉書院、二〇一三年）4・23・40・69・85

兼築信行「『伊勢物語』第九段を読む」（『文学のショーケース』早稲田大学第二文学部文学・言語系専修、二〇〇四年）9

河添房江『源氏物語表現史—喩と王権の位相—』（翰林書房、一九九八年）6

河地修「『伊勢物語』「第十六段」注疏稿」（『東洋』二〇〇七年七月）16

神田龍之介「『伊勢物語』第六十九段試論—唐代伝奇「鶯々伝」との比較を中心に—」（『国語と国文学』二〇〇六年三月）69

工藤重矩「「月やあらぬ」の解釈—方法として—」（『平安朝和歌漢詩文新考—継承と批判—』風間書房、二〇〇〇年）4

久保朝孝「『伊勢物語』第二十三段考」（『愛知淑徳大学大学院—文化創造研究科紀要—』、二〇一五年三月）23

久保木哲夫『折の文学　平安和歌文学論』（笠間書院、二〇〇七年）初

窪田空穂『伊勢物語評釈』（東京堂、一九五五年）23

久保田淳、馬場あき子編『歌ことば歌枕大辞典』（角川書店、一九九九年）初

黒川洋一ほか編『中国文学歳時記　春』（同朋舎、一九八八年）83

慶野正次「『さらぬ別れ』考」（『解釈』一九六八年一二月）84

近藤さやか「『伊勢物語』第四十五段「蛍」考」（『「記憶」の創生〈物語〉1971-2011』翰林書房、二〇一二年）45

早乙女利光「「家口」か「家子」か—『伊勢物語』二十三段の新たな読解のために—」（『国文学　言語と文芸』二〇一〇年二月）23

鈴木日出男『伊勢物語評解』（筑摩書房、二〇一三年）初・5・23・40

関根賢司「化粧考—伊勢物語を読む—」（『国学院雑誌』一九八五年七月）23

高橋亨『物語文芸の表現史』（名古屋大学出版会、一九八七年）107

高松寿夫「初期万葉の生成と羈旅—〈留守歌〉の発生・展開・消滅—」（『上代和歌史の研究』新典社、二〇〇七年）23

竹岡正夫『古今和歌集全評釈—古注七種集成—』（右文書院、一九八一年）84

竹岡正夫『伊勢物語全評釈—古注釈十一種集成—』（右文書院、一九八七年）初・23・40・45・84

立石和弘『男が女を盗む話—紫の上は「幸せ」だったのか—』（中央公論新社、二〇〇八年）6

田中徳定「伊勢物語第六十九段をめぐって」（『駒沢国文』一九八五年二月）69

田邊爵「伊勢竹取に於ける伝奇小説の影響」（『国学院雑誌』一九三四年一二月）69

内藤明「長岡京章段—伊勢物語の観賞10—」（『一冊の講座　伊勢物語』有精堂、一九八三年）84

西一夫「古典教育における『伊勢物語』作品研究—第84段「さらぬ別れ」の表現分析—」（『人文化教育研究』二〇〇七年八月）84

根本智治「惟喬親王譚の論理」（『伊勢物語の表現史』笠間書院、二〇〇四年）85

野口元大「みやびと愛―伊勢物語私論―」（『古代物語の構造』（有精堂、一九六九年）24
林美朗「伊勢物語40段の異本歌をめぐって」（『国語国文研究』一九八七年九月）40
福井貞助「伊勢物語四十段と掃墨物語」（『伊勢物語生成論』有精堂、一九六五年）40
福井貞助「本事詩と伊勢物語」（『伊勢物語生成論』有精堂、一九六五年）4
藤岡忠美「伊勢物語の〈狩の使と逢った斎宮〉禁じられた恋」（『国文学　解釈と鑑賞の研究』一九八二年九月臨時増刊号）69
藤河家利昭「『伊勢物語』初段の「いちはやきみやび」―行動の表現としての歌―」（『広島女学院大学国語国文学誌』二〇〇八年一二月）初
古川翼「幻想の天皇としての惟喬親王―「御ぐしおろしたまうてけり」の意味するもの―」（『学芸古典文学』二〇一二年三月）85
保坂秀子「『独子』考―『万葉集』巻六・一〇〇七番歌を中心に―」（『都大論究』二〇〇二年六月）84
益田勝実「万葉のゆくえ―恋の歌の発想・表現をめぐって―」（『国文学　解釈と鑑賞』一九六九年二月）6
松島毅「『伊勢物語』筒井筒章段教材論―その二種類の版と扱い方をめぐる問題について―」（『新時代の古典教育』学文社、一九九九年）23
宮谷聡美「「伊勢物語」における歌物語の達成―「狩の使」の場合―」（『国文学研究』一九九三年一〇月）69
宮谷聡美「『伊勢物語』の物語と歌―涙河と身を知る雨―」（『研究講座　伊勢物語の視界』新典社、一九九五年）107
宮谷聡美「『伊勢物語』二十三段の位相」（『文学・語学』二〇〇七年三月）23
宮谷聡美「『伊勢物語』の翁」（『東京経営短期大学紀要』二〇一一年三月）83
宮谷聡美「『伊勢物語』六段「芥河」―「白玉か」の歌をめぐって―」（『中古文学』二〇一七年六月）6
室伏信助「伊勢物語の形成と源氏物語」（『源氏物語の探究』第四輯、風間書房、一九七九年）69
目加田さくを『物語作家圏の研究―その位相及び教養より見たる物語の形成―』（武蔵野書院、一九六四年）69
森野宗明『伊勢物語』（講談社、一九七二年）
森本茂『伊勢物語全釈』（大学堂書店、一九七三年）23・85
森山茂「歌徳説話論序説」（『尾道短期大学研究紀要』一九七四年一月）5
山岸徳平「韓詩外伝及び本事詩と伊勢物語」（『山岸徳平著作集3』有精堂出版、一九七二年）4
山崎みどり「蛍のイメージ」（『中国詩文論集』一九八四年六月）45
山本登朗「生田川伝説の変貌―大和物語百四十七段の再検討―」（『国語国文』一九九二年七月）24
山本登朗「伊勢物語と題詠―惟喬親王章段の世界―」（『伊勢物語―諸相と新見―』風間書房、一九九五年）85
山本登朗「「人しれぬ」と「心やむ」―伊勢物語五段の表現と意味

―」（『論叢伊勢物語1　本文と表現』、新典社、一九九九年）5
山本登朗「中国の色好み―韓寿説話と伊勢物語第五段―」（『伊勢物語の生成と展開』笠間書院、二〇一七年）5
山本登朗「高安の女―第二十三段第三部の二つの問題―」「「高安の女」補遺―平安末期における「けこのうつはもの」―」（『伊勢物語の生成と展開』笠間書院、二〇一七年）23
吉岡幸雄『日本の色辞典』（紫紅社、二〇〇〇年）初
渡邊昭五「歌徳説話の発生」（『説話文学研究』一九八八年六月）五
渡辺秀夫『詩歌の森―日本語のイメージ―』（大修館書店、一九九五年）107
渡部泰明「歌徳説話の和歌」（『説話の界域』笠間書院、二〇〇六年）5

◆系図

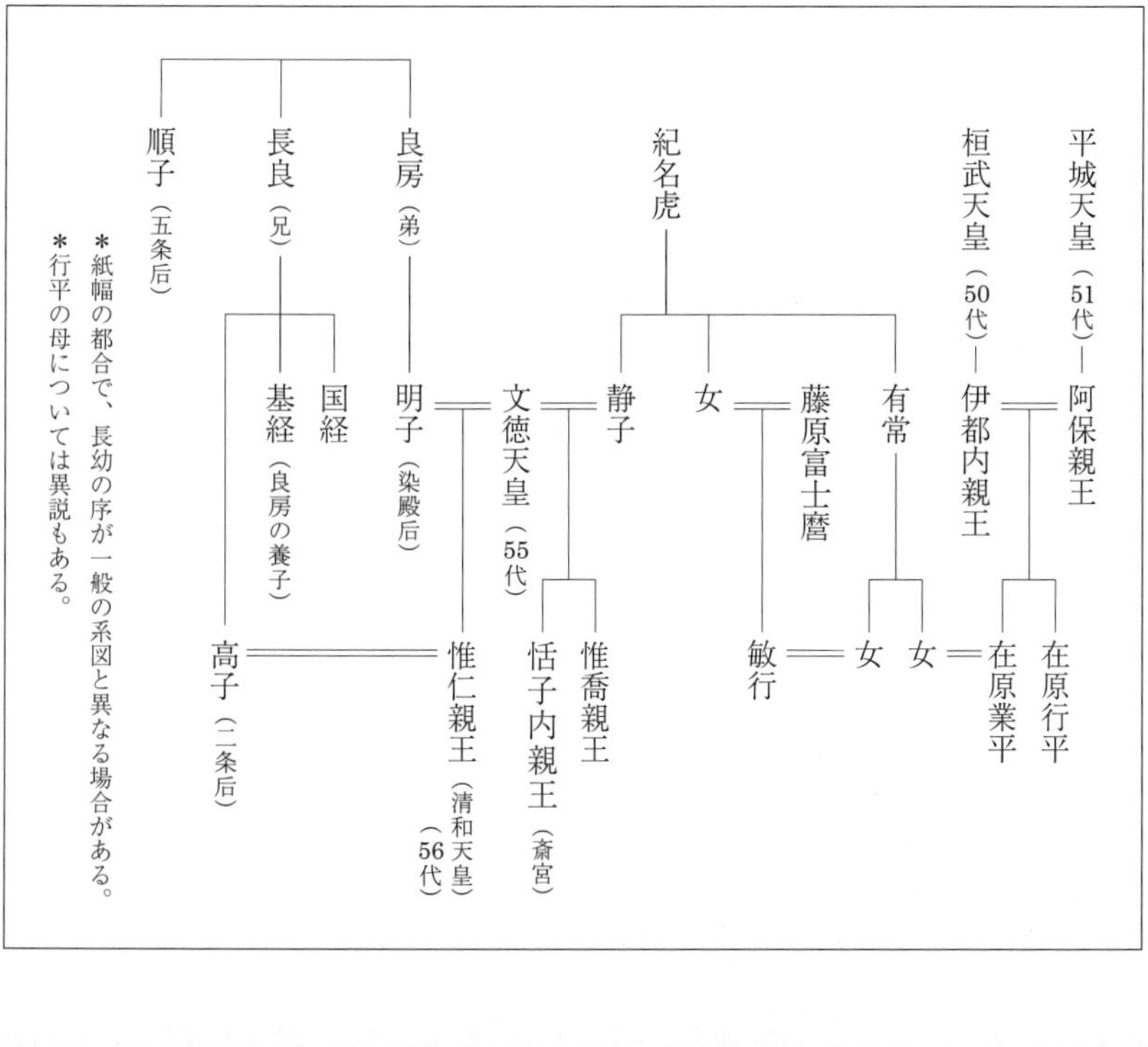

＊紙幅の都合で、長幼の序が一般の系図と異なる場合がある。
＊行平の母については異説もある。

早稲田久喜の会【編著】
早稲田大学上野理研究室出身者を中心とする研究者グループ。母体である久喜の会は平成23年に『『古今和歌集』巻二十—注釈と論考—』（新典社）を刊行。

井実充史（いじつ みちふみ）（福島大学教授） 16段・82段担当
岩田久美加（いわた くみか）（共立女子大学非常勤講師・跡見学園女子大学兼任講師・早稲田大学非常勤講師） 24段担当
遠藤耕太郎（えんどう こうたろう）（共立女子大学教授） 69段・84段担当
咲本英恵（さきもと はなえ）（共立女子短期大学専任講師） 45段・83段担当
高松寿夫（たかまつ ひさお）（早稲田大学教授） 奈良絵本写真提供
田原加奈子（たばる かなこ）（玉川大学非常勤講師） 40段・85段担当
中島輝賢（なかじま てるまさ）（跡見学園中学校高等学校教諭・跡見学園女子大学兼任講師） 4段・9段・16段担当
中田幸司（なかだ こうじ）（玉川大学教授） 5段・23段担当
宮谷聡美（みやたに さとみ）（尾道市立大学教授） 6段・107段担当
吉見健夫（よしみ たけお）（早稲田大学講師） 初段・125段担当

学《まな》びを深《ふか》めるヒントシリーズ 伊《い》勢《せ》物語《ものがたり》

平成30年3月10日　初 版 発 行
令和 5 年4月10日　初版2刷発行

編著者　早稲田《わせだ》久喜《くき》の会《かい》

発行者　株式会社明治書院　代表者　三樹蘭
印刷者　精文堂印刷株式会社　代表者　西村文孝
製本者　精文堂印刷株式会社　代表者　西村文孝

ブックデザイン　町田えり子

発行所　株式会社 明治書院
〒169-0072　東京都新宿区大久保1-1-7
TEL　03-5292-0117　FAX03-5292-6182
振替　00130-7-4991

Printed in Japan　ISBN 978-4-625-62451-3　C0391